은유의 사회학

은유의 사회학

인쇄 · 2021년 8월 5일 | 발행 · 2021년 8월 12일

지은이 · 류재엽
펴낸이 · 김화정
펴낸곳 · 푸른생각

편집 · 지순이 | 교정 · 김수란, 노현정 | 마케팅 · 한정규
등록 · 제310-2004-00019호
주소 · 서울시 마포구 토정로 222 한국출판콘텐츠 402호
대표전화 · 02) 2268-8707
이메일 · prun21c@hanmail.net / prunsasang@naver.com
홈페이지 · http://www.prun21c.com

ISBN 978-89-91918-99-3   03800
값 28,000원

은유의 사회학

류재엽

Metaphorical Sociology

prsg

문학에는 "사상이나 감정을 상상의 힘을 빌려 언어로 표현한 예술"
이라는 전제가 붙습니다. 일반적으로 언어예술은 소리와 의미의 통일
체로서의 언어를 표현 수단으로 삼습니다. 이는 언어를 사용하는 인
간 이외의 존재는 문학을 소유할 수가 없다는 말입니다. 따라서 문학
이 인간만이 지닌 고유의 언어예술이라면, 문학은 근본적으로 인간을
탐구하고 그런 인간들이 모여 사는 사회를 탐구하는 예술이 될 수밖에
없습니다.

오스카 와일드는 "문학은 항상 인생을 예측한다."라고 말했습니다.
이는 문학이 인생을 복제하는 것이 아니라 인생을 주조한다는 의미를
가집니다. 즉 문학이 인생을 모방하는 게 아니라 창조함을 뜻합니다.
따라서 문학은 인간답게 살고자 하는 인생의 목적을 그 안에 지니고 있
다고 할 수 있습니다. 그러나 아무리 인생 체험이 성실하고 사상과 감
정이 진실하다 할지라도 그것만을 가지고 문학이 되지 못합니다. 문학
속에서 인간은 자유롭게 사고하고 행동하고자 합니다. 그래서 문학인
은 자유인입니다.

평론가 김현은 「문학이란 무엇인가」에서 "문학은 인간 정신을 표현하
는 한 형태"라고 했습니다. 19세기에 접어들면서 신에 의해 모든 것이

다 결정되었다는 입장에서 벗어나서 인간의 모든 원초적인 모습이 학자들의 관심을 끌게 되었습니다.

문학작품은 그것을 읽는 독자들에게 정서적 반응을 요구합니다. 그 정서적 반응에는 모든 감정이 다 포함됩니다. 독자들은 자신의 삶도 하나의 의미를 가질 수 있다는 사실을 확인합니다.

어떠한 작품이 어떠한 계층의 독자를 감동시키며, 어떤 계층의 독자들에게 분노, 놀라움의 감정을 유발하였는가를 연구하는 것은 문학 사회학의 중요한 부분을 이룹니다. 어떠한 부류의 작품들도 그것이 공감되는 순간 그 나름의 독자를 갖게 마련입니다.

문학작품은 형식을 위해서 존재하고 있지도 않으며 내용을 위해서 존재하고 있지도 않습니다. 문학은 인간 정신을 자유롭게 표현할 수 있는 폭넓은 공간입니다. 그래서 거기에서 중요한 것은 정신의 자유로움입니다. 물론 장르에 따라 내용과 형식이 미리 주어지는 경우도 있지만, 위대한 정신은 언제나 그러한 제약을 뛰어넘습니다. 자신을 정확하게 그리고 논리적으로 표현할 수 있는 정신을 문학적으로는 주제와 형식의 일치라는 말로 표현하고 있습니다.

문학이 아름다운 형식을 필요로 한다는 것은 진실입니다. 그러나 아름다운 형식은 미리 만들어진 상태로 주어지는 법이 없습니다. 그것은 기존의 낡은 형식 자체를 부정하려는 강인한 정신과의 부단한 싸움 끝에 얻어집니다.

또한 문학이 참된 내용을 담고 있어야 한다는 것도 진실입니다. 그러나 참된 것 역시 아름다운 것과 마찬가지로 누가 그냥 주는 것이 아니라, 인간 정신을 억압하고 축소시켜 인간을 인간답게 만들고, 인간을 보다 큰 정신의 지평 속에서 생활하게 만든 공간을 지키려는 투쟁에서 획득되는 것입니다. 어떤 사람의 입장에서는 아름답고 착한 것이, 어떤 사람의 입장에서는 착하고 아름답지 않을 수도 있다는 사실을 자각하고, 그것이 무슨 의미를 띠는 것인가를 반성하는 작업이야말로 문학 본질로 가는 유일한 길입니다. 문학은 단지 진실하고 착하고 아름다운 것만은 아닙니다. 문학은 단순히 진, 선, 미를 뛰어넘는 그 이상의 것입니다.

문학을 비롯한 모든 예술은 인간의 총체성을 다룹니다. 문학은 어떤 개인이 인간의 한 측면만을 붙잡고 씨름함으로써 인간을 피상적으로, 그리고 단편적으로 파악할지도 모를 단점을 넘어서 인간을 총체적으로 보게 합니다. 우리가 인간을 단편적으로 파악하려고 하면 반드시 거기에는 건강치 못한 관계가 형성됩니다. 그러나 문학은 그러한 불균형을 인간의 총체성을 제시함으로써 교정시킵니다. 문학이 삶에 대한 태도를 교정한다는 진술은 문학이 인간의 총체성을 제시하여 자신의 편협한 인간관을 수정케 하는 것과 마찬가지입니다.

인간의 윤리나 도덕은 절대적인 가치가 아닙니다. 그것은 항상 변화합니다. 인간에 대한 치열한 반성이 없는 윤리란 완고한 독선입니다. 윤리의 최고 상태를 미리 설정하여 어떤 시대나 어떤 사회에도 그것이

은유의 사회학

유용하다고 주장하는 것은 우리가 깊이 반성해야 될 일입니다.

그러나 그것은 문학 이론에도 많은 영향을 끼쳐 문학의 예술성과 윤리성을 별개의 것으로 보게 만들었습니다. 내용은 좋은데 표현이 나쁘다든지, 표현은 좋은데 내용은 나쁘다는 문학 비평은 예술성과 윤리성의 최고 상태를 관념적으로 설정하여 그것에 가까운 것만을 최고의 문학으로 보려는 경향에서 비롯되었습니다. 그러나 완성된 윤리가 불가능하듯이 완성된 예술도 불가능합니다. 작가가 속한 사회가 그에게 요구하는 금기를 관찰하고 반성하고 있는가에 달려 있습니다. 또 문학을 읽는 독자들은 그것을 통해서 작가가 살고 있는 사회의 진실한 구조를 알아낼 수 있습니다. 윤리성이나 예술성이 문제가 된다면 그것을 문제시하고 있는 사회 자체가 문제입니다. 이 사회는 어떤 배분 원칙에 의해 지배되고 있는가, 또 그 사회는 어떤 도덕을 말하고 있는가, 그리고 그 배분 원칙과 도덕이 과연 이 사회를 유지하기 위해서 반드시 유용하고 필요한 존재인가라는 따위의 문제를 제기하는 것은 작가의 치열한 윤리 의식 혹은 치열한 문학정신에서 나오는 것입니다. 인간이 행복하게, 그리고 인간답게 살 수 있어야 한다는 명제가 문학이 우리에게 던지는 화두입니다.

졸저를 출판해주신 푸른생각의 김화정 대표님과 편집부 직원들의 노고에 심심한 감사의 말씀드립니다.

2021년 봄에
경운서에서 저자 지

차례

제3부

제1부

사물시와 이미지

시는 시인이 다루는 제재의 유형에 따라 두 가지 유형으로 구별된다. 하나는 사물을 제재로 하는 사물시이며, 다른 하나는 관념을 제재로 하는 관념시이다. 사물시는 포괄적으로 물질 현상을 노래하는 시이다. 이미지스트 시인들은 사물을 사물성 속에서 제시한다. 이에 비해 일반 독자들은 사물을 인식할 수 있는 능력이 부족하므로 시에서 사물성이 아닌 관념을 읽으려고 한다. 다시 말하면 일반 독자들의 사물 인식 방법은 감성에 의존하기보다는 이성적인 사고에 의존하기 때문이다. 그러나 이미지스트들은 시에서 관념이 아니라 사물의 본질을 증명하려고 한다. 물질 현상을 포괄적으로 노래하는 시인들은 사물과 관념의 상반성이 아니라 오히려 이미지와 관념의 상반성에 유의하고 있다. 사물을 대신한 이미지가 나타내는 것은 세계에 대한 시인의 태도가 은밀히 반영된 것이다. 시인들은 사물의 관념성을 믿지 않으며, 사물을 논의하기 위하여 이미지라는 말을 사용한다.

사물시가 비록 순수관념으로서의 어떤 관념을 노출한다면 관념시는 관념을 은폐하기 위하여 사물처럼 보이도록 노력한다. 관념시의 목적은 관념의 전달에 있을 뿐이다. 따라서 관념시는 시를 가장한 과학이 거나, 도덕이거나, 법률이거나 아니면 다른 그 무엇이다. 또한 관념시 는 알레고리에 지나지 않는다. 그러나 물질 현상만을 노래하는 시인들 은 관념에 도전하기 위하여 사물의 최초 이미지만을 강조하게 된다. 순 수시는 사물시의 변주이며 이미지의 구성을 통한 순수한 재현, 관조의 세계를 만들어낸다. 사물시는 관념을 숨김으로써 관념의 허위에서 벗 어나려는 몸짓을 보여주게 된다. 이미지스트의 경우, 시적 동기는 체 계적인 추상화의 세계, 곧 과학의 세계에 대한 혐오가 된다. 이와 상반 되는 관념시는 사물시를 모방할 뿐 참된 시가 못 된다는 단점을 지니고 있다. 참된 시는 사물의 해설이 아니라 사물의 진실을 보여준다. 심한 경우 관념시는 윤리적 분개나 넋두리에 지나지 않는 경우가 많다. 시에 는 관념적 요소가 언제나 존재하게 마련이다. 따라서 문제는 이 관념적 요소와 특수한 시적 특성으로 드러나는 요소와의 관계에 있다. 시의 참 된 특성은 언제나 언어사용의 특수성에서 발견되며, 형이상시의 개념 이 드러날 수 있는 계기 또한 이 언어 사용의 특수성에서 찾아지고 있 다. 그러나 물질 현상만을 노래하는 시인들은 관념에 도전하기 위하여 사물의 최초 이미지만을 강조하며 이러한 사물시의 개념은 아이들의 시각에서 쉽게 포착되고 있다 할 것이다. 아이들은 체계적 관념이 아니 라 단순히 사물과의 직접적인 접촉을 즐긴다. 순수시는 사물시의 변주 이며 조지 무어처럼 이미지의 구성을 통한 순수한 재현, 관조의 세계를 만들어낸다. 이때 시는 관념 혹은 사상이 인간을 마비시킨다는 사실에 대한 도전이 된다. 아무튼 사물시가 이미지스트의 시든 포괄적 개념으 로서의 시든, 순수시든 한결같이 관념을 죽임으로써 관념의 허위에서 벗어나려는 몸짓을 보여주게 된다. 이미지스트의 경우, 시적 동기는 체

은유의 사회학

계적인 추상화의 세계, 곧 과학의 세계에 대한 혐오가 된다. 사물시가 비록 어떤 관념을 노출한다면 관념시는 관념을 은폐하기 위하여 사물처럼 보이도록 노력한다. 관념시의 목적은 관념의 전달에 있을 뿐이다. 이는 관념시는 알레고리에 지나지 않으며, 수사학에 지나지 않는다는 것이기도 하다.

『한국시학』 2013년 겨울호에 게재된 작품을 읽으면서, 작품들이 눈에 보이지 않는 어떤 공통성을 지닌 것을 알 수 있었다. 그건 유난히 '사랑의 시'가 많다는 점이다. 많은 작품들이 사랑을 제재로 하고 있거나, 사랑을 노래하고 있다. '사랑의 시'는 일종의 관념시에 속한다. 관념시는 고독, 슬픔, 효, 애국, 기쁨, 사랑, 우정 등 철학적 명제를 노래하지만 표면적으로는 사물의 세계를 파고든다.

여기에서 먼저 사물시에 속하는 작품의 예를 들어보자.

거실의 난이
처음 향기를 품은 날은
태양이 뜨지 않았다
다만 아침에
까치가 창가에 와
까악까악대다가 갔을 뿐

난이 새로 꽃대를 올리고
다시 향기를 품은 날엔
저녁 서쪽 하늘이 유난히
붉게 타고 있었다

— 황문식, 「난」 전문

난을 좋아하여 난을 재배하고 수집하는 시인은 '난'이라는 사물을 통해 노년에 이른 자신의 삶을 이야기한다. 이 작품의 키는 '난'이 아니라 '향기'와 '붉게 타는 저녁 서쪽 하늘'이다. '난'이라는 사물을 통해 노년에 이른 자신의 삶이 "저녁 서쪽 하늘이 유난히/붉게 타고" 있기를 기대하는 것으로 보인다. 이미 고인이 된 어느 정치가의 말처럼 서녘 하늘을 붉게 물들이고 싶은 마음이 투영되어 있다. 비록 청춘의 샘은 고갈되고 육신의 힘은 사라져버렸지만, 붉은 황혼이 되어 다시 한번 세상의 밝은 존재이기를 원한다.

> 처음엔 푸르렀다가 연보랏빛 관음천수로 나를 혼미에 빠뜨리는 저
> 억새풀처럼 사랑이여 사랑이라고 말하기엔 아직도 수줍은 사랑 때문
> 에 사랑이여 가슴이 아린 이 미치고 환장할 푸르른 가을날
> — 허형만, 「사랑이여」 전문

우리 시단에서 대표적 서정시인 중 한 사람으로 알려진 허형만의 작품이다. 그에게 있어 사랑의 빛깔은 푸름이다. 처음에 푸르렀다가 후에는 그 '관음천수'의 수많은 손처럼 흔들리는 '억새풀'은 '연보랏빛'처럼 환상을 연출하는 '푸르른' 가을날로 인식된다. 시인에게 사랑은 '푸름'이다. '푸름'은 생명과 희망을 상징하고 청량(清凉)을 뜻한다. 시인에게 사랑이 주는 이미저리는 생명, 희망, 청량 등이다.

서정시는 "작품 외적 세계의 개입 없는 자아의 세계화"이다. 즉 주체의 모노드라마라고 볼 수 있겠다. 서정시는 "주체의 정서 표출을 목적으로 하는 시"로 정의할 수 있다. 이는 주체와 대상 사이에서 만족과 불만족, 행복과 불행 정도로 측정할 수 있다. 또한 서정시는 주체의 자리 변화가 없고, 분열이 없는 '행복한 서정시'와 주체의 자리가 불안정하며

은유의 사회학

세계와 어긋난 자리에 위치하는 '불행한 서정시'로 나눌 수 있다.

시인이 시를 짓는다면 가슴속 울림의 소리를 언어의 집으로 세우는 일일 것이다. 특히 연시(戀詩)일 경우엔 눈에 보이는 재료를 모아 형상을 세우는 일이 아니라 관념의 공간에서 숨 쉬는 형태가 보이지 않는 감성의 세계를 가시화시키는 경이로운 일이 아닐 수 없다. 「애작(愛作)」이라는 표제로 던진 사랑 짓기는 전영구 시인의 줄기찬 화두이다.

> 무언가 남았겠지
> 보이지 않고
> 느껴지지 않는 무엇
>
> 간절함 뒤에 숨어
> 절박함을 호소해야
> 그제야 드러내는 정체
>
> 그때는 아니었더라도
> 지금은 했지만
> 여전히 요지부동한 사랑
>
> ― 전영구, 「어쩌지」 부분

작중 화자에게 있어 사랑은 매우 절실한 존재이다. 그것은 "보이지 않고/느껴지지 않는" 무엇이지만 '무언가'는 남겨두었을 것 같다. 왜냐하면 작중 화자에겐 '간절함'과 '절박함'이 있기 때문이다. 그토록 간구해야만 '사랑'은 비로소 정체를 드러내게 된다. 사랑은 상대적이다. 사랑은 대상의 개성을 존중하고 대상의 인격적 존엄을 지켜주어야 하기 때문에 자신의 주관적 충동이나 욕구나 관심과는 거리가 먼 것이다.

가장 여린 손끝으로
꽃잎을 따네
그것은
가장 강한 손톱을 만드네
붉은 손톱은 나의 눈물
우리는
이루어질 수 없는 사랑
까맣게 영근
너를 향한 그리움 툭
사방으로 흩어지네

— 전숙녀, 「이별」 전문

아마 봉숭아가 시적 표현의 대상인 듯하다. 봉숭아는 6월부터 꽃이 피기 시작하여 첫서리가 내릴 때까지 피는, 우리 화단에서 흔히 볼 수 있는 1년생 꽃이다. 우리는 봉숭아 꽃잎을 찧어 백반과 함께 손톱에 붉은 봉숭아 물을 들인다. 속설에 첫눈이 올 때까지 봉숭아 물이 지워지지 않으면 사랑이 찾아온다는 이야기가 있다. 다음으로 봉숭아는 열매가 익었을 때 건드리면 씨방이 툭 터지면서 씨가 사방으로 튀어나가 버린다. 그래서 봉숭아의 꽃말은 "나를 건드리지 마세요"이다. '가장 여린 손'을 가진 작중 화자는 붉은 봉숭아 물을 들여 사랑을 얻고 그것을 지키고 싶은 '가장 강한 손톱'을 만들지만, 그것은 "너를 향한 그리움 툭" 사방으로 흩어지고 만다. 사랑은 혼자만의 관념이나 몸짓이 아니다. 받아주는 대상이 없으면 그것은 이루어질 수 없는 사랑에 지나지 않는다.

쳐다보다
쳐다보다가

한 겨울 나는 새가
하늘에 수놓은 단청만 바라보다가
맺힌 피멍을 터뜨리고
그만 지쳐 숨을 놓는 사랑
앙칼진 내 사랑

— 김준기, 「지귀의 노래」 전문

단청(丹靑)은 아름답다. 특히 그것이 어린 시절에 보았던 것이라면 더욱 환상적이라는 기억을 가슴에 각인시켰을 것이다. 그 시절에 꾸었던 사랑의 꿈도 단청과 마찬가지로 환상적이다. 철이 들고 나이가 들면서, 사랑은 지귀(志鬼)의 심화(心火)처럼 자신을 태우는 정염임을 알게 된다. 사랑은 아름다운 것이라는 생각으로 단청을 바라보다가 "맺힌 피멍을 터뜨리고/그만 지쳐 숨을 놓는 사랑"임을 자각하게 된다. 그러나 마지막 연 "앙칼진 내 사랑"은 일종의 패러독스이다. 아무리 '피멍'을 터뜨리게 하고 '숨'을 놓게 만드는 사랑이지만, 그건 아직 '내 사랑'이기 때문이다. 여왕을 사모하여 절에서 기다리다 잠이 든 지귀의 가슴에 얹어 놓고 간 여왕의 팔찌 때문에 일어난 불로 말미암아 불귀신이 된 지귀에게 있어 선덕여왕을 향한 사랑이야말로 "앙칼진 내 사랑"일 수밖에 없다.

끝으로 눈사람이라는 사물을 통해 인생에 대한 관념의 세계를 노래한 작품 한 편을 예시한다.

눈이 구구절절이 내려쌓일 때
늘
마지막인 것처럼

구르고 굴리다
한 세월
그렇게 빚어지고 싶다.

얼마든지
바람은 불어라
기댈 것은 아무것도 없다.
추운 생(生)을 온전히 견디는 건
우리들이지

— 이애정, 「눈사람을 보았다」 부분

　이애정은 대상을 감각적이고도 단정한 언어로써 생의 의미를 풍부하고도 생동감 있게 표현할 줄 아는 시인이다. 눈이 내릴 때는 겨울답지 않게 푸근한 날씨일 때가 많다. 아이들은 눈사람을 만들어 대문 어귀나 장독대 옆에 세워둔다. 눈사람을 만드는 일은 자신의 형상화하는 작업이다. 그래서 시인은 "늘/마지막인 것처럼/구르고 굴리다/한 세월/그렇게 빚어지고 싶다"라고 이야기한다. 지금껏 자신의 삶이 '구르고 굴리는' 눈사람처럼 신산(辛酸)하게 느껴졌기 때문이다. 눈사람을 만든 다음 날엔 으레 날씨가 춥다. 바람이 심하게 불고 기온이 내려가면 아이들은 아무도 눈사람 근처에 가지 않는다. 다만 유리창 너머로 눈사람을 내다 볼 뿐이다. 눈사람 혼자 추위와 바람을 오롯이 견뎌야 한다. "추운 생을 온전히 견디는 건/우리들이지"라고 느끼는 시인에게 삶의 의미에 대한 반추(反芻)와 인고(忍苦)의 시절을 견디는 지혜가 있다.

• 『한국시학』, 2014 봄호

언어의 감수성 키우기

국내 학자 가운데 탁월한 엘리엇(T.S. Eliot) 연구자로 알려진 영문학자 이창배 교수는 "시는 잘 쓴 시와 잘못 쓴 시 두 가지가 있다."라고 단정하면서 "리듬은 시의 생명이다. 시는 이미지가 말을 한다. 비유는 시의 본질이다."라고 말한 바 있다. 이는 이 세 가지 요소가 결핍된 시는 잘못 쓴 시라는 뜻이기도 하다. 시는 언어 전달의 한 형식으로서 특수한 성질의 것은 주지의 사실이다. 일상 언어의 경우는 말하는 사람이 실제적인 관심을 보이거나 사실을 보고하는 데 대하여, 시적 언어에는 말하는 사람의 느낌이나 태도나 해석이 나타나 있다. 즉 시는 언어라는 도구를 통해 리듬과 이미지를 만들어내는 문학 양식이다.

일상의 언어가 객관적이요 개념적인 것과는 대조적으로 시의 언어는 상징과 함축에 크게 의존하며, 전자가 직접적이요 비개인적이라면 후자는 간접적이요 개인적이다. 일상의 언어와 시의 언어가 이와 같이 좋은 대조를 보이는 것은, 그 양자가 언어 전달의 서로 극단을 이루고 있기 때문이지, 일상의 언어와 시의 언어를 엄연히 구별할 수 있는 어떤 뚜렷한 기준이 있음을 의미하는 것은 아니다. 시가 일상의 언어에서처럼, 말의 뜻이나 논리에 주로 의존하는 경우에도 보통의 언어에서보다 비약적이거나 날카로운 것이 상례이다. 이와 같이 시는 언어의 몇 가지 요소에 특히 의존하고, 그리고 그 몇 가지 요소의 유기적인 관련에 의존하는 점에 있어서, 보통의 언어보다 고도로 조직화된 것이다. 시는 언어의 특수한 요소에 크게 의존하며, 고도로 조직됨으로써 보통의 언어보다는 섬세하고 미묘한 의미의 구조를 가지고 있다.

따라서 한 편의 시가 의미하는 바를 완전히 보통의 언어로 풀이할 수는 없다. 그것은 흔히 시에 있어서처럼 하나의 느낌이나 분위기로밖에 설명될 수 없는 경우도 있다. 따라서 시의 의미는 보통의 언어의 의미와 매우 다른 특수한 것으로 생각해야 한다.

좋은 시인일수록 관념을 직접 전달하려고 하거나 혹은 윤리적 목적을 의식하며 시를 창작하지 않는다. 시인은 설교자가 아니기 때문이다. 시인은 작품으로써 감동과 영감을 주는 존재이다. 그렇다고 시가 철학적인 명제를 포함해서는 안 된다는 것은 아니다. 다만 시는 어떤 사실이나 사상을 직접 말하지 않고 이미지와 리듬을 통해 암시를 구하는 점을 본령으로 한다.

시에서 감정은 무엇인가. 시는 감정을 서술하는 글, 또는 감정을 쏟아내는 글이라는 견해가 우리의 보편적인 생각이다. 시의 주종을 이루는 것은 서정시다. 시가 감정의 표현이라는 생각은 동서양 마찬가지였다. 그러나 서구에서 "시가 감정의 표현이다", 또는 "감정의 표현이어야 한다"는 생각은 18세기 말 낭만주의 문학의 시작 이후부터 제기되었다. 그 이전에 시는 운문으로 표현된 일종의 수사학이라고 생각되었다. 여기에 반기를 든 것이 워즈워스(W. Wordsworth)이다. 그는 "시는 인위적으로 조작된 수사여서는 안 되고 힘찬 감정의 자연스러운 발로여야 한

은유의 사회학

다."고 언급했다. 시에서 수사보다는 감정의 표현에 무게가 두어져야 한다는 주장이다. 그 전환기를 거쳐 시는 점차 감정 표현의 힘찬 발로로 나아갔고, 낭만주의 문학의 전성기에 접어들면서 감정 과다의 병폐 또한 심해졌다. 이때에는 시의 본질은 감정이라고 생각하여 감정이 결여된 글은 시가 아니라 산문이라고 생각했다. 그 후 감정에 치우친 낭만주의적 병폐에 반대하는 혁명적 주장이 계속 제기되고 있지만 시가 감정의 표현이라는 생각에는 변함이 없다. 정서나 감정은 인간의 희로애락의 심리적 반응을 총칭하는 말로서 시는 시인의 감정에서 출발하여 독자의 감정에서 끝나는 시의 본질이다. 사랑, 미움, 슬픔, 원망 등 복잡 미묘한 시인의 감정이 시를 통하여 어떻게 전달되며, 시인의 감정과 시에 나타난 감정, 그리고 독자가 받아들이는 감정은 모두가 동일한 것인가 등의 문제는 자주 논란이 되는 현대 비평의 중요 쟁점이다. 수사에 주력하던 시로부터 감정이 중요시되는 시로 발전함에 따라 시인들은 말과 싸우는 것 못지않게 자기와의 싸움을 시작했다. 자기와의 싸움이란 경험과 사물을 보는 데 있어서 자신의 감정과의 싸움을 의미한다. 시인에게 요구되는 원숙하고 세련된 감수성은 풍부한 감성에서 얻어지는 것이 아니라 그에 못지않게, 아니 그 이상으로 냉정한 지적인 자세를 필요로 한다. 현대시는 매우 지적이다, 또는 지적 특성을 갖는다고 말했을 때, 이 지적이라는 말은 오해의 소지가 없지 않다. 그것은 추상화하고 개념화하는 지식 작용이 아니라 감정과 대치되는 이지적 정신 기능이다. 지성 시인은 감정에 흔들리지 않고 사물을 분석하고 판단하면서 동시에 부분과 전체의 관계, 역사적 · 우주적 의미를 종합적으로 파악하는 힘을 갖는다. 시인의 감정이 이성적 훈련을 받지 않으면 그의 정신은 탁하고 흐려져 판단력과 직관력을 상실하고 오히려 사물을 주관적으로 개념화하게 된다. 『한국시학』 2014년 봄호에서 시인의 감정을 절묘하게 이성적으로 표현한 작품을 몇 편 대할 수 있었다.

자칫 목숨도 쏟아질까 단전(斷電) 차단기 내려 몸에 켠
외등들 툭툭 소등해 내린
나도박달나무가 최대한 품새 꼭꼭 여민다.
제 안으로 골똘히 무너져 든다.

긴 겨우내 골반 깨진 다년생풀들이 둥글게 주저앉아 있다.

이빨 죄다 나간 민짜 잇몸으로
질겅질겅 시간이나 씹는 해골바가지,
이미 나를 덜어 남을 이루었다는 듯
그 자리 마음 풀어놓고 내벽 푹푹 썩어 내린
고사목 그루터기.

아무렴 꼭 세트장 한 구석 방치된 미니어처들 같다,
살기 위해 나를 축소한
그런.

— 홍신선, 「겨울 미니어처」 전문

겨울은 칩거와 동면의 시기이다. 그래서 화자는 모든 행위를 접고 세트장 한구석에서 미니어처처럼 축소된 채 "제 안으로 골똘히 무너져" 방치된다. 그건 "자칫 목숨도 쏟아질까 단전 차단기를 내려" 생명의 방전을 막는다. 그러면서 화자는 자신을 '해골바가지'와 '고사목 그루터기'라고 말한다. 그렇지만 그것은 완전한 죽음은 아니다. "살기 위해 나를 축소한" 미니어처일 뿐이다. 봄이 되면 나의 몸은 등신대로 다시 자

라날 것을 알기 때문이다. 화자는 이 시에서 겨울이 "이미 나를 덜어 남을 이루었다는" 뜻을 자각하고 있다.

엘리엇은 감성과 이성의 통합을 주장하면서, "지성 시인들은 사상을 장미 향기처럼 맡는다."라고 말했고, 예이츠는 "새벽처럼 차고 정열적인 한 편의 시를 쓰고 싶다."고 했다. 엘리엇은 시는 구체적인 것이고 산문은 추상적인 것이라고 말하기도 했다. 감정을 다루는 시는 구체적인 것이지만 지식의 산물인 산문은 추상적이란 생각은, 시는 있는 그대로의 세계이고 지식 이전의 사실이지만 산문은 사실에 관한 지식이라는 뜻이다. 그러면 시인은 그 설명 불가능의 세계를 어떻게 시로 표현하는가.

무심코 떠났다
묵직한 배낭도 가벼운 듯
휘파람도 함께 있었다

그뿐
발자취 따라 그려지는
무수한 선들의 흔적
혼돈의 요령소리

시키지 않아도 되살아나는
질경이 같은 습성이
꿋꿋이 버티는 방법을
대단한 비밀인 듯
알려 주었다

비틀거리는 풍경
눈꺼풀이 무거워져
반쯤 내려 감긴 시야에
바튼 기침 똬리를 틀고

무엇을 위한
울렁증인가

다리 정강이는 어느 만큼엔
묵직한 쇠사슬 철벅거리는 소리
발목을 따라 오르내리고 있었다.
　　　　　　　— 정명희, 「세월 건너 풍경소리」 전문

　시인은 나이가 들 만큼 들어 이미 세상일에 부대끼며 살아왔다. 그래
서 세상의 이치를 어느 정도 알 수 있게 되었다. "묵직한 배낭도 가벼운
듯" 짊어지고 무심코 길을 떠났지만, 그 족적에는 "혼돈의 요령소리"가
가득했다. '요령소리'는 죽음을 인도하는 소리다. 그리하여 세월은 "비
틀거리는 풍경/눈꺼풀이 무거워져/반쯤 내려 감긴 시야에/바튼 기침 똬
리를 틀고" 화자를 기다리고, "다리 정강이는 어느 만큼엔/묵직한 쇠사
슬 철벅거리는 소리"마저 들리고 있다. 그럼에도 불구하고 제3연 "시키
지 않아도 되살아나는/질경이 같은 습성"이 "꿋꿋이 버티는 방법"을 일
깨워주고 있음을 주목해야 한다. '요령소리'가 혼돈이라면 '풍경소리'는
질서이다. 하나는 사람이 흔들어 소리를 내지만 또 하나는 바람이 소리
를 내게 만든다. 우리가 인간에게 혼돈을 느낀다면 자연에서 질서를 배
운다. 다만 이 작품에서 제3연이 마지막 부분으로 갔으면 어떨까 하는
생각이 든다.

순흥길에서
향이 깊고 씨알이 굵은 사과
한 상자를 아주 싸게 샀다
어떻게?
너무 익어 검붉다고
주근깨 같은 점 하나
몸끼리 부대낀 멍자국 값이었지만,
온전한 향기와 순전한 살결이
접시마다 소담해 행복하다

완벽하지 않아도 괜찮으면,
곱지 못한 색깔도
시련의 멍도
내 모습이라 시인할 때
드디어 인생은
벽을 넘어 별을 바라볼 수 있다
— 이계화, 「벽을 넘으면 별이 있다」 전문

화자는 경북 영주시 순흥면을 다녀오면서 사과를 샀다. 순흥은 슬픈
고장이다. 금성대군과 순흥부사가 도모한 단종의 복위운동에 온 고을
사람들이 가담했다 하여, 사방 10리 이내에 거주하는 고을 남자들이 몰
살을 당한 곳이다. 이곳엔 '피끝마을'이라 불리는 지역이 있다. 그곳 내
까지 피가 흘러내렸기 때문에 이름이 붙여졌다고 한다. 그 이전까지 순
흥은 부사가 다스리던 큰 고을이었지만, 이 사건으로 순흥은 공중 분해
되어 영주, 봉화, 풍기로 고을이 나누어졌다. 그 순흥 길에서 "너무 익
어 검붉다고/주근깨 같은 점 하나/몸끼리 부대낀 멍자국" 때문에 헐가

에 사과 한 상자를 샀다. 그런데 그 사과를 보면서 화자는 마치 자신을 돌아보는 것 같다. "곱지 못한 색깔"과 "시련의 멍"이 나를 닮았다. 그런 사과를 "내 모습이라 시인할 때" 비로소 내 인생의 벽은 무너지고 '벽'을 넘어 '별'을 바라볼 수 있게 되는 것이다. '별'을 보게 되었을 때 곱지도 않고 멍이 든 순흥사과의 "온전한 향기"와 "순전한 살결"이 화자를 행복하게 만든다.

언제 불러보아도
가슴 아린 이름이다
생각만이 깊고
아직도 말하지 못한 사랑이다
꽃잎처럼 아득하게 떠있는
고향마을이다
조금만 흔들어도 생채기가 나던
우리들의 봄날이다

그리움을 안긴 달빛이다
봄 기다리는 보리밭에 풀어놓은
푸른 물감이다
뜬눈으로 걸어오는
붉은 새벽이다
철없이 곤두박질하는
까치 노을이다
신을 때마다 발에 물집 생기는
검정고무신이다

— 백규현, 「당신은」 전문

은유의 사회학

이 작품에서 시인이 인식하는 '당신'은 "가슴 아린 이름"이면서, "말하지 못한 사랑", "꽃잎처럼 아득하게 떠있는 고향마을", "우리들의 봄날", "그리움을 안긴 달빛", "보리밭에 풀어놓은 푸른 물감", "붉은 새벽", "까치 노을", "검정고무신"으로 비유된다. '당신'이란 원관념이 아홉 가지 보조관념으로 연결된다. 이 경우 원관념과 보조관념 사이에 발생하는 것이 메타포이다.

엘리엇의 시론에 의하면 시인은 은유에서 감정의 동가물(同價物)을 제시해야 한다. 메타포는 그 동가물을 가리킨다. 메타포 안에서 이성과 감성은 통합된다. 그러니까 결국 시는 메타포의 문제에 귀착되고, 현대 시론에선 메타포가 주요한 비평 기준이 된다.

> 비탈땅이 눈 가까이 들도록
> 고개를 푹 숙여야
> 고개를 오를 수 있더라
>
> 때론 한껏 고개 젖혀
> 망망한 하늘 우주 둘러
> 산세 탐색에 유연하기도 하지만
>
> 고갯길에서 직립으로 꼿꼿한 고개로는
> 발 밑 작은 웅덩이 정도에도
> 뒤뚱하여 놀랄 일 비근하니까
>
> 깊숙이 목례하는 각도로
> 하찮은 돌멩이, 고개 든 풀꽃에
> 조신하게 눈 맞추면 등 내주는 게 고개더라.
>
> — 김철기, 「고개」 전문

시인은 이 작품에서 '고개(hill)'와 '고개(head)'라는 동음이의어(同音異義語)를 통해 인생의 고개에 대한 나름의 해석을 내리고 있다. 이 작품의 제목 '고개'는 산등성이를 일컫는다. '고개'를 숙여야만 "하찮은 돌멩이, 고개 든 풀꽃에/조신하게 눈 맞추면" 비로소 '고개'는 등을 내주게 된다. 인생도 그렇다. '고개'를 젖혀야만 "망망한 하늘 우주"와 "산세 탐색"에 유연할 수 있지만 "발밑 작은 웅덩이 정도에도/뒤뚱하여 놀랄 일"이 비일비재하다. '고개'를 숙이는 행위는 인생의 자세를 겸손하게 갖는 한편 높은 '고개'를 넘을 수 있게 된다.

예이츠(W.B. Yeats)는 "자신과의 싸움에서 스타일이 생기고 남과의 싸움에서 웅변이 생긴다."고 말한 일도 있다. 시는 시인이 자신의 주관적인 감정을 스타일로 만들어내는 과정에서 열매를 맺는다. 그 만들어내는 과정은 뜨거운 감정에 대한 차디찬 지성의 싸움이다. 시인은 검증하고, 분석하고 반성하는 지적 작업을 통하여 감정을 메타포로 바꾸어놓는 창작 과정을 겪는다. 거기에는 여러 가지 시적 전략이 따른다. 이번 시평에서는 시인의 언어적 감수성을 통해 자아를 모색하고자 하는 작품들을 주 대상으로 삼았음을 명기한다.

• 『한국시학』, 2014 여름호

자연시에 나타난 삶의 의지

『한국시학』 2014년 여름호에 게재된 작품 가운데 유난히 세월호 사건과 관련된 것들이 많았다. 3백이 넘는 고귀한 생명들이 차가운 바닷속으로 사라져간 그 사건 때문에 온 나라와 국민이 아파하고 분노한 것을 떠올린다면, 그로 인해 상처 입은 가족들의 마음을 보듬고 죽은 넋을 위로하는 작품들이 많은 것은 너무도 당연한 일이다. 그러나 많은 작품들 가운데 슬픔과 분노를 미처 내면으로 소화시키지 못한 날것의 감정들이 그대로 드러나 읽는 이의 마음을 안타깝게 하는 것들이 있다.

요즘 대체로 젊은 시인의 시가 난해해지는 경향을 보인다. 젊은 시인들의 시가 어려워진 이유 가운데 하나는 작품의 소재가 자연과 멀어진 때문이기도 하다. 그런 의미에서 이번 계간평에서는 주로 자연을 시의 소재로 하고, 자연에서 받은 삶을 작품으로 이미지화한 작품들을 골라 보았다. 많은 이들은 자연에서 시의 제재를 얻고 자연의 메시지를 우리에게 전달하고자 하였다. 또 자연과 인간의 조화를 철학의 근본으로 삼았다.

한 생애가 밀려가고
한 생애가 밀려오듯
해가 뜨고
해가 지는
지평선을 배경으로
생애를 걸고 출렁이는
이 초록의 모가지들

— 문순영, 「보리밭」 전문

　자연은 끊임없이 순환을 하는 존재이다. 역시 생명도 순환을 거듭한다. 보리밭도 그렇고 태양도 그러하다. 화자는 출렁이는 보리밭을 보면서 끊임없이 순환되는 생명의 윤회를 생각한다. "한 생애가 밀려가고/ 한 생애가 밀려오듯" 초록의 모가지들은 "생애를 걸고 출렁이는" 존재이다. 이처럼 우리의 전통적 자연 개념은 사물의 본래적인 모습이나 존재방식을 의미했다. 동양에서의 자연은 생명의 원천이다. 인간은 자연의 이치를 이해하고 그 원리에 따라 살아간다. 자아와 대상을 분리시키지 않고 하나로 보려는 시각은 도교는 물론 유교에서도 마찬가지이다. 단지 그 실천방법이 각각 우주의 본체로서의 무위자연에 대한 탐구와 일상의 실천적 윤리규범이라는 점에서 차이를 보인다고 할 수 있지만, 그들은 모두 인간과 인간, 인간과 만물, 인간과 도를 분리하지 않는다. 그의 시가 자연시의 세계와 맞닿는 지점은 바로 자연 속에 물러나 살면서 자연과 융합하려는 은일의 정신과 더불어 인간과 자연을 분리시키지 않고 조화의 세계로 나아가려고 하기 때문이다. 극도로 축소된 자아는 다시 무한대로 확장된다. 이와 같은 시적 발상의 근원에는 나와 만물이 하나라는 인식이 담겨 있으며, 자연 그대로의 모습이야말로 그가

은유의 사회학

추구하는 도의 원천이라는 인식이 담겨 있다. 이와 같은 인식을 통해서
볼 때 그가 추구한 세계가 도가적 무위자연의 세계임을 알 수 있다. 시
인은 지극히 사소한 자연 현상인 보리밭이 바람에 출렁이는 모습을 보
면서 생명과 우주에 대한 깊은 성찰을 들려준다.

고향
금당리
옛집

꽃사과나무꽃
피었다
지네.

마당에
하얗게 쌓이는
그리움이여

평상
술잔에도
내려앉는 꽃이여

보리밭
저 연록빛
노고지리 소리,

장다리 노란 향기
울타리

넘어 오는데

꽃사과나무
꽃잎
뜬
탁주 마시고

늦은 봄날,
한나절
꿈속에 잠겼네.

— 임병호, 「꽃사과나무꽃, 피고 지다」 전문

시인은 틈만 있으면 술을 마신다. 그런데 이 작품을 보고서야 시인이
술을 마시는 이유를 알 수 있었다. 술은 시인의 자연적 어법이다. 작품
속에는 '고향'과 '꽃사과나무꽃', '보리밭', '노고지리 소리', '장다리 노
란 향기'가 들어 있다. 시인은 술을 마시면서 "마당에/하얗게 쌓이는/
그리움"을 반추하면서 "늦은 봄날,/한나절/꿈속에 잠겼네."라고 노래한
다. 마치 정철의 「장진주사(將進酒辭)」를 연상시킨다. 이 작품에는 인생
의 진리를 꿰뚫어 보아 사소한 일에 집착하지 않고 넓고 멀리 바라보고
자 하는 관조의 시정신이 엿보인다. 사람이 세상이나 인생을 훤히 꿰뚫
어 보아, 사소한 일에 집착하지 않으면 갈등은 사라진다. 이 작품에는
그의 삶에 대한 관조의 포즈가 드러나 있다.

한마디 말도 없이
차갑게 돌아선 당신에게
다시 쓰지 않으리라 다짐했지만

은유의 사회학

하지 못한 말 한마디 때문에
가슴이 터질 것 같아
또 편지를 쓰고 있다

처음 만난 기억은 어제 같은데
쓰라린 그리움을 깨물다가
가슴이 막히고 눈물이 나면
별들과 나누던 옛이야기 꺼내
수신인 잃은 편지를 쓰고 있다

보고 싶다는 말 한마디 쓰고 나서
반쯤 죽어버린다 해도
당신이 보고 싶어지는 날
강 건너 바라보며 손짓하듯
또 편지를 쓰고 있다

― 백규현, 「그믐달」 전문

그믐달은 서글픈 달이다. 그리고 쇠락의 달이다. 나도향은 그의 수필 「그믐달」에서 "그믐달은 너무 요염하여 감히 손을 댈 수도 없고 말을 붙일 수도 없이 깜찍하게 예쁜 계집 같은 달인 동시에 가슴이 저리고 쓰리도록 가련한 달"이라고 했다. 화자는 가슴 절절한 사연을 그리운 이에게 보내고 싶어 한다. 작품 본문에는 '그믐달'이란 단어가 등장하지 않는다. 다만 제목이 '그믐달'이다. 작품 가운데 '당신'이 '그믐달'의 이미지를 지니고 있다. 다시 말하면, "한마디 말도 없이/차갑게 돌아선 당신"이 '그믐달'의 이미지와 대치된다. 그런가 하면 그믐달은 "보는 이가 적어 그만큼 외로운 달이다. 객창한등(客窓寒燈)에 정든 임 그리워 잠 못

들어 하는 분이나, 못 견디게 쓰린 가슴을 웅켜잡은 무슨 한 있는 사람 아니면, 그 달을 보아 주는 이가 별로 없는 것이다. 그는 고요한 꿈나라에서 평화롭게 잠든 세상을 저주하며 머리를 풀어뜨리고 우는 청상과 같은 달"처럼 화자의 마음과도 닮았다. 그믐달을 쳐다보는 것은 화자일 수도 있고, 당신일 수도 있다는 뜻이다. 화자와 당신과 그믐달은 하나의 삼각고리를 이루며 두 사람의 마음에 투사되고 있는 것이다.

밤새
아무도 모르게
철 지난 눈이 내렸나

여린 가지마다
서리처럼 내려앉아
흔들거린다

멀리 시집 간
누님의 늦은
봄소식

언제나
한숨뿐인 글씨로
흰 쌀밥같이 수북이 담은
조팝나무 그 꽃

— 이병숙, 「조팝나무꽃」 전문

시인은 "철 지난 눈"처럼 하얗게 핀 조팝나무를 보면서 가난했던 어린 시절을 떠올린다. 가난한 그 시절 우리는 얼마나 먹을 것이 부족했

은유의 사회학

는지 하얀 꽃에다 '조팝나무'나 '이팝나무'와 같은 이름을 붙였다. 조팝나무와 이팝나무는 봄에 꽃이 피는 나무들이다. 가을에 거두어들인 쌀은 이미 바닥이 났고, 아직 보리는 익지 않았다. 소위 '보릿고개'의 계절에 조팝나무와 이팝나무의 하얀 꽃이 핀다. 그 꽃이 좁쌀이거나 입쌀이라면 얼마나 좋을까 하는 생각에서 그런 이름으로 불렀다. 가난하고 힘겨운 시절이었다. 먼 곳으로 시집간 누님의 소식마저도 한숨뿐일 수밖에 없다.

詩의 언저리

부표처럼 흔들리다

풀물 드는 여름 오후

허물 벗는 나비처럼

초록이

초록을 풀어

한 소절 꿈을 풀어

— 임애월, 「초여름」 전문

초여름의 어느 날 떠오르는 시상을 어렵게 엮어내는 시인의 모습에 공감이 간다. 그렇지만 "부표처럼 흔들리"는 시심을 형상화하는 데 초여름의 '초록'이 도와주어 다행스럽다. 초록은 곧 생명이고, 그 초록이 시에다가 생명을 불어넣는다. 그래서 나비가 허물을 벗고 공중을 훨훨 날 수 있는 하나의 완성체가 된다. 시인은 시작의 어려움을 잘 알고 있다. 그래서 "날개는/침묵의 가치를/아는 자의 몫이다"(「우화」)라고 노래하기도 한다. 시인이 스스로 만족하는 작품 한 편을 건지기 위해 오랜 침묵의 시간을 견디어내야 한다. 그리고 나서야 비로소 하늘을 날 수 있는 나비의 날개를 갖게 된다.

> 역사라는 고목나무를
> 검붉은 설움의 빛에 하얀 운명의 점박이
> 무당벌레가
> 두 갈퀴 더듬이로
> 더듬어 가고 있다.
> 더듬이가 없어
> 헤매는 사람들이
> 여명처럼 무당벌레를 바라고 있다.
> 깜깜한 역사라는 길은
> 사납고
> 사악한 수렁의 징검다리
> 무당벌레 한 마리가 사람들을 데리고
> 까마득한 점으로 멀어지고 있다.
> — 정순영, 「무당벌레」 전문

　역사는 우리의 발자취다. 그것이 개인의 것이든 민족의 것이든 모두 소중하다. 그것은 그 발자취를 더듬어보아 앞으로 나아갈 길을 찾을 수 있기 때문이다. 그러나 그것은 결코 쉬운 작업은 아니다. 어리석은 자들은 지나온 발자취를 돌아보고도, 그게 자신의 앞날을 위해 어떤 역할을 하는지 모르기 때문이다. 우리 모두는 무당벌레이다. 더듬이로 길을 찾는 무당벌레지만, 그 앞날은 "깜깜한 역사라는 길은/사납고/사악한 수렁의 징검다리"로 우리 앞에 우뚝 막아선다. 시인은 여기에서 역사가 주는 교훈을 망각하고, 선인들의 잘못을 되풀이하는 현인들의 모습을 통렬하게 비판한다.

자연시라는 용어는 서구에서 비롯하였지만, 이제는 동양권에서의 시적 전통을 이해하는 주요한 용어가 되었다. 동양 시학의 전통은 정서와 풍경을 유기적으로 연결 짓는 인간과 자연과의 융합을 근간으로 한다. 그러므로 자연시는 풍경 묘사와 시인의 정서가 조화를 이루며, 자아와 대상이 분리되지 않는 비분리의 시학이다. 동양에서 자연시의 전통은 넓게 보아 노자와 장자, 혹은 유가의 사상을 그 기원으로 하고 있다. 이들은 인간이 자연 속에 숨어 살면서 자연과 융합하는 은일의 정신을 시의 정신으로 보았다. 은일의 정신을 기조로 하는 이러한 시의 정신은 인간의 생사와 천지만물의 일체감을 강조하는 장자의 사상에 연결된다.

• 『한국시학』, 2014 가을호

존재 가치와 존재 이유

『한국시학』 2014년 가을호에 수록된 시를 살펴보면서, 특히 인간의 존재에 대해 물음을 던진 작품들이 많다는 것을 발견하였다. 인간의 존재 이유를 밝히는 일은 문학이 지닌 궁극적 목표이기 때문이다. 인간은 언제나 자기가 자기에 관해서 알고 있는 것 이상의 존재이다. 인간의 본질은 인간이 단순한 인간이 아니라 '더 많은 것'이라는 데 있다. '더 많은 것'이라는 말은 인간에 관한 확장적인 의미가 아니라 근원적이고도 본질적인 의미를 부여한다. 인간은 결코 존재하는 것의 주인이 아니라 존재의 목자라고 할 수 있다. 그럼으로써 인간은 존재의 진실에 도달하기 때문이다. 인간은 어느 상태에서 고정될 수 있는 현존재에 지나지 않는 것이 아니라 거기에는 자유에 의한 가능성이 있으며, 이 자유로 말미암아 인간은 다시 자기가 무엇인가를 사실적인 행위 속에서 결정한다. 영국에 "소용없는 물건은 없다."라는 속담이 있다. 이는 어떤 사물이나 막론하고 나름의 존재 가치나 존재 이유가 있다는 뜻이다.

공평한 하늘 아래 하찮은 배역은 없다
비중이 아무리 작을지라도
각자는 수줍은 대로 신이 선택한 배우
가장자리 놓여 호되게 짓밟히다가
세찬 바람 앞에 철썩 무릎 꿇더라도
새벽이슬에 기어코 소생하고야 마는
질기디질긴 생명

아파도 용케 참아내며
슬플 때 대신 울어주는
이리저리 흔들리며 피는 그대
우뚝 솟진 않았을지언정
심저의 뜨거운 호흡으로
겨우 내 갈라져 삐걱대는 것들 아우르며
전 들판에 생기 불러일으킨다.

— 강명숙, 「들꽃」 부분

　강명숙은 들판 여기저기에 피어 있는 풀꽃의 존재 이유를 찾고 있다. 그것은 풀꽃이 아무리 "하찮은 배역"을 가지고 있더라도 "신이 선택한 배우"임을 알기 때문이다. 화자는 들꽃에 자신을 투영시킨다. "아파도 용케 참아내며/슬플 때 대신 울어주는" 들꽃은 질기디질긴 생명의 대명사다. 화자는 "심저의 뜨거운 호흡"으로 자신의 존재를 스스로 각인시키고자 한다. 그리고 "전 들판에 생기 불러일으킨다."에서 보는 것처럼 내부에서 솟아오르는 시적 감흥을 놓치지 않으려 한다.

세상살이에 찌든 생각들을
침묵 속에 밀어넣고

자연을 스승으로 생명이
가득 찬 언어의 신비를 만나
고요함 속에 태양이 뜨고
달과 별들의 밀어에
귀가 열리면 침묵으로
스스로를 다스리는
내 안의 나를 만나라.

— 김연식, 「내공은 침묵 속에서」 부분

자연은 우리의 스승이다. 우리는 자연과 더불어 지낸다. 자연이 존재함으로써 생명이 존재한다. 특히 물은 생명의 원천이다. 생명은 물에서 생성되었고, 물과 더불어 산다. 인간문명은 물을 중심으로 발달하였고, 물을 끌어다가 농사를 지었다. 물은 생생력(生生力)을 지니고 있다. 자연은 결코 수다스럽지 않다. 그런 자연에서 시인은 '언어의 신비'를 만나고, '태양'과 '달과 별들의 밀어'를 만난다. 자연의 비밀을 아는 이는 침묵할 수밖에 없다. 인간은 말하는 것을 인간에게서 배우고 침묵하는 법을 자연에서 배운다. 시인 김윤성은 「나무」라는 시에서 "나는 구태여 움직이지 않아도 좋다/나는 소리쳐 부르지 않아도 좋다/시작도 끝도 없는 침묵은/아무도 건드리지 못한다"라고 노래했다. 침묵하는 이는 자연의 이치를 깨닫고, 그건 곧 자신의 존재 가치를 찾는 길이다.

해바라기 밭에서
고흐가 눈꺼풀을 열었다

원색의 물감통 하나와
빗자루만한 붓 하나가

금방 없어졌다

바람처럼 그가 사라진 플랫홈에
까칠한 해바라기 한 촉

해를 끌어안으려는 갈망 하나로
오래 그 자리에 울고 있었다.
　　　　　　　　　　— 박명자, 「반 고흐의 해바라기」 전문

　근대 여러 화가 가운데 빈센트 반 고흐만큼 치열한 삶을 산 이도 없
다. 초기에 무명이었던 그는 해바라기 연작을 그리면서 이름을 알리기
시작했다. 해바라기는 모양이나 색채가 매우 강렬한 꽃이다. 고흐는 그
런 해바라기의 형상 이외에도 해를 향하는 성질을 좋아하는데, 이는 고
흐의 내면적 원형성을 보여주고 있는 증거이다. 해바라기 그림을 오래
보고 있으면 풍부한 변화를 나타내는 태양과 화가의 생명에 대한 찬가
가 느껴진다. 자신의 강렬한 생명력을 해바라기를 통해 드러내고자 하
는 고흐의 삶의 태도가 보인다. 고흐가 해바라기 그림을 통해 존재 의
미를 찾듯, 이 작품의 화자도 시적 형상화를 통해 자신의 존재 의미를
찾기 위해 갈망하는 모습이 보인다. 마지막 연 "해를 끌어안으려는 갈
망 하나로/오래 그 자리에 울고 있었다."에서 시인의 문학에 대한 강한
애착이 드러난다.

낙엽들의 산책길을
함께 걸어본다

발길에 부서지는

낙엽들이 바스락댄다

저승꽃 만발한
내 몸도 바스락거린다

우리는
황홀한 동행자다.

— 박영원, 「동행 2」 부분

　아마 시적 화자는 인생의 가을에 접어든 듯하다. 얼마 있지 않아 겨울
이 다가올 것이고 우리는 휴면에 접어든다. 어찌 보면 슬플 수도 있다.
가을을 노년에 비교하는 이도 있다. 프라이(N. Frye)에 의하면 가을은 비
극의 계절이다. 그런데 화자는 낙엽을 '황홀한 동반자'라고 표현한다.
노화와 죽음이라는 현실을 결코 두려워하거나 피하려고 하지 않는다.
그것은 노화나 죽음이 곧 삶의 일부라는 것을 알고 있기 때문이다. 삶
을 달관한 경지이다.

비우면 채워진다는
말을 듣고
힘겹게 벼루 하나를
비우고
하루 반나절
내 맘을 만난다
꽉 채워야
맛은 아니지만
붕어의 비늘처럼
하얀 햇살을 만나

은유의 사회학

비우고 나니

멍하니 달 하나 띄우고

낚고 있다

— 박영하, 「허공」 전문

항아리에 무엇인가를 새로이 채우기 위해서는 일단 항아리를 비워야 한다. 욕심이 많은 범인으로서는 자신을 비운다는 건 힘든 일이다. 화자 역시 "힘겹게 벼루 하나를 비우고" 나서야 '내 맘'을 만난다. 벼루를 비웠다는 것은 먹물을 모두 사용했다는 뜻이다. 먹물로 할 수 있는 것은 글씨 쓰기나 그림 그리기 중 하나일 것이다. 그런데 작품 제목이 「허공」인 걸 보면 아마 수묵화를 그리기 위한 것인 듯하다. 한국화는 선과 여백의 미와 농담을 중시하는 정신적 예술이다. 공간은 여백으로 처리한다. 화자는 그 공간에 달 하나를 띄워놓고 있다. 자연과 화자가 서로 일치하는 단계이다.

일용할 양식은 바람이다

풍속이 빠를수록 신명나

허공에 제 모습 펼치며

직각을 고수하지만

풍향은 의식하지 않는다

세찬 비바람 영접의 노래

플랙(flag)플랙(flag)하며

생 살점 떨어져 나가도 괜찮다 한다

무풍지대 게양된 것들은
처량하고 후줄근하다

깃발은
바람을 먹고 살아간다.

— 이돈희, 「깃발」 전문

　여기서는 깃발이 곧 시인 자신이다. 깃발이 바람에 나부끼듯 시인 역
시 "일용할 양식은 바람"이라고 토로한다. 바람은 외부로부터 들어오는
하나의 동기이다. 바람이 불어야 깃발이 나부끼듯 시인에게도 외부의
자극이 있어야 비로소 움직이기 시작한다. "무풍지대 게양된 것들은/처
량하고 후줄근하다"라고 한 것처럼 사람을 움직일 수 있는 것은 마음이
다. 『장자(莊子)』에서는 "바람이란 모든 것에 영향을 주는 세상일"이라
고 했고, 박목월은 시 「소곡(小曲)」에서 "불이 켜질 무렵/잠드는 바람/바
람 같은 목마름/진실로 겨울의 해질 무렵/잠드는 바람 같은 적막한 명
목(瞑目)"이라고 바람의 생동성(生動性)을 노래하였다. 시인에게 바람은
곧 생명이다.

몇 백도
화염 속에서
나무도, 재도 아닌
또 다른 모습으로
새롭게 부활하는 경계

태워서 얻은 몸
다시 태우는

살신성인(殺身成仁)
나는,
어떻게 살고 있나

— 이진숙, 「백탄」 부분

숯은 백탄과 흑탄으로 나눈다. 백탄은 흑탄과는 달리 1,200도 내외의 화염으로 구워내어 나무 안에 들어있던 일산화탄소나 기타 불완전연소물들을 완전히 태운 후 가마 밖으로 나와서 만들어지는 제품이다. 온도가 높이 올라가기 때문에 그만큼 기공이 많다. 또한 식힐 때는 재빨리 꺼내어 깨끗한 모래와 물을 혼합하여 끄게 되는데 이때 그냥 꺼내두게 되면 숯이 완전히 연소되어 재만 남게 되기 때문이다. 숯은 다시 자신의 몸을 태워 무언가를 익히거나 덥히는 역할을 한다. 즉 자기희생이다. 화자는 여기서 "태워서 얻은 몸/다시 태우는" 백탄이 지닌 살신성인의 성질을 닮고자 한다. 치열한 자기희생이요, 사랑의 정신이다.

늦가을 숲속에서 떨어지는 것들은
비늘처럼 반짝이는 날개를 가졌다
하르르 쏟아져 질펀한 묵은 빛들의 축제

우기우기의 기억들이 빠져나간 마른 손등
실핏줄 도드라진 잎맥의 행간마다
젊은 날 푸르던 물줄기 골마다 비켜두고

색색을 벗어 내리는 지금은 가벼워질 시간
바다를 꿈꾸던 사유의 붉은 지느러미들
늦가을 햇살 감아내려 나이테로 고인다

— 임애월, 「가을 숲에서」 전문

역시 젊은 날을 비껴서서 다가오는 노년을 맞는 심정을 읊었다. 여름은 색색의 시절이요, 푸르던 물줄기로 대변된다. 가을은 묵은 빛들의 축제이면서 붉은 지느러미로 인식된다. 젊음이 무거운 짐이었다면 노년은 "가벼워질 시간"이다. 세월의 흐름을 사람들은 잘 알지 못한다. 그건 그들이 안온 속에 자신의 몸을 맡기기 때문이다. 그러다가 문득 '떨어지는 것'과 '마른 손등'에서 세월이 흐름을 느끼고는 "해마다 꽃은 같지만 해마다 사람은 같지 않다"라고 말한다. 세월이 흐르고 사람은 늙는다. 그러나 화자는 그 늙음에 대해 안타까워하지 않는다. 그것은 '바다를 꿈꾸던 사유"가 '나이테'로 고이기 때문이다. 우리는 그래서 연륜(年輪)이라는 말을 쓴다. 존재 자체가 삶이자 죽음인 것이다.

일반적으로 존재란 일정한 시간과 공간을 점하고 있는 사물을 말한다. 즉 '있다'와 '없다'로 존재의 유무가 정해진다. 그러나 철학에서는 이와 해석을 달리한다. 플라톤은 이데아(idea)를 진실재(眞實在)라고 하였고 서화담(徐花潭)은 존재를 무시무종(無始無終)이라고 했다. 존재는 사유와 이성의 대상이다. 존재론은 인간의 근원적인 모습을 문제 삼는다. 자연 존재의 문제는 문학의 가장 큰 명제의 하나일 수밖에 없다. 이번 『한국시학』 2014년 가을호에는 우리의 존재 의미를 찾고자 하는 작품이 적지 않았다. 그것은 다양한 언어로써 형상화되었다.

• 『한국시학』, 2014 겨울호

생명력의 끈질긴 분출

　기호에는 두 가지 기능이 있다. 하나는 부호(sign)로서의 기능이요, 다른 하나는 상징(symbol)으로서의 기능이다. 부호는 단순히 '지시하는 기능'을 뜻하는 대신에 상징은 대상을 추출하여 그것의 개념을 포유(包有)하게 하는 것을 의미한다. 인간 정신의 상징성은 동물에게서는 찾아볼 수 없는 인간 고유의 꿈과 같은 정신 활동을 한다. 이처럼 정신 활동을 통해 관념을 명료화하는 과정을 '상징적 변형'이라고 한다. 그러므로 모든 상징적 투영 과정은 일종의 상징적 변형이며, 이 과정에서 가장 중요한 것은 추상(abstraction)이다. 결국 상징의 가장 중요한 기능은 추상의 도구로서의 기능이다. 모든 예술작품의 주체는 상징이라는 말이 있다. 즉 관념을 표현한 것이 바로 예술작품이라는 말이다. 이런 점에서 예술작품은 사상(事象)을 표현하는 언어와 같지만 나름대로의 양식을 갖는다. 결론적으로 말해 예술작품은 "인간 감정의 상징을 표현하는 양식의 창작"이 된다.

　『한국시학』 2014년 겨울호에는 겨울을 제재로 한 작품이 많다. 그리고 그런 작품들은 대개 생명의 연면함을 노래한 것이 대부분이다. 그것은 단순한 계절의 노래가 아니라 고도의 상징성을 지니고, 겨울이라는 계절이 우리에게 던져주는 내밀한 의미를 내포하고 있다. 다음 작품도 그 가운데 하나이다.

> 뼛속까지 파고드는 한기
> 가슴 아픈 사람들에게는
> 더 추운 나날이 되지만
> 풋풋한 사랑을 시작하는
> 작은 연인들은 축복이 된다
> 아직 갈 길은 멀지만
> 기대감은 늘 아름다운 희망
>
> 동토 밑에서 조용히 움트는
> 따뜻한 날들의 축제를
> 그리고 또 그리는 연습
> 속삭이듯 귓가를 간질이며
> 긴 밤 수를 놓고 있다
> 이제 조심스런 시작이지만
> 울림은 점점 커지리라
>
> ― 박광순, 「겨울이야기」 부분

우리에게 겨울은 시련의 계절이다. 그것은 "뼛속까지 파고드는 한기"로 말미암아 "가슴 아픈 사람들에게는 너 추운 나날"이 된다. 그러나 겨울은 단순히 추운 계절만은 아니다. 겨울은 부활을 꿈꾸는 계절이기 때문이다. 모든 식물과 동물까지도 새 생명을 잉태하고 싹틔울 부활의 꿈을 안고 있다. 겨울은 자신만이 꿈꾸는 세계를 안고 고통을 감내하는 준비의 단계이다. 겨울의 참혹한 시련이 없다면 부활의 의미도 없다. 시인은 "아직 갈 길은 멀지만/기대감은 늘 아름다운 희망"이라고 겨울의 의미를 규정한다. 그래서 "이제 조심스런 시작이지만/울림은 점점 커지리라"라고 기대를 놓지 않는다.

> 가진 것 통째로 내어 주고
> 알몸으로 살아도 외롭지 않다.
>
> 비움으로 마음 편안함은
> 충만한 축복의 내일
> 기다리기 때문인가.
>
> 봄마다 향기 가득 담아내며
> 아름다운 자태
> 간직하고 즐기던 젊음 한 갈피
>
> 융성의 그날 기억하고 있기에
> 헐벗은 채 풍상에 시달려도
>
> 굳은 의지로 꽃눈 한껏
> 품고 서서 내일을 꿈꾸며 산다.
>
> ― 심의표, 「겨울나무처럼」 전문

기나긴 겨울이 지나고 이제는 봄이 우리 곁에 성큼 다가와 있다. 겨울은 죽음의 계절이고, 봄은 그 죽은 것 가운데서 새로운 생명이 움트는 시기이다. 엘리엇은 시 「황무지」에서 "4월은 가장 잔인한 달/죽은 땅에서 라일락을 키워내고/기억과 욕정을 뒤섞으며/봄비로 잠든 뿌리를 뒤흔든다."라고 노래했다. 이는 황무지에 희망의 씨앗을 싹트게 하기 위해서는 껍질을 뚫고 나오려는 의지가 필요하다는 점을 강조한 작품이다. 물론 이 작품은 죽음의 평화를 노래한 것으로 신화적이요, 그래서 상징적이긴 하지만, 재생의 계절로 봄을 바라보고 있다는 점에서 봄을 가장 잘 규정짓는 작품임에 틀림없고 그런 의미에서 인구에 회자된다. 위의 작품은 겨울이라는 시련을 이기고 봄을 기다리는 나목을 소재로 하여 시적 화자의 기원을 이야기하고 있다.

> 종일 잔기침 앓던 골목쟁이로
> 돌개바람 한 점 굴러간다
> 날아가는 보르박스 한 장
> 뒤쫓아 가는 웃동네 할매는
> 꺾어진 허리 절반이 땅에 붙잡혀
> 네 군데 모서리가 닳아빠진
> 종이상자를 꼭 닮은 할매는
> 마지막 생존을 잡으러 간다
> 그녀의 손에 잡힌 박스 한 장은
> 길고 긴 하루치의 한숨에 젖어
> 오늘은 노을마저 웅크렸는데
> 갈라진 손바닥만 아직 따숩다
> — 윤고방, 「장터에 어둠이 내릴 때」 전문

이 작품의 배경이 계절이 딱히 겨울이라는 근거는 없다. 그러나 '잔기침 앓던 골목쟁이'나 '돌개바람'이나 '할매', '마지막 생존', '노을' 같은 시어에서 스산한 겨울 분위기를 감지하게 만든다. 이 작품에서는 이 시대의 시대상을 읽을 수 있다. 상대적 빈곤의 고통에 살아가는 많은 노인들의 삶이 아프게 조명되어 있다. "날아가는 보르박스 한 장"을 "뒤쫓

아 가는 웃동네 할매"의 "꺾어진 허리 절반"에는 "길고 긴 하루치의 한
숨"이 서려 있다. 폐지를 주워 팔아 얻은 돈 몇 푼으로 생존해야 하는
'할매'의 삶에는 인간적 존엄성이 사라지고 없다. 우리 주변에서 흔히
대할 수 있는 생존의 현장이다. 그러나 시적 화자는 언젠가는 "갈라진
손바닥만 아직 따습다"라고 생존에 몸부림치는 그들의 삶에 따뜻한 시
선을 보낸다.

　　　적단풍
　　　저리 붉어
　　　올 가을 더 처연하다.

　　　봄 여름 돌아보면 뉘우쳐지는 일 많은데
　　　탄식할 사이 없이 빨리도 흐른 세월이여.

　　　가을비
　　　저 소리가
　　　시름을 붉게 적시는데

　　　여름 한 시절 음풍농월만 일삼았는가
　　　알곡은 없고 가슴에 쭉정이만 스산하다.

　　　저물녘
　　　어둠처럼
　　　탁발승으로 나선 산문(山門)

　　　삶의 변방에서, 겨울 산간마을 곳곳에서

인심 속에서 봄을 찾아 품고 돌아오겠다.

— 임병호, 「대춘부」 전문

이 작품에는 봄을 기다리는 시인의 마음이 드러나 있다. 혹독한 겨울이 그래도 견딜 만한 이유는 겨울 다음에 봄이라는 세서(歲序)가 기다리고 있기 때문이다. 언뜻 보면 겨울은 모든 게 죽어 있는 계절처럼 보이지만, 그건 사실 봄을 기다리면서 준비하는 시간이다. 겨울은 죽음의 계절이 아니라 쉼표의 계절이다. 겨울이 없다면 만물은 생명을 지속할 수가 없다. 우리 삶에도 겨울은 있는 법이다. 그래서 시인은 삶의 힘을 재충전하여 "겨울 산간마을 곳곳에서/인심 속에서 봄을 찾아 품고 돌아오겠다."라고 다짐한다. 위 작품의 제5연 "저물녘/어둠처럼/탁발승으로 나선 산문"은 "알곡은 없고 가슴에 쭉정이만 스산"한 시인의 삶과 대비된다. 겨울과 그 다음에 다가오는 봄은 시인에게 자신을 되돌아보는 계기가 된다.

말하자면
우리 인연은

칠 벗겨진 파란 대문가
발자국을 헤아리다
타박타박 언덕길을 되짚어 내려오는
색 바랜 통속소설 맨 뒷장 같은 것

갈라진 벽돌담
기대 선 후박나무에게 저녁
강 노을을 거슬러 슬쩍 물어보는

수상한 안부 같은 것

솔바람 타고 강을 건너다
인연의 바람이 잦아들어
강물 속으로 떨어지는
솔방울 홀씨 같은 것

말하자면
우리 인연은

— 김준기, 「홀씨의 노래」 전문

　시인에게 '우리 인연'은 모두 세 가지로 비유된다. 첫 번째는 "통속소설 맨 뒷장", 두 번째는 "수상한 안부", 세 번째는 "솔방울 홀씨" 같은 것이라고 규정짓는다. 그런 맥락에서 보면 이 작품의 제목은 차라리 「우리 인연」이라고 하는 게 맞지 않을까 싶다. 화자에게 '우리 인연'은 부끄러움과 연민의 연속이다. '파란 대문'을 밀치고 안으로 들어설 수 없고, '후박나무'에게 주인의 안부를 슬쩍 물어볼 수밖에 없도록 만들며, 강물 속으로 떨어지는 '솔방울 홀씨'처럼 아무런 결실을 맺을 수가 없다. 인연은 만남에서 이루어진다. 만남은 두 종류가 있다. 하나는 나와 너의 만남이고, 다른 하나는 나와 그것의 만남이다. '너'가 가까운 관계를 맺는 사이라면 '그것'은 조금은 먼 관계를 맺은 경우에 해당된다. 여기에서 '너'는 인간이고, '그것'은 사물일 수만은 없다. '너'가 사람이 아닐 수도 있고 '그것'이 사람일 수도 있다. '만남'에는 '상호성의 공간'이 필요하다. 이 작품에서는 '파란 대문가'와 '후박나무'와 '강물 속'이 여기에 해당된다.

그러나 그 공간은 내가 다가갈 수 없는 장소이다. '우리 인연'을 지속하기 위해서는 더욱 적극적인 자세가 필요한데, 시인의 여린 마음은 좀체 가까이 다가가기 꺼려진다. 아니 어찌 보면 일부러 무관심한 척하는지도 모른다. '무관심의 철학'은 습관적인 삶의 여러 관심들을 벗어남으로써 얻을 수 있는 깊고 넓은 인식과 이해의 지평을 역설적으로 드러낸다. 인간 세상은 명석한 의식과 진지한 관심만으로 엮어지는 것이 아니고 삶에 일정한 거리를 두고 바라볼 수 있는 것이기도 하다.

> 따뜻한 것들만이
> 꽃을 피우는 건 아니다
> 모질고 차가운 계절의 길목을 지나다가
> 문득 멈추어 선 어느 산정의 마른 나무
> 그 삭정이 끝에서
> 밤새 긴 외로움에 눈썹을 떨던 지상의 별들이
> 제 핏줄 얼리며 피워낸 꽃
> 누구도 사랑할 수 없는 투명한 슬픔의 강물은
> 먼 산맥을 흐르고
> 그 강물 속으로 걸어 들어간 한 생의 짧은 그림자
> 새벽 별빛에 젖으며
> 차디찬 눈물의 찬란한 꽃을 피운다
>
> — 임애월, 「서리꽃」 전문

시인의 단호한 삶의 태도가 엿보인다. 그것은 시의 표현에 나타나 있다. "밤새 긴 외로움에 눈썹을 떨던 지상의 별" 또는 "투명한 슬픔의 강물" 등과 같은 구절에서 차가운 백자 항아리 같은 시인의 맨살이 드러난다. 이 작품에서 평자는 죽음이란 명제를 찾을 수 있었다. 죽음이란 육체와 영혼의 연결고리가 단절된 상태를 뜻한다. 사실 우리가 죽음이란 명제를 다룰 경우 이는 삶에 대한 치열한 고민을 전제로 한다. 이 작품의 배경 역시 겨울이다. 겨울은 모든 것이 죽음 속에 잠긴 것처럼 보이는 계절이다. "모질고 차가운 계절"이나 "어느 산정의 마른 나무"가 주는 이미지는 곧 죽음을 연상시킨다. 그렇지만 온통 죽음만이 보이는 세상에서 '서리꽃'은 피어난다. 그것은 "제 핏줄 얼리며 피워낸 꽃"인 동시에 "차디찬 눈물의 찬란한 꽃"이다. 곧 강인한 생명력에 대한 굳건한 믿음이다. 그 믿음이 있기에 시인의 단호한 삶의 태도를 견지할 수 있다.

• 『한국시학』, 2015 봄호

사랑의 고뇌를 말한다

톨스토이는 그의 「독서론」에서 "사람들은 사랑에 의해 살고 있다."라고 말하였다. 이를 바꾸어 말하면, 사람은 사랑의 마음 없이는 어떠한 본질도 진리도 파악하지 못한다는 의미의 해석이 가능하다. 사람은 오직 사랑의 따뜻한 정으로써만 우주의 전지전능에 접근할 수 있다. 사랑의 마음은 모든 것을 포근하게 안을 수 있는 능력이 있다. 사랑은 인간생활 최고의 진리이며 최후의 본질이다. 사람은 사랑을 통하여 비로소 존재 가치를 지니게 된다.

어느 매체에서 현재 유행하는 대중가요의 가사를 분석해본 결과 100곡 중 83곡이 사랑을 주제로 한다는 보고가 있었다. 물론 이러한 곡의 대부분은 남녀 간의 사랑을 제재로 하고 있지만, 그만큼 사랑을 표현하는 시가들이 많다는 것은 이견이 없는 사실이다. 『한국시학』 2015년 봄호에 게재된 작품 가운데 역시 사랑을 주제로 한 게 가장 많았다. 사랑은 인간의 주성분이다. 사랑은 완전무결하여 무엇 하나 보탤 것이 없는 존재이다. 하이네는 "즐거운 봄이 찾아와/온갖 꽃들이 피어날 때에/그때 내 가슴속에는/사랑이 싹트기 시작하였네"라고 봄이 되어 찾아온 사랑을 노래하였다. 봄은 사랑의 계절이다.

　　말없이 흘러가는 저 강
　　어디 강물뿐이랴
　　모래알에 앉은 녹차이야기

　　언덕마다 파랑이 들판
　　봄이면 향기로운 차싹
　　강물을 아름답게 적신다.

　　외발 왜가리의 울음소리
　　강물에 돌 굴리는 재첩
　　강 따라 열리는 꽃길 짓네.

　　임의 치마폭에 강바람이
　　손등을 기는 감미로운 진실
　　강물로 돌아오지 아니한다.

　　떠가는 내 영혼을 실고
　　파란 하늘이 속살을 헹구고
　　물새 우는 소리가 사랑이네

　　　　　　　　　— 김기원, 「섬진강」 전문

　자연에 대한 사랑을 주제로 삼았다. 그 가운데 봄이 오는 '섬진강'의
풍광을 통해 화자의 감각적인 사랑을 보여준다. 제1연에서부터 4연까
지 강이 등장한다. 강은 말없이 '녹차 이야기'를 안고 흘러가지만, '향기
로운 차 싹'이 강물을 적신다. 이럴 때쯤 강의 기슭에는 봄빛이 완연하

고, 봄은 임에 대한 사랑이 생각나는 계절이기도 하다. 그러나 흐르는 강처럼 그 사랑은 돌아오지 않고 다만 '물새 우는 소리'로만 남았다. 봄은 화자의 후각과 시각, 청각 속에서 온다. 그건 사랑도 마찬 가지다.

> 반백년 굽이굽이 돌아
> 가슴 안으로 흐르는
> 먼 강물소리
>
> 돌아갈 수 없는 오솔길에
> 오래 남아
> 응고된 그리움
>
> 하늘 한 자락 끝에서
> 아카시아꽃 같은 웃음
> 환청으로 들려오면
>
> 짝사랑했던 소녀
> 같은 자리 같은 모습으로
> 기다리고 있을 것 같아
>
> 빈 가슴 울리는
> 은밀한 기대 속에
> 바람의 넋으로 달려가는 곳
>
> ― 백규현, 「고향」 전문

시인에겐 고향이 곧 사랑의 대상이다. 고향은 '강물소리'와 '그리움'과 '웃음'이 있는 곳이다. 모두 우리 마음을 아름답게 채색해주는 것들이다. 우리들은 고향을 잃어버린 채 살고 있다. 그래서인지 고향을 노래한 시인은 많다. 당나라의 두보(杜甫)도 "강이 푸르니 새 더욱 희고, 산이 푸르니 꽃빛이 불타는 듯하다. 올봄도 보기만 하면서 또 그냥 보내니, 어느 날이 나 곧 돌아갈 해인가(江碧鳥逾白 山靑花欲然. 今春看又過 何日是歸年)."라고 귀향에 대한 간구함을 읊었다. 시인 노천명은 「고향」이라는 시에서 "언제든 가리/마지막엔 돌아가리/목화꽃이 고운 내 고향으로/조밥이 맛있는 내 고향으로"라고 인생의 마지막에 돌아갈 곳을 고향이라고 말했다. 화자에게는 "짝사랑했던 소녀/같은 자리 같은 모습으로/기다리고 있을 것 같"은 '은밀한 기대'가 있기에 더욱 고향이 그리운 것이다.

하늘에 빛이 없는
날일지라도
나는 당신을
생각해야 한다.

지상에 꽃이 없는
날일지라도
내겐 당신이
있어야만 한다.

지하철 흔들리는 북새통에나
공원 가랑잎 뒹구를 때도
나는 당신을 기억해야 한다.

담배를 찾을 때나

술 마실 때나
나는 오로지
그리워하다 타고 말 유성우.

— 김진중, 「유성우」 전문

　'유성우'는 비처럼 하늘에서 쏟아지는 별똥별의 무리를 말한다. 유성(流星)은 우주를 떠돌다가 지구로 떨어져 대기권에 들어오면서 스스로를 태워 종내에는 사라지거나 지상에 남아 작은 크기의 금속이나 암석으로 변해버린다. 유성은 마치 정열의 불꽃과도 같다. 한 번 눈부신 빛으로 자신의 몸을 태우고는 어둠 속으로 사라진다. 화자는 이 작품에서 빛으로 타오르며 주위를 아름답게 장식하던 그 시절을 그리워한다. 그래서 "하늘에 빛이 없는 날"이나 "꽃이 없는 날"일에는 그 눈부셨던 기억을 떠올리게 된다. '유성우'는 사랑하는 이의 상징이다. 사랑이 끝나버린 지금 화자는 "담배를 찾을 때"나 "술 마실 때"도 그 이루지 못한 사랑 때문에 당신을 그리워하며 유성처럼 타고 싶어 한다. 마치 지귀(志鬼)의 '심화요탑(心火繞塔)'이다. 그만큼 화자의 마음이 절실하게 표현되었다.

복사꽃이 피고 있었다.
숨을 죽이며 바람이
꽃잎을 건드리고 있었다.
꽃잎의 연한 속 살결에
나의 숨결이 젖고 있었다.
복사꽃 꽃잎처럼
나는 물들고
아아, 내가 찾는 사랑.

은유의 사회학

내가 찾는 여자.
나의 눈은 진물이 들어
아련한 꽃숨에 젖어라.
나의 입술을 흥건히 적시며
복사꽃이 피고 있었다.

— 오순택, 「복사꽃 아래서」 전문

   혹독한 겨울의 시련을 딛고 비로소 봄이 되었다. 온갖 죽은 것에서 새로운 생명이 움트고 있다. 봄꽃 가운데 복사꽃은 조금 나중에 핀다. 복사꽃은 봄의 미를 상징하고 있다. 복사꽃은 아름다운 빛깔과 무더기로 피는 꽃의 풍성함으로 많은 이의 사랑을 받는다. 문일평(文一平)은 『호암전집』에서 "선이 가는 동양적 미인이 홍장(紅粧)을 하고 동풍 세우(細雨)에 우는 것은 춘광(春光)의 덧없음을 설워함이니 얼마나 로맨틱한 도화(桃花)인가"라고 묘사했다. 복사꽃은 살구꽃과 함께 여성적 이미지를 표현하고 있다. 살구꽃이 요부(妖婦)형이라면 복사꽃은 염부(艶婦)형이라는 게 다르다. 그래서 조상들은 호색과 음란한 사람을 가리켜 도화살(桃花煞)이 끼었다고 말한다. 남자는 사주에 도화살이 있으면 호색하는 성질로 말미암아 주색(酒色)으로 집을 망하게 하는 수가 있고, 여자는 음란한 성질 때문에 일신을 망치고 한 집안도 망하게 한다고 했다. 그러나 도화살은 유교 사회였던 조선시대의 가치관으로 여자의 개가를 인정하지 않기 위해 만들어진 가설이다. 사실 여자의 얼굴이 불그스레한 홍기가 돌아 아름답게 보이는 것을 과년하고 건강한 여자라는 증거가 아닐 수 없다.

   화자는 복사꽃을 보며 사랑하는 여인을 떠올린다. 복사꽃을 건드리는 건 바람이고 화자의 숨결이 여인을 젖게 한다. '나의 눈'은 '진물'이 들

고 '나의 입술'을 흥건히 적시며 복사꽃이 피고 있다. 지극히 정열적이
다. 봄을 맞아 시의 기지개를 활짝 켜려는 시인의 모습이 엿보인다.

> 함양 상림에 가면
> 남남끼리 찰떡처럼 붙어 사는
> 연리목이 있다
> 느티나무와 개서어나무
> 성격도 피부색도 영 딴판인데
> 몸 섞고 맘 섞어 한 몸이 되었다
>
> 달처럼
> 사랑으로 알게 모르게 부풀어지면서
> 또 알게 모르게 허물어지면서
>
> 서로의 장애를 어루만지며
> 서로의 불구를 껴안으며 사는
> 당신과 나처럼
>
> — 이자영, 「몸」 전문

　사랑 가운데 우리 마음을 가장 크게 흔드는 것은 이성에 대한 것이다.
신이나 육친보다도 아름다운 이성이야말로 상대방의 영혼을 뒤흔든다.
이성과의 연애는 주관을 빛나는 소금 결정체로 만드는 힘을 가지고 있
다. 연애는 사람을 강하게도 하고 동시에 약하게도 한다. 그러나 두 개
체의 나무가 가지가 얽히고 한 몸통이 되는 것처럼 상대에 대한 지극한
사랑은 두 사람의 영혼을 하나로 묶는다. '몸'과 '마음'이 한데 합쳐 '몸'
이 되는 것이다. 한 몸이 되면 피부색에도 개의치 않으며, 상대의 장애

와 불구까지도 껴안는다. 진정한 사랑은 희생에서 오기 때문이다. 이런 사랑은 현재의 순간만을 보는 것이 아니라 미래를 바라는 태도에서 오는 것이다. '연리지(連理枝)'는 있는 사랑을 감출 수 없고 없는 사랑을 꾸밀 수 없는 사랑 그 자체이다.

> 가슴에 가득한 사랑
> 영원히 마르지 않는 샘
> 잊어진다고 해도
> 슬퍼하지 말아야 하기에
> 더 아름다워야 한다
>
> 바람을 탄다
> 메마른 땅에서도
> 쓰레기 더미 위에서도
> 계절을 잊고 살아가며
> 가슴은 늘 파랗다
>
> 미뤘던 숙제
> 이제야 펼쳐들고
> 햇살 눈부신 거리를
> 애잔한 눈빛으로 바라보는
> 추억은 늘 무지개
>
> — 박광순, 「꽃과 여인」 전문

아름다운 여인의 사랑을 찬양하는 작품이다. 화자에 의하면, 여인이란 "가슴에 가득한 사랑"과 "영원히 마르지 않는 샘"을 지닌 존재이다. 소설 『파우스트』에서는 마르그리트에 의해 악마에게 팔린 파우스트의 영혼이 구원을 받는다는 마지막 결말이 여성의 힘을 말하고 있다. 여성의 힘은 사랑이다. 여성은 자연이다. 그 가운데 꽃으로 지칭된다. 꽃은 그 눈부신 자태로 인간의 마음을 아름답게 해준다. 또한 꽃들은 침묵의 언어를 가지고 사랑과 평화, 인정을 가르쳐준다. 꽃을 읊은 시인은 많다. 김춘수는 작품 「꽃」에서 존재의 본질 구현에 대한 소망을 말하고 있고, 박두진은 역시 「꽃」이란 제목의 시에서 "이는 먼/해와 달의 속삭임/비밀한 울음//한 번만의 어느 날의/아픈 피흘림"이라고 자연의 신비와 생명의 아름다움을 노래하였다.

위의 작품에서 시인은 "추억은 늘 무지개"로 꽃을 인식한다. 시인은 자신이 꽃이 되고 싶다는 소박하고도 작은 욕망을 가지고 있다. 그리고 그것은 매우 애잔하다.

• 『한국시학』, 2015 여름호

노년과 우주 질서

　인간은 운명에 대하여 두 가지 태도를 갖게 되는데, 그것에 인종(忍從)하거나 그렇지 않으면 그것을 극복해가는 길이다. 그러나 자기의 운명을 깊이 들여다보고 자기가 운명의 굴레에서 도저히 벗어날 수 없음을 알게 되면, 오히려 운명에 친밀감을 지니게 마련이다. 이를 운명애(運命愛)라고 한다. 이렇듯 인간이 자기의 운명을 받아들이고 순종적인 태도를 보일 때 인간은 보다 높은 자연의 순리를 터득하게 된다.

　존재하는 것은 모두 늙고 죽는다. 또 노화 역시 인간이면 누구나 피할 수 없는 이치이다. 늙는다는 일은 죽음으로 가는 길목에 서는 것이다. 그렇다고 우리는 늙는다는 사실에 애면글면할 필요가 없다. 다만 담담하게 수용하는 자세가 필요하다. 로마 시대의 철학자 키케로(M.T. Cicero)는 "노년은 투철하고 원숙하며 고요하여 인생의 황금시대이다."라고 말하여 노년을 찬양하기도 했다. 이는 수용하는 태도는 곧 결정론적인 인생관이 된다.

　이번 계간평의 대상이 되는 작품에는 의외로 늙음과 죽음, 그리고 그리움을 노래한 것들이 적잖이 눈에 띈다. 다음 작품은 화자가 '시드는 꽃'에서 육신의 늙음을 본 경우이다.

> 시드는 꽃 한 송이
> 저무는 세상을 바라본다
> 내일 다시 볼 수 있을까
> 세상을 껴안아주려니
> 팔이 들리지 않고
> 쓸쓸함만 몰려든다
>
> 태양과 마주 보며 반짝이던 꽃
> 우주가 머물던 꽃
> 번개도 빗물도 받아치던 꽃
> 벌과 나비에게 젖을 물려주던 꽃
> 지친 바람을 잠재우던 꽃
>
> 수고했다 향기로웠다 아름다웠다
> 자신에게 속삭이며
> 언제나 내일 피는 꽃들의 세상이
> 어두워지는 것을 바라본다

— 차옥혜, 「시드는 꽃」 전문

꽃은 생명의 절정이다. 식물은 온갖 힘을 모아 꽃을 피운다. 그래서 꽃은 아름답다. 그건 "태양과 마주 보며 반짝이"는 존재이고 "우주가 머물던" 존재이면서 "번개도 빗물도 받아치던" 존재, "벌과 나비에게 젖을 물려주던" 존재, "지친 바람을 잠재우던" 존재이기도 하다. 이런 존재인 꽃이 시들면서, 화자는 시드는 꽃에서 "저무는 세상"을 바라본다. 그것은 화자의 육신이 노화됨을 뜻한다. 노화된 육신은 여기저기 고장

은유의 사회학

이 난다. "세상을 껴안아주려니/팔이 들리지 않고/쓸쓸함만 몰려든다" 며 여의치 못한 자신의 육신을 안타까워한다. '수고'하고 '아름'다웠고, '향기'로운 꽃의 삶이 시드는 모습이 마치 화자를 닮았다. 차 시인은 해방둥이이다. 스스로 나이가 들었으며, 시드는 꽃이라는 의식을 가질 만하다. 최영미 시인은 "서른, 잔치는 끝났다"고 읊었지만, 화자는 일흔의 나이에 육신의 노화에 따른 울적함을 말하고 있다. 그러나 화자는 오십견으로 불편한 육신의 아픔보다는 "언제나 내일 피는 꽃들의 세상이/어두워지는 것을 바라본다"고 생명의 순환을 갈파한다. 즉 태어나고, 늙고 병들고, 죽는다는 것은 우주 안의 절대적인 질서이다. 생명이 우주 안에서 가장 중요한 존재이듯, 생명도 우주의 질서를 벗어날 수는 없다. 노년의 삶은 그 사실을 체득하는 길이다.

다음 작품에서 우리는 우주의 질서를 발견한다.

막히면 뚫고 끊기면 다시 잇곤 한다

직선의 끝없는 되풀이
외딴 가을이 시간 열차를 타고 간다
목마르게 시간의 등뼈를 비벼대는
익숙한 사람들의 강박의 통증으로
짓눌려 시달린다
세상은 몸과 마음이 얽히고설키면서
나를 잃어버린 이 낯선 시간 위에서
시간의 순간들이 날개를 파닥이며
끝없이 세상을 돌리고 굴리면서
돌고 돈다

시간처럼 흘러가는
인생 열차

— 노현숙, 「인생 열차 시간」 전문

이 작품에서 화자는 "시간처럼 흘러가는 인생 열차"와 비교한 나이를 소재로 삼았다.

인간이 처음으로 초자연의 관념을 얻고 눈에 보이는 것을 초월하여 희망을 품고자 한 것은 아마도 죽음을 보았기 때문일 것이다. 죽음은 최초의 신비였다. 죽음은 다른 신비의 세계가 있음을 우리에게 알려주었다. 죽음은 인간의 사고를 '볼 수 있는 것'으로부터 '볼 수 없는 것'으로, 일시성(一時性)에서 영원성(永遠性)으로, 인성(人性)에서 신성(神性)으로 향하게 하는 계기가 된다.

죽은 이는 존재의 한 경계선에서 이쪽과 저쪽으로 갈려 있지만, 그가 생전에 나를 아프게 하고 내가 그를 슬프게 하였다면, 그것은 영원한 기억 속에 안겨 있기 마련이다. 죽은 이가 어머니라면 그리움은 더욱 커진다.

길옆 희게 핀 감자꽃
보고 온 저녁
선잠 꿈속
등 굽은 어머니 오셔서
내 허리
가만가만 쓰다듬으신다

이제야 말문 튼 뼈들끼리
오롯이 젖어 홀로

은유의 사회학

생의 무게 지탱하는
등뼈끼리
몸때가 같았던 비릿한
그날처럼
두런두런 하룻밤 보내려는데
홀연히 가뭇없으시다

만져보고 싶지만
만져지지 않는
그 아릿한 손 스친 곳
한 무더기 감자꽃 피려는지
잦은 통증이 왔다

— 구향순, 「등뼈 알아가기」 전문

　감자꽃은 희다. 자주감자에는 자주꽃이 피지만, 지금은 거의 사라지고 없다. '희다'의 이미지는 아무것도 없음을 뜻한다. 그런가 하면 죽음을 뜻하기도 한다. 가장 사랑하는 이가 죽음을 맞았을 때, 우리는 일상복으로 달려가 성복(成服)의 절차를 거쳐 상복으로 갈아입는다. 상복은 소중한 이를 잃었다는 사실을 타인에게 보여주기 위함이다. 서양과 달리 우리의 상복은 소복(素服)이 원칙이다. 소복은 슬픔을 대변한다. 죽은 어머니를 연상시키는 하얀 감자꽃은 그래서 화자에게 상복의 이미지로 다가온다. 그래서 감자꽃은 화자를 슬프게 한다. 우리는 어머니에게 살과 뼈를 받았다. 내 등뼈는 어머니의 등뼈로 연결되어 있다. 그래서 어머니의 통증은 나의 통증이 된다. 길옆 희게 핀 감자꽃을 보고 온 저녁 "선잠 꿈속/등 굽은 어머니 오셔서/내 허리/가만가만 쓰다듬으신다"의 표현에서 어머니를 닮은 화자의 슬픔과 통증이 진하게 배어 있다.

> 가는 이와 남는 자, 누구의 슬픔이 더 클까
> 빈약한 추론의 귀착점은 존재하지 않고
> 조화의 수량과 조의금 액수를 가늠하며
> 남은 자들의 슬픔을 빌미로 치르는 의식의 전당
>
> 이내 떠나는 아침을 밝히는 태양을 향해
> 불뚝 선 직립으로 자신의 존재를 과시하는
> 화장장 높다란 잿빛 굴뚝 꼭대기엔
> 하얀 연기가 어지러이 이별을 고하고
>
> 제 슬픔에 복받쳐 가슴 치며 오열하는
> 남은 자들의 절도 없는 어색한 퍼포먼스가
> 멋쩍게 이별의 끄트머리를 장식하면
> 떠나는 자의 가슴 후비는 속울음은
> 불구덩이 언저리에 진한 흔적으로 남는다
>
> — 김석일, 「모텔 연화장」 부분

연화장은 수원시 화장장의 이름이다. 연화(蓮花)는 글자 그대로 '연꽃'이지만 불교에서 보면 하나의 철학적 용어이다. 불교에서는 이러한 연꽃을 오래전부터 불교의 가르침을 상징하는 대표적인 꽃으로 여겨왔다. 이를 세 가지로 요약할 수 있는데 종자불실(種子不失), 처염상정(處染常淨), 화과동시(花果同時)라고 한다.

종자불실이라는 말은 연꽃의 종자는 오랫동안 보관되어도 썩지 않고 보존된다는 뜻이다. 불교에서의 가르침의 핵심의 하나는 인연이라는 말로 나타낼 수 있다. 인은 어떤 원인을, 연은 그 원인을 과로써 열매

은유의 사회학

맺게 해주는 중간자적인 역할을 말한다. 연꽃은 이처럼 이러한 인간의 내면에 함장되어 있는, 자신의 몸과 입과 마음으로 지은 모든 업이 적절한 시기를 만나면 자신의 과를 얻게 된다는 것을 보여주고 있다고 할 수 있다. 좋은 인을 심으면 좋은 과를, 나쁜 인을 심으면 나쁜 과를 얻되, 농부의 일손처럼 현재의 인연을 잘 가꾸어 이 과가 잘 발아되어 좋은 씨가 되도록 만들어가는 것이 중요함을 말한다. 처염상정은 더러운 곳에 처해 있어도 연꽃은 항상 깨끗하다는 뜻이며, 화과동시는 보통 식물은 꽃이 진 다음에 열매를 맺는데, 이와 달리 연꽃은 꽃과 열매가 동시에 열린 데서 온 말이다. 고통이 많은 이 세계를 사바세계라고도 하는데, 이러한 현실을 외면하지 않고 대중 속에서 자신을 불살라 다른 이들의 고통을 구제한다는 적극적인 종교적 실천을 뜻하는 것이다.

연화장은 이런 불교적인 뜻에서 명명되었다. 그런데 시인은 주검을 보내는 장소인 연화장 앞에 모텔이라는 명칭을 붙였다. 우리 인식에 모텔은 불륜을 저지르는 대표적인 장소이다. 당초 자동차와 함께 숙박이 가능한 곳이지만 언제부턴가 퇴폐의 온상이 되어버렸다. 퇴폐와 신성의 조합을 우리는 어떻게 해석해야 할까? 이는 이 작품의 아이러니 기법이다. 그것은 "조화의 수량과 조의금 액수를 가늠하며/남은 자들의 슬픔을 빌미로 치르는 의식의 전당"과 "제 슬픔에 복받쳐 가슴 치며 오열하는/남은 자들의 절도 없는 어색한 퍼포먼스"라는 구절에서 잘 드러난다. 죽음이란 불교의 "대중 속에서 자신을 불살라 다른 이들의 고통을 구제한다"는 뜻에서 온 것이라면, 요즘 장례식장의 풍경은 차라리 코미디에 가깝다.

그리움은 사랑하는 이를 만나지 못하는 데서 비롯된다. 그리움의 대상이 멀리 떠났거나 이 세상을 떠나 유명을 달리했다면, 그리움은 극대

화된다. 예부터 그리움을 노래한 작품은 많다. 백락천(白樂天)의 「장한가
(長恨歌)」는 현종을 향한 죽은 양귀비의 사랑을 읊은 것이며, 두보(杜甫)
의 「불견(不見)」이라는 작품도 임을 보지 못하는 그리움을 소재로 한다.
김소월의 「예전에 미처 몰랐어요」, 「먼 후일」이나 김남조의 「연가(戀歌)」
역시 그리움을 모티브로 삼는다.

      산 그림자 일어서는 산길에
      철모르고 핀 들꽃처럼
      눈빛만으로 가슴을 읽고 있네

      눈 감으면 아득히 떠오르는
      당신 그리움으로 내 몸이 떨리고
      불러도 자꾸만 목에 걸리는 이름

      지워진 먼 길 끝에서 달려와
      고향을 지키는 고택(古宅)처럼
      내 가슴속에 앉아 있네

      저만큼 멀어져 간 시간 속에서
      산을 넘고 내를 건너
      봄 햇살처럼 다가오는 사람아

                    ─ 백규현, 「그리운 사람」 전문

   우리에게 모성(母性)은 영원한 그리움의 대상이다. 모성은 고향과도
마찬가지이다. 화자는 어머니를 생각하면 가슴이 먹먹해진다. 그래서
"그리움으로 내 몸이 떨리고/불러도 자꾸만 목에 걸리는 이름"이 바로
어머니이다. 10세의 나이로 프랑스 왕위에 오른 루이 17세는 2년 후 감

옥에서 독배를 받으면서 "저 노랫소리가 참 아름답구나. 들린다, 들려. 그 많은 노랫소리 가운데 어머니의 목소리가 들린다. 죽음이 전혀 고통스럽지 않아."라며 어머니를 그리워하며 죽음을 맞았다. 헤르만 헤세는 「나의 어머님에게」란 서신에서 "하고픈 이야기가 참 많았습니다. 저는 몹시도 오랫동안 타향에서 지냈습니다. 그래도 저를 가장 잘 이해해주시는 이는 언제나 어머님 당신이었습니다."라고 적고 있다.

> 그대 보고 싶어
> 바람에 꺾인 패랭이풀처럼
> 그 찻집에 다시 왔어요.
>
> 오지 않는 그대 기다리다
> 싱숭생숭 그리움만 더합니다
> 보조개 얼굴에 눈물 흘리던
> 그 모습만 선연한데
>
> 못 오는지 안 오는지
> 섭섭하다는 말 남기고 간
> 그날 한 말이 길을 막았나요.
>
> 오늘따라 그대 향기가
> 커피 향보다 먼저 가슴에 스미네요
> 창밖엔 바람 불고 비 내리는 칠석 날
>
> — 김석규, 「그 찻집에서」 전문

이 작품에서 그리움의 대상은 모성이 아니라 연모(戀慕)하는 여성이다. 사랑하는 여인에 대한 그리움이 절절하게 묻어난다. '바람에 꺾인 패랭이풀'처럼 사랑을 찾아왔지만 오지 않는 사람으로 인해 '싱숭생숭 그리움'만 더하게 된다. 7월 칠석은 1년에 한 번 견우와 직녀가 만나는 날이지만, 그대는 오지 않고 '커피 향'보다 먼저 '그대 향기'가 가슴에 스며든다. 그리움과 사랑의 안타까움이 잘 드러나 있다. 그러나 피상적이다. 노래의 가사로는 적당하겠으나, 시로는 무언가 부족한 구석이 없지 않다. 사랑의 기쁨이든 실연의 아픔이든, 그것을 직핍적으로 표현하지 말고 작품 뒤에 감추어둘 줄 알아야 하고, 감성으로 승화되어야 하지 않을까 생각한다.

• 『한국시학』, 2015 가을호

허상의 이데아와 바람

바람은 대기 현상이다. 기압이 높은 곳에서 낮은 곳으로 불지만, 언제나 예측 가능한 존재는 아니다. 바람은 여러 가지 중의적인 의미를 가지고 있다. 그저 단순한 바람의 뜻으로 동풍·북풍 등으로 쓰이기도 하지만, 풍속·풍류·풍경 등 다른 어휘와 결합하여 새로운 뜻을 만들기도 한다. 이때는 이미 물리적인 바람이란 의미와는 거리가 먼 것으로 그 의미가 확산된다.

바람은 우리 생활과 밀접한 관련을 맺고 있다. 단군신화를 보면, 환웅이 지상의 인간을 다스리기 위해 하늘에서 내려올 때 우사·운사와 함께 풍백을 거느렸다고 『삼국유사』에 기술되어 있다. 그만큼 바람이 우리 생활과 밀접한 관련을 맺고 있음을 알 수 있다. 그리스 신화에 보면 바람은 새벽의 여신 에오스의 자식으로 모두 4형제인데, 보레아스(북풍), 제피로스(서풍), 노토스(남풍), 에우로스(동풍)가 그들이다. 이를 보면 고대인들은 바람을 단순한 자연현상으로만 여겼던 듯하다. 민속에 등장하는 바람 역시 단순한 자연현상으로서의 이미지를 가지고 있다.

서구뿐만 아니라 우리 문학작품에도 바람이란 어휘가 많이 등장한다.

특히 시문학에 바람이 많이 나타나는데, 그것은 바람이 지니고 있는 상징성 때문이다.

가장 두드러지게 표현된 것은 계절적인 감각이다.

봄바람은 생명의 환희를 느끼도록 따뜻하고 부드럽게 노래된 것이 많다. 조선 중기에 조우인이 함경도로 출행에 앞서 읊은 노래 「출새곡」에 "춘풍태탕(春風駘蕩)"이라 읊어, 가는 비(細雨)와 더불어 봄바람에서 새싹의 생명성이 주는 따뜻함을 보여주고 있다.

여름바람은 녹음 사이로 부는 바람이다. 맹사성의 「강호사시가」의 제2연은 "강호에 여름이 드니 초당에 일이 없다. 유신한 강파는 보내나니 바람이다"라고 강에서 불어오는 시원한 바람을 기리고 있다.

가을바람은 결실의 바람이면서 또한 죽음과 이별 등을 뜻하는 서글픈 바람으로 그려져 있다. 월명사는 「제망매가」에서 "어느 가을 이른 바람에/이에 저에 떨어질 잎처럼"이라 읊어, 가을바람에 떨어지는 낙엽에 비유하여 누이와의 사별로 인한 슬픔을 잘 나타내고 있다. 이덕형은 「사제곡」에서 가을바람에 오동잎 지는 소리에서 가을을 느낀다 하여 바람이 계절을 재촉함을 읊었다.

겨울바람은 눈을 재촉하는 바람이면서 생명의 위축을 가져오는 의미로서 여러 작품에 나타나 있다. 그러나 김종서의 시조에 나타나는 '삭풍'은 오히려 찬바람이 무인의 기개를 높일 수 있는 자극제가 되고 있음을 말해준다.

이 밖에도 바람은 구름이나 비 등 여타 자연현상과 어우러진 모습으로도 작품에 흔히 나타난다. 정철은 「관동별곡」에서 '천년노룡'이 풍운을 일으키는 모습을 읊었는가 하면, 박순우는 「금강별곡」에서 '우순풍조'라 하여 농사를 짓는 데 필요한 적절한 비바람의 혜택을 바라고 있다.

은유의 사회학

바람은 곧 임과 나를 막는 큰 장애이거나, 아니면 나와 함께 있는 임을 떠나가지 못하게 하는 방어의 의미를 나타내기도 한다. 이와 같이 삶에 부닥치는 여러 애환이 바람과 관련되어 있으며, 그것은 우리의 실질적 생활 등과 아울러 정서에도 큰 영향을 미치고 있다. 장자는 "바람이란 모든 것에 영향을 주는 세상을 가리킨다."고 정의내린 바 있다.

허난설헌은 5언절구의 한시에서 "보슬보슬 봄비는 내리고/찬바람이 장막 속 스며들 제/뜬 시름 못내 이겨 병풍 기대니/송이송이 살구꽃 지네"라고 읊어 봄비, 찬바람, 살구꽃이라는 객관적 상관물을 통해 쓸쓸함, 외로움, 아쉬움 등 화자의 정서를 나타내고 있다.

산골짜기
커다란 나무 가지 위에서 지저귀는
산새소리다
바람에 흔들리는
큰 나무의 서글픈 울음소리다

초록빛 넓은 들판을 지나가는
가벼운 바람에 흔들리는
들꽃의 아우성소리다

푸르게 푸르게 짙푸르게 넘실거리는
드넓은 바다의 가슴 위에서 벌어지는 향연이다

바닷가 모래톱
발등을 간질이는
물결의 유혹이다

갈대밭을 휩쓸고 지나가는
잔인하고 매몰찬 바람소리다

— 장현기, 「그림자 5」 전문

위의 작품에 바람이란 어휘가 세 번 나온다. '바람에 흔들리는/큰 나무의 서글픈 울음'이라는 구절에서 연상되는 '큰바람'과 '가벼운 바람' 그리고 '매몰찬 바람'이 그것이다. 그리고 문장은 모두 정의의 형식을 차용한다. 이 시의 제목인 '그림자'는 이데아의 반대 개념이다. 이데아는 인간이 감각하는 현실적 사물의 원형으로서, 모든 존재와 인식의 근거가 되는 것이다. 플라톤에게서는 존재자의 원형을 이루는 영원불변한 실재(實在)를 뜻하고, 근세의 데카르트나 영국의 경험론에서는 인간의 주관적인 의식 내용, 곧 관념을 뜻한다. 칸트 철학에서는 경험을 초월한 선험적 이데아 또는 순수 이성의 개념을 의미한다. 플라톤은 이데아를 영원한 존재로 보았다. 이데아는 인간이 지향하는 가장 완전한 상태나 모습으로서 예술은 예술가의 이데아에 의해 생겨난다.

"산골짜기"나 "넓은 들판", "바닷가 모래톱", "갈대밭"은 세상을 의미한다. 우리에게 세상의 것들은 구체적인 모습으로 나타난다. 그러나 그것은 세상의 본질은 아니다. 세상의 이데아는 우리 눈에 보이지도 않고 동굴 속의 그림자처럼 허상(虛像)으로 나타난다. 그건 어찌 보면 볼 수도 만질 수도 없는 바람과 같은 존재이다.

길을 가다가
한낮 어느 한 모퉁이의 수렁에 빠져
내가 죽었을 때

은유의 사회학

고맙게 다시 열린
저 하늘 아래
내가 전혀 다른 모습으로 생겨나서

밀짚모자 하나로
세상을 가리고

온갖 새소리 다 들리는 밝은 귀와
새벽이슬처럼 맑은 눈으로

청명바람을 휘감고
비로소 사람답게 살아가네

— 정순영, 「덤」 전문

이 작품의 화자는 이제 아무렇지 않게 죽음을 말하고, 한층 자연과 가까워지고 싶어 한다. 작중 화자는 "한낮 어느 한 모퉁이 수렁에 빠져" 죽음을 맞더라도 전혀 그걸 개의치 않고 "내가 전혀 다른 모습으로 생겨나서" 새로운 세상을 맞이하고 싶어 한다. 이것은 하이데거의 실존 사상과 통한다. 하이데거에 의하면 현존재로서의 인간은 "죽음으로 향한 존재"라고 전제하면서, 죽음은 우리가 도달할 종착역이 아니라 실존으로서의 자기를 자각하는 계기로 보았다. 화자는 이 세상에서 해보지 못한 "청명바람을 휘감고/비로소 사람답게 살아가네"를 노래하고 싶어 한다. 청명바람은 정신을 청명하게 해주고 몸도 청명하게 해주는 바람이다. '밝은 귀'와 '맑은 눈'을 만들어주는 것도 청명바람이 있어 가능하다. 나이가 가져다주는 자연친화의 태도에는 관조의 세계관이 잘 드러나 있다.

『매일경제』의 「우화경영」 란에 실린 정광호 님의 글은 솔개 이야기이다. 우리나라의 대표적인 겨울철새인 솔개는 11월 초순부터 남하해 4월 초순까지 머문다. 솔개는 70살까지 산다. 솔개가 40살쯤 되면 발톱이 노화하여 사냥감을 잡아챌 수 없게 되고, 부리도 길게 자라고 구부러져 가슴에 닿을 정도가 되고, 깃털이 두껍게 자라 날개가 무거워지면서 하늘로 날아오르기가 힘들어진다. 이제 솔개에게는 두 가지 선택이 있을 뿐이다. 그 하나는 죽을 날을 기다리는 것이요, 하나는 고통스러운 갱생 과정을 수행하는 것이다. 갱생의 길을 선택한 솔개는 아주 높은 산의 꼭대기에 둥지를 틀고 고통스러운 수행을 시작한다. 먼저 부리로 바위를 쪼아서 낡고 딱딱한 부리가 깨지고 빠지게 만든다. 그러면 서서히 새로운 부리가 돋아나기 시작한다. 그런 후, 새로 돋은 부리로 발톱을 하나하나 뽑아낸다. 새로 발톱이 돋아나면, 새 부리와 발톱으로 날개의 깃털을 하나하나 뽑아낸다. 깃털이 빠지면서 연한 깃털이 나온다. 6개월쯤 지나 새 깃털을 갖게 된 솔개는 완전히 새로운 모습으로 힘차게 하늘로 날아올라 70살까지 장수를 누리게 된다. 여기에서 우리는 교훈을 얻을 수 있다. 자신의 삶 속에서 정신과 육체를 수시로 리모델링한다는 것이 고통스럽고 실천하기 어려운 일이지만 반드시 거쳐야 할 통과의례일 수 있다는 것이다.

> 그러던 어느날
> 색깔을 먹으면서 변화하기 시작했다
> 하루 세끼를 꿈꾸는 손길에
> 종이는 다듬어지고
> 접었다 풀었다 여러 번의 실패 끝에
> 과욕은 날카로운 가위에

은유의 사회학

싹둑싹둑 잘려나간다
거짓에 모습은 시퍼런 면도날에
모두 도려내어진다
종이는 꽃이 되어
행복의 향기를 뿜으며
숨을 쉰다
온 집안이 사람꽃으로 가득하다

— 김경수, 「종이꽃」 부분

　화자는 종이를 오려 꽃을 만들면서 새로운 삶을 꿈꾸고 있다. 세상 모든 것에는 제 몫이 있다. 종이도 꽃이 되기 위해서는 색깔을 먹어야 한다. "종이는 다듬어지고, 접었다 풀었다"를 반복하고 나서야 "행복의 향기를 뿜으며 숨을 쉰다." 비로소 집안이 사람꽃으로 가득해진다. 사람의 가치관이나 욕심만으로 그 의미를 묶어둘 수 없는, 간직하고 보여져서 기쁨과 아름다움이 되고, 잊혀진 듯 가려져서 용기와 인내가 되는 것들이 있다. 지난 일은 묻어서 거름을 만들 수 있으면 충분하다. 사도 바울은 '낡은 사람'과 '새 사람'을 이야기했다. '낡은 사람'과 '새 사람'의 차이는 사랑의 마음을 품었는가 그렇지 않은가로 갈린다.
　최유미의 시구 "오늘을 다 품어내고 싶다. 지금 만날 수 있는 사람들을 아주 깊게 안으며 사랑하고 싶다. 부족함도 어리석음도 흉보지 않는 사랑의 토닥거림으로 나를 만나고 또 다른 사람들을 만나고 싶다."(「풀꽃 향기 하늘에 날리듯」)처럼 향기의 본질은 사랑이다. '새 사람'이 되기 위해서는 환골탈태의 부단한 내적 투쟁이 필요하다. 종이가 색깔을 먹듯 그런 수련을 거쳐야만 비로소 '종이'가 아닌 '꽃'으로 향기를 내뿜는다.

잡고 있던 것들을
놓아버릴까 봐
놓아버리고 싶어질까 봐

애써 쌓은 것들을 미리 버린다
놓고 싶었다
놓아 버렸다

인연이 아닌 건 어쩔 수 없는 것
파악되지 않는
마음을 알아보려 해서는
안 되었던

숨기고
더 꽁꽁 싸매고
날 모르는 이들이기에
내버려 둬도 될 것 같은 안도감

자기 몸을 부수지 않으면
다시 태어나지 않는다는
그녀의 말이
잿더미 위에 눈뜨는 콩나물처럼 향기롭다
— 장선아, 「같은 끝, 또 다른 시작」 전문

인간은 탐욕의 존재다. 다른 이보다 더 많은 것을 소유하려 하고, 이
로써 인간 세상의 투쟁이 시작되었다고 해도 과언이 아니다. 중국 동진
의 도연명은 「귀거래사」에서 벼슬을 버리고 고향에 돌아가는 심정을 읊
으면서 벼슬살이 시절을 "정신이 육체의 노예였다."라고 말하였다. 법

은유의 사회학

정 스님은 무소유를 말하였다. 성경에도 욕심을 버리면 자유를 얻을 수 있다고 하였다. 시인 정진규는 「비워내기」라는 작품에서 "어디서나 내가 하는 일이란 비워내는 일이었다/채우는 일은 다른 분이 하셔도 좋았다/잘하는 일이라고 신께서 칭찬하셨다"라고 읊었다. 모든 것을 비워야 자유로움을 얻을 수 있고, 새로운 것을 채울 수 있다. 그것을 아는 시인은 "자기 몸을 부수지 않으면/다시 태어나지 않는다는" 인생관을 얻는다. 그래야만 "잿더미 위에 눈뜨는 콩나물처럼 향기롭다"라는 사실을 느낄 수 있다.

아무도 없어도 누가 돌보지 않아도

이 여름, 내 앞에서 저 빛나는 것들

휘어져 있던 마음이 반짝 중심을 세우고

내 안의 환한 이름들 바람결에 얹힌다

7월의 무더위를 건너온

자두 복숭아 고추 머위

저 어린 것들이

그동안 내 몸과 정신을 붙들어왔구나

그래서 그나마 내 기도가 가벼웠었구나
— 송영희, 「저물녘 그 사이」 전문

시적 배경은 자연이다. 그것도 해 질 무렵의 자연을 이야기한다. 여기서 '저물녘'은 적지 않은 시인의 나이를 말해주는 것이리라. 시인은 경기도 용인시 백암에서 10여 년째 농사를 짓고 있다. 그렇다고 전업 농부는 아니다. 작은 집 한 채와 넓지 않은 채전이 있을 뿐이다. 아파트와 농막을 오가며 이른 봄에 씨앗을 뿌리고 여름 가뭄에는 열심히 물을 주며 채소를 가꾸어 이웃들과 나누어 먹는다.

자연과의 교감은 단순히 자연을 완상함으로써 이루어지지 않는다. 자연과 교감하면서 풍부한 감성을 기르고 자연을 소중히 여기며 감사하는 마음을 가지게 된다. 나아가 자연 안에서 다양한 생명체와 함께 살아감으로써 이들과 공존하는 태도를 기르게 된다. 자연과 시인은 직접 밭을 갈고 채소를 가꿈으로써 자연과의 교감을 뛰어넘어 자연과 일체가 된다. 자연과 일체가 된다는 것은 자연으로 돌아가야만 가능하다. 그래서 시인은 "내 앞에서 저 빛나는 것들//휘어져 있던 마음이 반짝 중심을 세우고//내 안의 환한 이름들 바람결에 얹힌다"라고 노래하여 자연과의 일체감을 드러내 보인다. 그것이 "저 어린 것들이//그동안 내 몸과 정신을 붙들어왔구나//그래서 그나마 내 기도가 가벼웠었구나"라는 표현으로 드러난다.

현대인은 휑소한 도시에 아파트라는 주거공간에서 탈출하고 싶어 한다. 그러나 누구나 그것을 이룰 수 있지는 않다. 진정으로 자연을 갈구하는 사람만이 가능하다. 그래야만 자연과 공존할 수 있고, 자연에 감사하는 마음을 가질 수 있다. 그런 의미에서 시적 화자는 모든 것에 감사기도를 드릴 줄 알게 되고, 몸과 정신의 올곧음을 얻게 된다.

• 『한국시학』, 2015 겨울호

　　　　　　　　　　　　　　　　　　　　　은유의 사회학

서정시와 자연성

　서정시에서 자연은 흔하게 호명되고 친밀하게 다루어지는 대상이 된다. 문학에서 자연은 감정을 기대거나 토로하는 주된 존재이다. 이는 자연이 오랫동안 인간과 뗄 수 없는 존재였기 때문이다. 이로써 자연은 인간과 서로 호응할 만한 정서적 특질을 가지게 되었다. 우리는 문학 속에서 자연이 단순히 소재 차원에 머물지 않고 삶의 태도나 사고방식에 깊이 연루되어 있음을 흔히 발견한다. 자연은 인간의 삶과 대비되는 이상적인 공간으로 나타난다. 여러 작품을 대할 때 자연의 영원성에서 삶의 궁극적 지향점을 발견할 수 있다. 그래서 시인들은 자연을 소재로 한 작품에서 미의 가치를 찾고자 노력한다.

　계간평을 쓰기 위해 펼쳐본 『한국시학』 2018년 겨울호에는 자연을 대상으로 한 작품이 많았다. 자연을 대상으로 한 작품에는 자연에 대한 철학적 성찰이 깊이 스며들어 있게 마련이다. 엄밀히 인간 역시 자연의 일부이기 때문에 자연을 성찰한다는 건 인간의 문제도 함께 성찰의 대상이 된다는 의미다.

　자연을 소재로 한 작품 가운데 시인이 지닌 초월적인 의지가 자연의 세계를 통해 주제로 드러난 경우가 있다. 게다가 자연에 대한 동경의 심리가 아울러 나타나게 마련이다. 이 두 가지 주제는 표리관계와 같다. 즉 자연을 통해 드러난 시인의 초월 의지가 그 대상을 동경하는 심리로 귀결되기 때문이다. 따라서 이는 하나의 작품에서 동시에 표출되는 경우가 적지 않다.

자연의 법칙이 인간에게 주는 것은 경이와 찬탄이다. 대자연을 접하는 순간 인간은 그 앞에서 겸허해지고 순수해진다. 조화와 질서의 세계를 발견할 수 있기 때문이다. 또 신비와 열락을 느끼게 된다.

인간은 자연의 일부이면서 그 안에서 삶을 영위하는 존재이기 때문에 자신을 자연에 투사시키는 것은 너무나 당연한 일이다.

> 삼월에 눈이 온다고 전화가 왔다
> 아직도 고양이 울음 내며
> 괭이갈매기 나는 바다를 좋아하느냐며
> 아직도 청춘으로 술을 마시고 다니느냐고
> 음성이 젖어 있었다
>
> 공원에 핀 산당화가 빨간데
> 담에 핀 개나리가 노란데
> 눈이 와서 하얗다고 전화가 왔다
>
> 추억이 경편기차를 타고 있다고
> 추억이 나귀를 끄는 마차를 타고 있다고
> 눈이 그치면
> 화단 한쪽에 연분홍 앵초꽃이 핀다고
> 음성이 젖어 있었다

은유의 사회학

통화가 끝나고
서느렇게 젖는 외로움
눈이 그치고 있었다

— 도광의, 「삼월에 오는 눈」 전문

3월에 눈이 내리는 것은 좀체 보기 어려운 경우이다. 계절의 순리에 어긋나는 현상이다. 봄이 되면 개나리와 진달래가 피고, 나이가 지긋하게 되면 그토록 많이 마시던 술도 줄이면서, 사랑의 감정이나 외로움도 시들해지고 만다. 그런데 봄이 가는 길목에 하얗게 내려 쌓인 눈은 시간의 흐름을 거스르는 존재이다. 여기에서 시적 화자는 봄에 내린 하얀 눈을 보고 시간의 흐름도 그처럼 멈추어지기를 기대한다. 그리하여 다시 "바다를 좋아"하고 '술을 마실 수 있는 청춘'을 그려본다. 그러나 눈이 그치고 나면 "연분홍 앵초꽃"이 피고 "서느렇게 젖는 외로움"에 빠져들 것이다. 시간은 순방향으로만 흘러간다. 화자는 나이가 먹는 심정을 3월의 눈에 투사시켜 안타까움을 표현한다.

엔간한 말씀으로는
꿈쩍도 하지 않다가

그 사내 떠나보낸 후
가슴앓이 꽃이 되었을꼬

한밤 내 잠 못 들다가
각혈 한 덩이 툭 떨어뜨린다

— 조병기, 「동백꽃」 전문

화자는 떨어지는 동백꽃에서 자신을 인식한다. 동백꽃은 떨어질 때도 꽃의 모양을 그대로 유지하다가 어느 순간 툭 땅에 떨어진다. 빨간 동백꽃은 각혈을 연상시킨다. 각혈은 가슴앓이 병의 증세다. 가슴앓이의 대표적인 원인은 사랑을 상실한 데서 온다. 사랑은 불가사의한 감정이다. 좋아하는 감정과 싫어하는 감정이 서로 교차한다. 시적 화자는 젊은 시절 뿌리쳤던 상대를 나이가 들면서 그리워하고 만날 수 없음에 안타까워한다. 자수율에 얽매이지 않은 시조 형식이 신선하다.

갈바람에
휩쓸리다 구겨지고 부서지는
몸의 비명
바스락
바스락
소름 돋는 쓸쓸함이
좋은 날들
맴돌다
맴돌다
이젠 가야 하느냐
낙엽의
영혼아

이별하는 길섶엔
황혼이 눈부시다.

— 정순영, 「이별」 전문

작중 화자는 낙엽에 빗대어 인생의 황혼을 한탄한다. 그래서 고독과 비애가 느껴진다. '낙엽'은 "휩쓸리다 구겨지고 부서지는" 존재이다. 우

은유의 사회학

리 삶도 그렇다. 화자는 가을을 맞아 거리에 뒹구는 낙엽을 보며 쓸쓸함이 가득한 내면세계를 드러내 보인다. 위에서 시인은 고독과 비애를 숨기지 않는다. 아니 전혀 숨길 필요가 없다. 고독과 비애는 가장 순수하고 소박한 감정이기 때문이다. 어찌 보면 센티멘털리즘과 닮았다. 가을은 센티멘털리즘의 계절이다. 무성함과 푸름의 계절은 가고 조락과 퇴색의 문턱에 이르렀다.

  가을은 노년의 계절이다. 자연의 순환 과정에서 노년은 죽음의 전 단계이다. 대부분 낙엽과 가을을 노래한 시를 보면, 가을의 아름다움에 대한 예찬이라기보다 생명의 근원에 대한 의문을 갖는다. 그리고 생명의 늙음과 죽음에 대한 고독과 비애를 읊고 있다.

> 꽃이 하도 예뻐
> 입술을 내밀고 가까이 가려니
> 질투하는 바람이 밀어버린다
> 마음 온새미로 주면 혹여
> 미쁜 자태 문을 열어
> 속삭임 줄까 하여 작정 없이
> 문 앞에서 서성이는 일도
> 꽃이 보면 귀찮을 것 같아
> 그림자 뒤로 물러나
> 한참을 바라보니 사라지는
> 사랑의 노래엔 길이 없어
> 가슴에 새기듯 심어놓으라는 부탁에
> 그러마 눈을 감으니 향내
> 몸을 감싸 다시 눈을 감고 말았습니다
> — 채수영, 「꽃 앞에 서면」 전문

서정시와 자연성

꽃은 아름다운 존재다. 그러나 그 아름다움은 우리의 인식을 통해서만 아름답다. 절대적이 아니라 상대적이란 의미이다. 들이나 골짜기에 피어 누군가의 눈에 띄지 않으면, 그 아름다움은 존재의 가치를 지니지 못한다. 그것이 바로 꽃이 지닌 존재의 의미이다. 화자는 자연물의 예쁜 꽃을 보고 입술을 내민다. 그러나 바람의 질투로 내민 입술을 밀어버린다. "마음 온새미로 주면 혹여/미쁜 자태 문을 열어"줄까 하여 서성이지만 꽃이 귀찮아할 것 같아 뒤로 물러난다. 시인이 꽃을 보는 것은 꽃이라는 사물의 표층을 넘어 심층을 보고자 하는 노력에서 온다. 이것은 사물의 본질을 파악하려는 견자의 면모이다. 그렇지만 사물의 본질은 눈으로 볼 수 있는 게 아니라 마음으로 볼 수 있다. "가슴에 새기듯 심어놓으라는 부탁에/그러마 눈을 감으니 향내/몸을 감싸 다시 눈을 감고 말았습니다"라는 구절에서 오성의 세계가 엿보인다. 꽃의 본질은 우리의 오성을 통해 비로소 인식된다. 정서의 객관화가 잘 드러난 작품이다.

> 내가 젊은 날 살던 집
> 2층 창문을 열면
> 멀리 무봉산을 볼 수 있었다
> 그런데 건물들이 들어서면서
> 차츰 무봉산이 가려져갔다
> 사십 년이 훌쩍 넘어
> 아파트로 이사해 고층에 입주하며
> 나는 잃어버린 무봉산을
> 다시 찾을 수 있어 기쁘다
> 아침 일찍 일어나 창문을 열면
> 무봉산 푸른 이마가 와 닿는다
> 비어 있는 마음으로

먼 산을 바라볼 수 있는 것만으로도
나는 행복하다

— 조석구, 「먼 산의 힘」 전문

젊은 시절 작중 화자의 집은 무봉산이 바라다보이는 곳에 자리 잡고 있었다. 그런데 그 무봉산이 건물들에 가로막히면서 보이지 않게 된다. 그래서 화자는 건물보다 더 높은 곳에 자리한 고층 아파트에 입주하면서 비로소 무봉산의 '푸른 이마'를 다시 찾았고, 무봉산을 멀리서 바라볼 수 있는 것만으로도 행복을 찾았다. 행복을 주는 것은 먼 산의 힘이다. 그러나 누구나 무봉산을 바라보는 것만으로 행복함을 느끼지 않는다. 행복은 주관적이다. 서정시에서 주관성은 가장 중요한 핵심이다. 서정적 주체가 외부 세계를 포용하거나 역으로 자아를 외부로 투영하면서 양자가 동일성을 회복한다. 무봉산과 화자는 동일성을 갖는다. "비어 있는 마음으로/먼 산을 바라볼 수 있는 것"은 먼 산과 화자가 합일을 이루어가는 과정이다. 산 역시 비어 있어야 그 안에 온갖 것이 살게 되는 것처럼 화자 역시 빈 가슴으로 모든 것을 수용하는 삶의 자세를 갖게 된다.

내밀함의 발현이
세상을 아름답게 한다

지천으로 피어도
예쁘게 봐주는 이가 없다면
꽃은 아무것도 아니다

꽃인 듯 봐주니

예쁘게 보인다

꽃들의 열반을 본다

— 차윤옥, 「텅 빈 충만」 전문

　앞의 채수영 시인의 작품처럼 꽃을 제재로 한 작품이다. 화자는 짧은
시행을 통해 꽃이 지닌 생명의 의미에 다가간다. 꽃은 예쁘게 봐주어야
비로소 꽃의 역할을 하게 마련이다. "꽃인 듯 봐주니/예쁘게 보인다"는
것은 예쁘지 않게 보면 꽃도 예쁘지 않을 수도 있다는 뜻이다. 여기에
서 꽃은 겉모습이 예뻐야 예쁜 게 아니라 "내밀함의 발현"이 예쁘게 하
고 세상을 아름답게 한다는 결론에 이른다. 꽃은 시적 화자의 눈을 통
해 비밀의 문을 연다. 제목이 시사하듯 꽃을 보면서 '충만'의 지경에 다
다르는 게 바로 사물의 본질을 알아채는 시인의 눈이다.

어릴 적
어디 마음 둘 곳 없어
그리움에 잠 못 들던 겨울밤
개울물 흐르는 소리
시리게 가슴을 적시고
내 귀는 점점 더 밝아지고 깊어졌습니다
옆집 옆집의 옆집 개 짖는 소리
멀리서 점점 가까이 들려오고
지는 줄 알면서도 꽃들 피어나듯
녹아 없어지는 줄 알면서
자꾸 자꾸만 내려오는 눈송이 따라
내 어머님의 영혼
소리 없이 다녀가시던 하얀 밤

지칠 줄 모르던 작은 그리움만
흰 눈처럼 소복소복 쌓였습니다

— 박남례, 「눈 내리던 밤」 전문

　시적 주체의 감흥이 고조되어 발현되는 서정은 대개 고독하게 자신
과 마주하는 적요 가운데서 생겨난다. 이 작품의 배경은 눈 내리는 시
골 농가다. 마치 무채색으로 그려진 한 폭의 동양화를 보는 듯하다. 눈
이 소복소복 내린 밤이니 눈의 하양과 어둠만이 그림에 담겨 있다. 시
의 배경에서 이미 시적 정서를 드러난다. 그 시적 정서는 그리움 끝에
오는 서러움이다. 그리움은 소멸에서 온다. 눈은 녹는 줄 알면서도 하
늘로부터 내려오고, 어머니의 영혼이 소리 없이 다녀가셨기 때문이다.
시인은 눈 내리는 겨울밤 속으로 몰입되어 끝 모를 고독에 얹혀 그리움
이라는 하나의 서정을 끌어올린다. 어린 시절 적요 가운데 세계를 상대
하였던 시인은 세상을 그리움으로 인지한다. 시인에게 그리움은 현실
너머에 존재하는 근원적인 세계를 발견하는 통로가 된다.

　자연을 대상으로 한 작품을 쓴 시인은 대개 중견 이상의 분들이다. 그
들이 느끼는 자연은 청년 계층이 느끼는 자연과는 사뭇 다르다. 물아일
치의 경지에서 자연과 교환한다. 그것은 오랜 삶을 자연을 바라보고 자
연에서 지혜를 얻은 관조의 경지에서 나온 결과이다. 지난 겨울호에서
이러한 자연시를 많이 대할 수 있었다는 점에서 행복했다.

●『한국시학』, 2019 봄호

시적 감수성과 지적 자아

　시는 감정에서 출발한다. 감정은 인간의 희로애락의 심리적 반응을 총칭하는 말이다. 시는 시인의 감정에서 출발하여 독자의 감정에서 끝난다. 사랑, 미움, 슬픔, 원망 등 복잡 미묘한 시인의 감정이 시를 통하여 어떻게 전달되며, 시인의 감정과 시에 나타난 감정, 그리고 독자가 받아들이는 감정은 모두가 동질의 것인가라는 문제가 현대 비평에서 자주 논란이 되는 중요 쟁점이다. 이 경우에 쓰는 감정이라는 말과 정서라는 말은 적어도 시론에서는 동의어이다.

　수사에 주력하던 시로부터 감정이 중요시되는 시로 발전함에 따라 시인들은 말과 싸우는 것 못지않게 자기와의 싸움에서 시의 성패를 기대하게 되었다. 자기와의 싸움이란 경험과 사물을 보는 데 있어서 자신의 감정과 싸움을 의미한다. 시인에게 요구되는 원숙하고 세련된 감수성은 풍부한 감성에서 얻어지는 것이 아니라 그 이상으로 냉정한 지적인 자세가 필요하다.

　현대시는 매우 지적이다, 또는 지적 특성을 갖는다고 말했을 때, 이지적이라는 말은 오해의 소지가 있다. 그것은 추상화하고 개념화하는 지식 작용이 아니라 감정과 대치되는 지성적 정신 기능이다. 지성적인 시인은 감정에 흔들리지 않고 사물을 분석하고 판단하면서 동시에 부분과 전체의 관계, 역사적, 우주적 의미를 종합적으로 파악하는 힘을 갖는다. 시인의 감정이 이성적 훈련을 받지 않으면 그의 정신은 흐려서 판단력과 직관력을 상실하여 오히려 사물을 주관적으로 개념화하게 된다. 감상적인 시나 개념적 시, 혹은 사상적 시 등은 모두 감정에 이끌려서 쓴 시들이다. 시는 감정의 산물이라고 하면서 한편 시인에게 차가운 지성의 능력을 요구하는 것은 얼핏 모순된 것처럼 보인다.

엘리엇은 감성과 이성의 통합을 주장하였다. 그는 또 시는 구체적인 것이고 산문은 추상적인 것이라고 말하기도 했다. 이는 감정을 다루는 시는 구체적인 것이지만 지식의 산물인 산문은 추상적이란 생각이라는 것이다. 다시 말해 시는 있는 그대로의 세계이고 지식 이전의 사실이지만 산문은 사실에 관한 지식이라는 의미를 지닌다. 예로써 눈앞의 사과는 구체적 사실이지만 "사과는 맛있다"라는 진술은 추상적 지식이다. 애인과의 이별은 구체적 사실이지만, "애인과의 이별은 슬프다"라는 진술은 추상적 지식이다.

사실은 지성의 그물로 잡을 수도 없고 지식으로 바꾸어놓을 수도 없는 설명 불가능한 세계일 따름이다. 그러면 시인은 그 설명 불가능의 세계를 어떻게 시로 표현하는가. 엘리엇의 시론에 의하면 시인은 감정의 등가물을 제시하는 수밖에 없다는 것이다. 그 등가물이 메타포 (metaphor)다. 메타포 안에서 비로소 이성과 감성은 통합된다. 그러니까 결국 시는 메타포의 문제에 귀착되고, 현대 시론에선 메타포가 주요한 비평 기준이 된다.

시는 시인이 자신의 주관적인 감정을 스타일로 만들어내는 과정에서 열매를 맺는다. 그 만들어내는 과정은 뜨거운 감정에 대한 차디찬 지성의 싸움이다. 시인은 검증하고, 분석하고 반성하는 지적 작업을 통하여 감정을 메타포로 바꾸어놓는 창작 과정을 겪는다.

절정이라니요, 아직 멀었습니다
하산하기에는 너무 이르니까요
불길은 바람 타고 치솟아 오르다가
느닷없이 벼랑으로 곤두박질치고
쫓기는 길목에서 눈을 감듯이
환희는 순간, 허무하게 지나가고
섭섭한 그림자만 여운으로 깔립니다
막다른 길에서는 목도 쉽게 마른데
아닙니다, 내가 벌써 절정이라니요
아슬아슬한 꼭대기에 휘날리진 않겠어요
평생에 한 번이나 있을까 말까
함성이 몰려오면 막이 내릴 텐데
여기는 캄캄하고 구석진 천리 밖
아직 멀었어요, 나 이렇게 창창해요

— 이향아, 「나는 아직 멀었어요」 전문

이향아 시인은 젊은 시절을 그리워하면서도 어느새 다가온 노년을 이야기한다. 글자 그대로 젊은 시절에는 "환희는 순간"이었다. 지금은 "벼랑으로 곤두박질치고" "섭섭한 그림자만 여운으로" 깔려 있다. 산의 정상에 오르면 다시 하산해야 하는 것이 세상 원리다. "막다른 길에서는 목도 쉽게 마른데" 막이 내리고 나면 "캄캄하고 구석진 천리 밖"에 이르

은유의 사회학

게 된다. 여기에서 시인은 "아직 멀었어요"라고 세상을 향해 소리치고 싶다.

나이듦의 축복은 지금껏 버거움으로 다가왔던 삶의 무게가 가볍게 느껴지고, 그것을 해결할 수 있는 지혜를 갖는다는 것이다. 아름다운 꽃을 꺾기보다는 꽃의 향기를 음미하고, 잘려나간 고목의 그루터기에서 소망을 바라보는 것이기도 하다. 우리의 나이는 식물의 그것이다. 싹을 내고 성장하고 꽃을 피우고 시들고 그런 후에는 마른다.

이 작품에서는 나이듦이 안타까운 나머지 반어법을 사용하여 그것을 극복하려고 한다. "아슬아슬한 꼭대기"에서 "나 이렇게 창창해요" 하고 목소리 높여 외치고 싶다.

> 뚜껑이 열린 향수병,
> 증발한 향수의 향기가 그리워도
>
> 다시 향수병으로 되돌아갈 수 없는
> 향수분자의 외로움이 서럽다
>
> ― 강상기, 「이산가족」 전문

이 작품 역시 지난 과거를 회상하면서 '향수의 향기'를 그리워한다. 시의 제목이 「이산가족」으로 되어 있지만, 가족이 흩어진 안타까움만을 노래한 것은 아니다. 향수가 한자로 鄕愁이건 香水이건 간에 시의 해석은 동일하다. 향기는 젊은이들의 것이다. 젊은이들은 내면의 정열에 넘치고 비로소 자기의 존재를 예감하고 자기를 의식한다. 그리고 관념론자가 된다. 하나의 관념을 계속하기 위해 그들은 완고한 고집쟁이가 된다. 중년에 접어들면서 서서히 회의론자로 변화하게 되고, 노년이 되면 신비주의자로 바뀌게 된다. 비합리적인 일들이 우연과 연결되어 합리적인 결과를 낳게 되는 현실을 깨닫게 되기 때문이다.

다시 젊은 시절로 되돌아갈 수 없는 노년의 마음은 뚜껑이 열려 향기가 모두 날아가버린 향수 분자와도 같다. 향기가 없는 향수는 그 가치를 상실한 것이다. 그러나 향기가 남아 있지 않은 노년의 삶이 서러운 것만은 아니다. 당초 향수병에 들어 있었을 때 진한 향기를 내뿜고 있었기 때문이다.

도덕적인 존재로서의 인간에 관해서, "무엇 때문에 존재하는가"라는 물음을 던질 필요는 없다. 인간의 생존 자체가 최고의 목적이기 때문이다. 인간은 이를 달성하기 위해 자연 전체에다 자신을 맞추려는 행동의 습성을 가지고 있다. 반면에 자연을 자신에게 맞추려는 습성도 가지고 있다. 그래서 자연에서 시의 제재를 가지고 오려는 경우가 적지 않다. 다음 시에서는 그것이 꽃이다.

꽃들은
꿈을 꾸면서 핀다

좋은 세상이 되라고
기뻐하라고

꽃들은 꿈을 꾸면서
아름답게 핀다
— 김용해, 「꽃들은 어떻게 피는가」 전문

시조 형식이나 자수율에서 벗어났다. 현대시조의 형식은 워낙 자유로우니만큼 상관없다. 꽃들은 누가 피라고 해서 피는 존재는 아니다. 스스로 꿈을 꾸기 위해서 핀다. 꽃처럼 아름답고 좋은 세상을 위해서 피어난다. 꽃들은 아름답다. 겨울을 제외한 봄, 여름, 가을 동안 꽃들이 피어나기 때문에 세상이 아름답다. 우리는 봄에 피는 꽃이 가장 아름답다는 생각을 한다. 그것은 혹독한 추위와 세찬 바람을 이기고 이 세상에 오기 때문이다. 봄은 계절의 시작이다. 당연히 꿈을 가지고 피어나야 한다. 꽃은 아름다우나 그것을 아름답게 보기 위해서는 우리는 새로운 꿈을 가져야 한다. 꽃의 존재 가치는 꿈이다. 새로운 인식이다.

홀로 태어나서
홀로 가는 존재로
혼자의 삶을
두려워하지 않는
행복 찾기의
시간 여행길에서

내 안의 나 스스로가
행복을 찾아내는
혼자만의 싱글이고
솔로인 고독한
홀로서기의 삶은
영원의 향기를 풍기는
시간 여행길이어라

— 김연식, 「시간 여행길」 부분

시적 화자는 인생의 도정을 '시간 여행길'로 인식한다. 반면에 삶과 죽음은 공간의 문제이다. 따라서 존재하지 않는다. 우리가 삶을 지켜나가는 한 죽음은 존재하지 않고 죽음이 존재하면 우리의 삶은 없어지게 된다. 우리에게 시간은 태어나서 죽을 때까지만 존재한다. 화자에게 "홀로 태어나서/홀로 가는 존재"일 때 시간은 역시 존재하는 것이다. 화자에게 시간은 행복을 찾아내는 "혼자만의 싱글이고/솔로인 고독한/홀로서기의 삶"이다. 여기에서 '혼자, 싱글, 솔로, 고독, 홀로'라는 언어는 모두 같은 맥락이다. 왜 내 안의 행복을 찾고 영원의 향기를 갈구하는 시간여행길에 이런 동일한 언어를 중첩하여 사용한 것일까. 화자는 절대고독(絕對孤獨)의 삶을 행복이라고 말한다. 그건 존재우울(存在憂鬱)과는 아무런 관련이 없다.

세상은 변화한다. 계절이 변하듯 자연이 변하고, 관계가 변하듯 사람도 변한다. 시간은 세상의 모든 본성을 바꾸어버린다. 모든 현상은 어떤 한 상태에서 다른 상태로 바뀌게 된다. 영원한 것은 하나도 없이 형태를 바꾸고 성질을 다른 것으로 천이(遷移)시킨다. 절대적이란 말은 존재하지 않는다.

> 수첩을 바꾸면서 수첩에 적힌
> 하나하나 이름들을 지우면서
> 밤새도록 와 닿는 발자국을 지우면서
> 어차피 지워야 할 그림자들이
> 그 얼마나 많은지를 알았다
> 참 질기게도 눈떠 온 세월이었구나
> 이거 허, 비록 보기 좋게 허물어졌다 해도
> 이제야 틀린 물건들을 말끔히 지울 수 있으니

얼마나 넉넉하고 포근한 일인가

— 류명선, 「수첩을 바꾸면서」 부분

　우리는 새해가 되면 수첩을 바꾼다. 수첩은 1년 단위로 간단한 행사 따위의 메모나 사람의 전화번호를 적어 호주머니에 들어갈 수 있도록 만든 아주 작은 책자다. 신년이 되면 새로운 수첩을 마련한다. 낡은 수첩에 적힌 친구나 아는 이의 주소나 전화번호를 옮겨 적는다. 그럴 때마다 몇 사람씩 이름을 지워 나간다. 나와의 관계가 끝난 이들이다. 그들은 망인이 되었거나 아예 왕래가 끊어진 이들의 전화번호다. 그것은 "밤새도록 와 닿는 발자국을 지우면서/어차피 지워야 할 그림자들"이다. 적지 않은 숫자다. 수첩은 사람 사이에 관계를 맺기 위한 물건이다. 거기서 이름이 지워지는 것은 관계의 단절을 의미한다. 나이가 들면서 지워지는 이름은 더욱 많아질 것이다. 언젠가는 내 이름도 누군가의 수첩에서 지워지리라. 화자는 "질기게도 눈떠 온 세월"임을 알게 된다. 그래도 "이제야 틀린 물건들"을 지울 수 있어 "넉넉하고 포근한 일"로 여긴다. 수첩을 지우는 일은 시인의 왜곡된 인생을 바로잡는 일이기도 하다. 삶의 달관이다.

새들이 한 떼 서쪽으로 날아가고
해 넘어간 자리
온기만 남아 있다

하루분의 열정이 스며들어
잠깐 스치는 푸르스름한 빛
미세한 그물처럼 땅거미 내리고

빛과 어둠이 교차하는 경계에서

나뭇잎들이 양각으로 돋아나고
산이 거대한 무게로 가슴속에 자리 잡으면
나는 불현듯 길 잃은 아이가 된다
　　　　　　　　　　　　— 김행숙, 「어스름 저녁」 부분

　인생이란 머무는 일이 없는 변화 그 자체다. 낮이 변하여 어둠이 짙을
무렵 새들은 서쪽으로 떼를 지어 날아간다. 시간은 '빛과 어둠'이 교차
하는 경계 무렵이다. 일출의 모습은 장엄하고 열정적이나 일몰은 고적
하다. 더욱이 새들은 서쪽으로 날아간다. 해가 서쪽으로 지고 나면 어
둡고 차가운 밤이라는 긴 터널이 다가온다. 우리는 서방정토(西方淨土)
를 극락이라 부르지만 그건 이승에서의 소실(消失)과도 상관이 있다. 쓸
쓸한 일이다. 화자에게 서쪽은 "하루분의 열정이 스며들어/잠깐 스치는
푸르스름한 빛"과 다름없다. "얼굴 위로 부슬부슬/닿을 듯한 안개비"에
젖는 화자에게 '어스름 저녁'은 "가슴이 허전해지고/손이 시려오는 시
각"이다. "산이 거대한 무게로 가슴속에 자리 잡으면" 마음 둘 데 없는
"나는 불현듯 길 잃은 아이"처럼 방황하게 된다.

　『한국시학』 2019년 봄호에는 주목할 만한 연애시가 여러 편 있다. 한
편은 첫사랑을 노래한 작품이고, 한 편은 중년 이후의 사랑을 노래한
작품이다. 그것이 소년의 사랑이건 중년의 사랑이건 연애의 감정은 마
찬가지다. 연애야말로 생명의 꽃이다. 연애는 감미로운 즐거움인 동시
에 야성적인 슬픔이기도 하다. 연애는 고락(苦樂)이 함께 상쟁하는 현상
이다. 스스로 고뇌하든지, 아니면 타인을 괴롭히든지 두 가지 중 하나

이다.

> 나를 처음으로 배신한 것은, 달이었다
> 일편단심 나만 따라오며
> 우멍하게 팬 눈으로
> 나만 바라보기에
> 나도 저만 품었는데
> 오사바사 다른 사람을 따라가기도 했던 것
>
> 사람과 세상을 정독해본 적 없는
> 내 사춘기 적 불찰이었으므로
> 달을 용서했다
>
> 오늘, 40년 전 그 달을 올려다보며
> 달 웃음을 지어본다
>
> ― 이자영, 「달 웃음」 전문

   연애는 무언가 참다운 것을 듣지 않아서 깨지는 경우가 있다. 우리
는 어린 시절 가슴에 연정을 품는다. 시적 화자는 항상 자신을 달밤이
면 따라다니는 달을 사랑했다. 달이 언제나 자신을 좇듯이 자신만을 사
랑하는 줄 알았다. 그런데 달은 다른 사람도 나와 마찬가지로 따라다니
는 걸 알게 되었다. 달은 누구든지 사랑의 대상으로 삼았다. 나만 사랑
하는 줄 알았던 달이 누구나 좋아한다는 사실을 아는 순간 시적 화자는
달을 마음속에서 지워버리고 만다. 달이야말로 '오사바사'한 존재였다.
화자에게만 사근사근하고 부드러운 줄 알았지만 누구에게나 마찬가지
였다. 화자의 연애는 '사춘기 적 불찰'로 말미암아 실패로 끝났다. "사람

과 세상을 정독"하지 못한 첫사랑은 그렇게 지나갔다. 40년이란 시간이 흐른 지금 그 첫사랑을 반추하면서 '달 웃음'을 짓는 화자의 마음이 달콤한 연애처럼 행복하다.

> 해그림자 스러지고
> 아슴아슴 빈곤이
> 성큼 다다른 길목에서
> 나는 그대가 있어 꿈을 꿀 수 있어라
>
> 훈풍에 붉은 싸리꽃 달고
> 하늘은 치솟는 까마귀와 까치의 설렘으로
> 저 별들의 강을 건너
> 안드로메다은하까진 아니어도
> 견우와 직녀에게 가서 연서를 전하거나
> 휴대폰을 건네준다든지
> 노잣돈을 놓고 온다는 꿈만 같은 꿈까지
> 나는 그대가 있어
> 바닷물이 춤추도록 동그랗게 웃는,
> 청보리 빛 초원을 꿈꾸는 꽃구름이어라
> 그대가, 그대가 있어서 나는
>
> ― 조덕혜, 「그대가 있어」 전문

위 작품에 나타난 연애는 한층 숭고하며 간절하다. 연애가 우주 전체를 단 한 사람으로 줄이고 그 사람을 신으로까지 확대하는 것이라고 정의한다면, 화자의 연애가 그렇다는 뜻이다. 화자는 한 해에 한 번만 만나는 견우와 직녀의 사랑을 이야기한다. 칠석날이 되어서야 오작교(烏鵲橋)를 건너 겨우 만남이 허락되는 사랑은 젊은 열정이나 정염과는 거리가 멀다. 그러나 그것은 겉으로 드러난 모습일 뿐이다. "사랑은 늦을 수록 격렬하다"는 말이 있다. 실제로 화자는 "바닷물이 춤추도록 동그 랗게 웃는,/청보리 빛 초원을 꿈꾸는 꽃구름이어라/그대가, 그대가 있 어서 나는"이라는 구절에서 새로이 찾아온 연애의 감정이 얼마나 위대 한지를 우리에게 전해준다. 새로이 찾아온 사랑이라는 증거는 "해그림 자 스러지고/아슴아슴 빈곤이"라는 대목에서 확연히 드러난다.

• 『한국시학』, 2019 여름호

제2부

원초적 슬픔과 존재의식

— 백성 시집 『백수 선생 상경기』

『백수 선생 상경기』는 시인 백성의 첫 시집이다. 고희가 되어서야 처음으로 시집을 상재했다. 시인은 특이한 경력의 소유자다. 대학에서는 경영학을 전공했고 국책은행에 취업하여 30여 년 동안 봉직한 후 퇴직했다. 60대 중반 이후 문학에 뜻을 두고는 5년 동안 문학 수련을 했다. 고희라는 적잖은 나이에 문단에 나오고 같은 해에 첫 시집을 발간했으니 특별하다 할 수밖에 없다. 또 중학교 재학 시절에는 당시 국내 최정상에서 군림하던 팀에서 농구선수로 활동하기도 했다. 그러나 그는 이미 고교 시절에 단편소설을 교지에 발표할 정도로 문학에 취미를 가지고 있었다.

시인 백성은 5년 정도 중앙대학교 문예대학원 등에서 문학 수업을 받았다. 2015년 『문학나무』 여름호에 작품 「처서」 등으로 등단하고 8월에 시집을 발간했다. 이로 미루어 보더라도 그가 시집을 엮은 데는 유별난 사유가 있음 직하다. 시집의 '시인의 말'을 보면 5년 전 치매에 걸린 아버지를 병원으로 모신 뒤에 통곡의 심정으로 시를 썼다고 했다. 시인은 "이번에 묶는 시는 아무것도 아니다. 그저 아버지 인생의 마지막을 바라보던 내 5년간의 기록이다"라고 시집을 엮는 소회를 말하고 있다. 아버지의 투병 기간과 문학 수련의 기간이 공교롭게 같다.

> 5년 전 가을 어느 날, 정신이 성치 못한 아버지를 병원으로 모셨다. 그는 원망의 외침 몇 마디를 남기고 속절없이 끌려갔다. 그 밤 나는 통곡했다.
> 그 뒤 뿌리 없는 식물처럼 말라가는 아버지를 보고 올 때마다 시를 썼다. 그를 최후까지 돌보지 못했다는 죄책감과 그를 바라보는 내 가슴속 연민의 뜨거움이 함께 끓어 올랐다.

위에서 보듯 이 시집은 시인이 이미 고인이 된 아버지께 드리는 사부곡이다. 모두 4부로 나누어진 시집 가운데 제3부의 제목이 아버지로 되어 있다. 우리 인생에서 가장 멋진 것은 아버지가 있다는 일이며, 아버지가 재벌이거나 유명인이라는 사실은 그 다음의 일이라는 말이 있다. 또 "한 사람의 아버지가 백 사람의 선생보다 낫다."라는 말도 있다. 소설가 이효석은 수필 「석류(石榴)」에서 "아버지는 쓸쓸한 집안의 돌부처같이 침묵하였다. 모든 것을 긍정하고 굽어만 보는 조물주의 의지와도 같이 엄연하였다."라고 아버지의 존재에 대해 쓰고 있다. 그만큼 자식에게, 특히 아들에게 아버지는 절대적인 영향을 끼치는 인물인 것이다. 그런 아버지가 노년이 되어 모든 과거를 잊어버리는 치매에 걸린다면, 아들에겐 단순한 생물학적 아버지가 아니라 정신적 의지처를 잃는 것이다.

> 오늘도 나는 내 아버지가 아닌
> 아버지를 만나러 간다

은유의 사회학

휠휠 타오르는 참나무 숯불 찜질방 옆으로 난
작은 언덕길을 따라 오르면 효자각 솟을대문 높이 서 있는
효자요양원에 그는 누워 있다

나는 습관처럼 당신 아들임을 간곡히 설명했으나
한 번도 나 같은 늙은 아들을 가져보지 못했던 유년의 그는
언제나 나를 형님이라 불렀다.
— 「아버지 1」 부분

아버지는 치매로 요양원에 계신다. 당신의 정신 연령은 유년 수준에
머물러 있다. 그는 아들인 화자에게 "형님"이라고 부른다. 10세 안팎의
유년 수준인 아버지는 고희에 이른 아들을 그렇게 호칭하는 것이다. 아
들 입장에서 기가 막힐 노릇이다. 그래서 화자는 "나는 내 아버지가 아
닌 아버지"를 만나기 위해 요양원에 간다. 거기에서 화자는 아버지의
모습에서 나를 발견한다.

그는 당신을 따라 허우적대고
당신을 따라 비틀거리고
당신을 따라 절망하고 당신을 따라 당신처럼
머지않아 스러져 갈 미래의 또 다른 당신 표상입니다.
— 「아버지 2」 부분

예로부터 "아들을 알려면 아버지를 보라"는 격언이 있다. 아들은 아
버지는 은연중에 닮는다. 표정과 생활습관을 닮고 심지어 목소리까지
닮는다. 아버지는 아들의 '표상'이다. 그런 아버지가 5년째 요양원에 방
치되다시피 고립된 삶을 살고 있다. 아버지는 고향의 쪽빛 바다를 보고

싶다 했고(「아버지의 바다」), 한밤중에 벌떡 자리에서 일어나 일본 군가를 부르기도 하고(「아직도 끝나지 않은 전쟁」), 며칠째 말문을 닫기도 했다(「아버지의 침묵」).

시인은 아버지의 병을 통해 인간에 대한 원초적인 죄책감과 연민이 짙게 배어 있는 많은 시편들을 게재하여 자신의 평생을 꿰뚫고 지나간 아버지의 사랑을 드러내 보인다. 그건 존재하는 모든 것에 대한 슬픔이다. 그것은 허무주의를 뛰어넘는 인간 본연의 측은지심(惻隱之心)에서 비롯된다.

그의 시집에는 이야기가 있는 시들이 실험되었다. 형식은 산문이다. 그리고 그 안에 기승전결의 서사가 있다. 그런 면에서 산문시나 서사시의 범주에 넣어도 좋겠지만 서사라고 하기에 사건의 강도가 약하다. 그래서 서사시의 범주에서는 벗어나 있다. 이승하 시인은 이를 두고 시집의 해설에서 '이야기 시'라고 이름을 붙였다. 그런데 사건, 이야기 등의 서사적인 내용을 시적 형식으로 보여주는 형태의 시를 우리는 서술시라고 한다. 이런 서술시의 경향은 민중적인 삶을 표상하는 사설시조와 같은 전통적 시가의 내적 구조들과 일맥상통한다고 할 수 있다. 이는 감상적인 시에 대한 반성에서 비롯되었으며, 백석의 「여승」이나 「남신의주 유동 박시봉방」, 이용악의 「오랑캐꽃」, 「우라지오 가까운 항구에서」 등으로 대표된다.

4부에 묶인 작품들은 서술시로 분류할 수 있다. 표제작 「백수 선생 상경기」를 보면 이런 판단이 옳다고 느껴진다.

원래 나는 선생이 아니어서 그 모임에는 정식 멤버가 아니었는데

은유의 사회학

어쩌다 늘그막에 몇몇 대학 시간강사를 하다 보니 선생도 아닌 나를
그들이 선생으로 받아주어 심심하던 차에 잘됐다 싶어 그들 모임에
가끔 합류하곤 했다.

하루는 그들이 오랜만에 지방에 있는 회원들이 상경하여 같이 모인
다고
특별 초청해와 그들 점심 모임에 참석하게 되었다.
수인사를 나누고 오랜만에 만나는 사이라 가정사니 건강 이야기들
이 오가고
세상 돌아가는 이야기 속에 반은 정치하는 사람 욕이고 만은 옛날
이야기니
나는 금방 시들해지고 관심도 없어져 멀찍이 떨어져 앉아 있는데,
그중 키가 작달막하고 풍채도 조그마한데 큰 입으로 잘 웃어 몹시
헤프게 보이는
친구 하나가 나를 아는 체하며 다가왔다
— 「백수 선생 상경기」 부분

고교 동창 중에 교사 출신의 모임에 나가 겪은 일화가 중심 소재이다.
작품은 발단 부분에서 상황 설명이 있고 그 다음에 친구의 사연이 전개
되고 친구와 헤어지는 결말로 나누어진다. 그런데 그 결말이 반전이다.
그 친구의 명함에는 '백수 김아무개'라는 이름이 적혀 있었다. '백수라
니?' 놀고먹으니 白手가 맞는 건지 아니면 백 살까지 살고픈 마음에 百
壽가 옳은 것인지 본인도 모르는 체 그냥 '백수'라고 써 가지고 다닌다
고 했다. 친구는 백수를 '맹물'이라고 표현했다. 그러면서 '맹물' 되기가
쉬운 일은 아니라고 했다. 그러고 보니 그의 명함엔 작은 글씨로 '백수
(白水)'라고 적혀 있었다. 시인은 이 작품에서 살기 힘든 세상에서 맹물
처럼 살아가는 친구를 대하고 "향기 높은 벼슬"을 가진 이로 표현했다.

사리에 얽매이지 않고, 맑은 물처럼 살아가는 선비정신을 그리워하는
이는 비단 시인뿐일까? 옛날 선비들은 가난한 살림살이에 손님을 접대
할 길이 없으면 백비탕(白沸湯)을 끓여 대접하곤 했다.

다음 작품은 김승옥의 동인문학상 수상 소설 「서울 1964년 겨울」을
패러디한 작품이다.

> 50년 만에 제일 춥다는 서울 2013년 12월 30일 겨울 저녁 8시
> 잘 아는 시인의 출판기념회가 청진동 치킨집에서 열렸다. 오랜만에
> 피맛골 뒷골목을
> 헤매다 늦어서 일행을 놓치고 젊은이들이 모여 있는 말석에 겨우
> 끼어 앉았다.
> 아무 말 없이 나온 맥주만 넘기고 있는데 빨간 마후라를 맨 앞의 40
> 대가 눈인사와 함께 말을 걸어온다.
> 선생 회비도 내셨을 텐데 치킨도 좀 드세요. 맛이 괜찮습니다.
> 아아 네 잘 먹고 있습니다. 맛있네요.
> 이것이 둘둘치킨이라고 마늘에 버무린 요즘 젊은이 사이에서 뜨는
> 치킨입니다.
> 그러나 나는 몇 조각에 벌써 입맛이 갔다. 도무지 잘 씹어지지가 않
> 는다. 이가 시원치 않은가?
> 어떻게 오셨습니까? 시인의 삼촌인가요? 순간 웃음이 나왔다.
> 시인의 제자입니다. 지금 시인에게 시작을 사사 받고 있죠. 그는 훌
> 륭한 선생이기도 합니다.
> 그 나이에 시를 공부하신다니 놀랍습니다. 저는 시인의 친굽니다.
> 돈 좀 꿔갈까 하고 왔죠.
> 옆자리 젊은이는 그냥 웃고 아무 말 없었고 맥주를 마시기 위해 고
> 개가 90도로 꺾여 눈이 천정을 향하고 있었다.
>
> ─「서울 2014년 겨울」 부분

이 작품이 뚜렷한 가치관을 갖지 못한 사람들의 방향과 연대감의 상실로 인한 절망감을 다루었다는 점에서 김승옥의 소설을 패러디한 것으로 보인다. 다만 시간적 배경이 50년 후이고 공간적 배경도 거리의 포장마차에서 치킨집으로 바뀌었지만, 한 자리에서 서로 인사를 하고 이야기를 나누지만 개별화된 인간관계를 보여준다는 점에서 공통된다. 소설의 등장인물이 '나'와 '사내'와 '안'이듯이, 여기서도 화자와 '빨간 마후라'와 '젊은이'가 등장한다는 설정에서 공통점을 가지고 있다. 이러한 서술시를 백성 시인이 처음으로 실험하고 있다는 점에서 그 시도를 높이 사고 싶다. 시집의 제4부 전체가 이런 서술시의 실험 무대이다.

백성 시인에겐 꽃을 제재로 한 시가 적지 않다. 이런 시는 자연스레 서정시의 성격을 띤다.

> 순서도 없이
> 흐드러지게 핀 꽃들 보며
> 실없는 궁금증 풀어보려는데
> 벌써 바람에 날리는 하얀 벚꽃
>
> 피는 것보다 지는 것
> 이렇게 허무하면
> 먼저 물어야겠네 왜 그리 어렵게 피었는지
>
> ─「꽃피는 느낌」부분

꽃은 생명의 핵이다. 봄이 되면 대부분의 식물들은 화려한 꽃을 피우곤 져버리고 만다. 꽃이 져야만 열매를 맺는다는 건 시인이 살펴볼 일이 아니다. 꽃이 피면 아름답고 사랑스러우며 꽃이 지면 서러운 감정을 갖는 이가 바로 시인이란 존재이다. 봄꽃은 너무 빨리 진다. 그건 꽃으로서의 존재 가치를 잃는 일이다. 시적 화자는 지는 꽃을 보면서 존재가 본래 지니고 슬픔을 찾아낸다. 그건 시인을 우울하게 만드는 일이다. 존재는 일정 기간 동안 시간과 공간을 점하는 것이다. 꽃이 피어 있다는 건 존재한다는 의미이고 꽃이 지는 것은 존재가 사라짐을 뜻한다. 꽃이 지는 걸 보면서 시인은 본디 존재가 지니고 있던 의미를 되새긴다. 존재 자체가 없었다면 당초부터 의식이나 인식의 명제도 생겨나지 않는다. 꽃은 아름답게 피어야 존재 가치를 소유하고, 꽃이 지면 그걸 상실하는 것이다. 꽃이 지는 걸 보면서, 시적 화자는 "피는 것보다 지는 것/이렇게 허무하면" 왜 그리 힘들게 꽃을 피우는지 자문한다.

> 강은 큰 소리로
> 울고 싶을 때
> 더 깊이 속으로만 운다
>
> 아무 때나 우는 울음은
> 울음이 아니다
> 아무 때나 흘리는 눈물은
> 눈물도 아니다
>
> 더러운 그리움 가슴속에 응어리져
> 피처럼 터져 나올 때
>
> 더 깊이 가라앉혀
> 속으로만 속으로만 우는
> 강물 앞에 서면

은유의 사회학

어쩌면 이제는
속 깊은 강물보다 더

아무렇지도 않은 듯
아무렇지도 않은 듯

눈물 흔적 하나 없이
울 수도 있을 것 같다.

— 「강물은 속으로만 운다」 전문

속으로만 우는 강물은 시적 화자 자신의 투영체이다. 시적 화자는 눈물 하나 흘리지 않고도 슬프게 울 수 있다. 강은 어느 강이나 숱한 전설과 사연을 삼킨 채 세월처럼 말없이 흐른다. 흐르는 강물은 인생과 흡사하다. 강이 슬프면 인생도 슬프다. 여기에서 시적 화자는 슬픈 강을 보면서 슬픈 인간을 생각한다. 영국의 낭만주의 시인 콜리지(S.T. Coleridge)는 "만나고, 알게 되고, 사랑하고, 그리고 헤어지는 모든 것이 인간의 슬픈 사연"이라고 말했다. 이에 의하면 인간은 본디 슬픔을 간직한 존재인 것이다. 고려의 정지상(鄭知常)은 「송인(送人)」에서 "대동강은 언제 마를 것인가. 해마다 이별 눈물 보태는 것을(大同江水何時盡 別淚年年添綠波)"이라며 강물을 사이에 두고 임과 석별하는 슬픔을 그렸다.

강물의 이미지는 인생 순환의 영원한 흐름을 나타낸다. 즉 인생의 변화와 흐름을 의미한다. 강은 슬픈 존재다. 강이 우리를 깨끗하게 정화시켜주어 더욱 슬프다. 말이 없다는 점에서 강물은 더욱 큰 슬픔을 안고 있다. 시인은 존재하는 것 자체가 슬픔임을 말하고 있다. 여기에서 더 나가 시인은 "물집 잡힌 신발을 끌고 종일 달려온//누추한 맨발 하나가//저녁바다 밑자락에 묻히고 있다"(「바다의 길목에서」)라든가 "이승과 저승의 중간쯤에서/서성이다가 무심히/떨어지는 저 해처럼 침잠하고 말 것"(「낙조」)처럼 까닭 모를 슬픔에 잠겨 있다.

그의 시가 표출하고 있는 슬픔의 근원이 때때로 그 자신의 체험과 관련이 있으리라 짐작이 되지만, 그의 시를 통해서 보면 그것은 자연 가운데서 흘러나오기도 하고, 인간관계 속에 도사리고 있음도 간과할 수 없다. 그런 의미에서 그의 시 대부분이 비가(悲歌)에 속한다고 볼 수도 있다. 그리고 그의 비가 가운데 가작이 적지 않다.

백성의 작품에는 풍자적 수법이 적지 않게 눈에 띈다. 풍자는 그 속에 비판을 숨기고 있다.

아파트 폐품 수거장
한쪽 구석 쭈그리고 앉아 있는 칠 바랜 밥솥 하나

누가 내다버렸나
우그러지고 찌그러지고 뚜껑 손잡이는
어디로 날아갔는지 위장이 훤히 들여다보인다
하필 코끼리 코가 그려진 부분이 찌그러져
코에 구멍이 난 듯 코가 잘려나갔다.

— 「코끼리 밥솥」 부분

우리 부녀자들을 부엌 노역에서 해방시켜준 것이 전기밥솥과 세탁기라는 말이 있다. 일본 여행을 떠난 여인들은 너나 할 것 없이 코끼리 밥솥을 몇 개씩 사 가지고 돌아왔다. 코끼리 밥솥은 여인들에게 보물과 같은 물건이었다. 그토록 귀한 물품이었던 코끼리 밥솥도 칠이 바래고

　　　　　　　　　　　　　　　　은유의 사회학

우그러지고 찌그러지고 뚜껑마저 날아가 쓸 수 없게 되었다. 하필 밥솥의 대명사처럼 여겨지던 코끼리의 코마저 잘려나갔다. 귀한 물건의 표징이 폐품의 결정적 흠결이 된 것이다. 물상의 귀천은 상황에 따라 변화하는 것이다. 시인은 단순히 못 쓰게 되어 버려진 전기밥솥 하나에서 세상의 이치를 발견한다.

백성 시인은 그의 첫 시집에서 비교적 가작에 속하는 서정시의 세계를 보여주었다. 그러면서 서술시로 분류되는 "이야기가 있는 시"를 실험하였고, 앞으로도 계속하여 서술시를 창작하겠노라고 했다. 한국문학의 영역을 넓힌다는 의미에서도 기대되는 바가 매우 크다.

자아 탐구를 위한 내적 성찰
— 임애월의 시세계

  시인은 항상 자신이 언어로 진술하고자 하는 대상을 찾아 사고하고 탐구하며 발견한다. 이것이 시인의 인식이다. 시인의 인식은 자아에 대한 것일 수도 있고, 자연이나 우주에 대한 것일 수도 있다. 이 모든 사상(事象)들이 시의 테마이다. 이러한 시적 테마들을 떠받치고 있는 것은 진실이다. 시인의 사명이 진실을 말하는 것임을 전제로 할 때, 진실은 인간 자체임을 알아야 한다. 따라서 시인의 진실은 인간적 체취에서 근원한다. 인간의 진실과 시의 진실은 언어를 통해 동일하여야 한다.

  임애월 시인은 등단 이래 『정박 혹은 출항』(월간문학 출판부, 2005)과 『어떤 혹성을 위하여』(도서출판 AJ, 2011), 『사막의 달』(도서출판 AJ, 2014) 등 모두 세 권의 시집을 펴냈다. 그는 시집마다 자유시와 정형시인 시조를 한데 묶는다. 시인 임병호는 시와 시조를 동시에 창작하고, 한 시집에 두 장르를 모두 수록한 데 대해 "우리의 옛 정서와 현대의 이미지를 잘 조화"시켰다고 평하였다. 이는 그의 시혼이 고정된 틀이나 형식에 얽매이지 않음을 뜻하는 동시에 시인의 자유혼을 보여주는 성과이다. 세 권의 시집을 읽으면서 필자는 임애월 시인의 진실과 일치된 시의 진실을 발견할 수 있었다. 그것은 시인의 삶이 진실하였고, 끊임없이 자아를 찾고자 하는 태도를 견지하면서 시 창작에 임하였음을 알게 한다.

문학은 체험의 소산이다. 그것이 시이건 소설이건 작가는 자신의 기억을 바탕으로 하여 작품을 창작한다. 독자는 작품을 읽음으로써 작품 속에 은연중에 드러난 작가의 심리를 알아낸다. 시인 임애월의 시 속에는 시인의 삶과 사유, 그리고 철학이 들어 있다. 이번 시집에서 시인이 추구하는 시정신은 여러 갈래이다. 먼저 그의 시는 끊임없는 자아 탐구와 내적 성찰로 시인으로서의 존재인식을 표출하고 있다.

> 어디에나 길은 있지만
> 어디에도 빛은 보이지 않는다
> 사람과 사람 사이를 흐르던 물줄기들이
> 건조하게 말라붙어 그 바닥이 드러날 때
> 잃어버린 물줄기의 맥을 찾아
> 나는 타클라마칸의 사구로 떠난다
> 물기 하나 없이 서걱이는 모래산맥 너머로
> 오래전 잃어버린 빛들을 모아
> 지상에서 가장 말갛게 떠오르는 사막의 달
> 비로소 작은 모래알들이 모여 거대한 바다로 출렁이고
> 놓쳐버린 길을 묻는 길손들의 발등을 적신다
>
> ─「사막의 달」 부분

시인의 시적 모험은 모래의 땅 사막에서 시작된다. 사막은 모든 것이 말라붙어버린 지역이다. 물이 마르고, 나무가 마르고 풍경마저 말라버린 불모의 땅이다. 그래서 "사람과 사람 사이를 흐르던 물줄기"들도 건조하게 말라붙어 그 바닥을 드러낸다. 모든 것이 단절된 철저한 절대고

독이다. 여기에서 시적 화자는 "잃어버린 물줄기의 맥을 찾아/나는 타 클라마칸의 사구로" 떠난다. 모래언덕 너머 달이 떠오를 때 빛의 바다 가 앞에 펼쳐진다. 우리에게 달은 푸근한 것이고 생명력을 가진 존재이 다. 달은 여성적 이미지를 갖는다. 이지러졌다가 다시 차오르는 달은 여성의 생리주기처럼 생산을 상징한다. 달은 곧 여성이고 물과 상응하 는 이미지를 지닌 풍요와 생산을 뜻하는 존재이다. 달빛이 강물처럼 흘 러 '길손들의 발등'을 적실 때 시적 화자에게도 '길'과 '빛'이 보이게 되 고 비로소 자아를 찾아가는 단계에 도달한다.

바람과 비에 젖으며
긴 산맥의 줄기를 세우던 아침
그 찬란하던 빗소리와 꽃들과
새들의 노래 모두
젊은 계절의 갈피에 접어두고
실핏줄 말리는 烹刑의 뜨거운 통증
이제는 스스로 감내하겠다
탯줄이 타는 갈증과
오장육부를 녹이는 바람의 기세 속에서
오히려 아늑하고 혼곤한 잠에 빠지면
숨골에서 서서히 빠져나가는
내 영혼의 실타래
더 이상 풀어낼 실마리도 없이
침묵의 대가로 남겨지는 올곧은 뼈대
순백의 숨利들

―「소금」 부분

은유의 사회학

바다는 여름 내내 햇빛을 불러들이고 바람을 앞세워 침묵으로 하얀 꽃을 피워낸다. 파도 소리에 석양도 저물어가면, 별빛 속에 짭짤한 소금이 영글어간다. 염부의 땀방울에 비로소 하얀 소금의 결정체가 완성된다. "실핏줄 말리는 팽형"과 "뱃줄이 타는 갈증" 그리고 "오장육부를 녹이는 바람의 기세"를 거쳐야만 "순백의 사리들"이 우리 앞에 존재하게 된다. 그것은 올곧은 '침묵의 대가'이다. 무엇 하나 쉽게 이루어지는 것은 없다. 수양과 고행 끝에 얻어지는 고승의 사리처럼 세상사에 혼탁되지 않고 불의와 타협하지 않음으로써 아름답고 영롱한 정신의 결정체를 얻을 수 있다. 시인은 여기에서 우리에게 어떤 자세의 삶이 과연 올바른가 하는가를 묵시적으로 보여준다.

단절된
고치의 시간
봄비의 꿈속에서

씨줄 날줄
직조해 보는
경계 밖 삶의 문양

날개는
침묵의 가치를
아는 자의 몫이다

―「우화(羽化)」 전문

시인은 유난히 '침묵'이라는 언어를 좋아한다. 초여름의 어느 날 떠오르는 시상을 어렵게 엮어내는 시인의 모습에 공감이 간다. 말을 잊고 차라리 침묵에 몸과 마음을 던진다. 시심을 형상화하는 데는 '침묵'의 도움이 절대적이다. 침묵만이 시에다가 생명을 불어넣는다. 그래서 나비가 허물을 벗고 공중을 훨훨 날 수 있는 하나의 완성체가 된다. 시인은 시작의 어려움을 잘 알고 있다. 그래서 "날개는/침묵의 가치를/아는 자의 몫이다"라고 노래하기도 한다. 시인이 스스로 만족하는 작품 한 편을 건지기 위해 오랜 침묵의 시간을 견디어내야 한다. 그리고 나서야 비로소 하늘을 날 수 있는 날개를 갖게 된다.

그의 시에는 고향 제주에 대한 향수와 어머니를 생각하는 사모곡들로 가득하다. 이런 노래에는 제주 애월의 풍광과 정서, 친구와 더불어 가족에 대한 사랑이 들어 있다. 다음 시에서도 제주와 어머니의 이미지는 애잔하다 못해 눈물겹다. 그건 작중 화자의 어린 시절의 체험이 녹아 있기 때문이다. 제주는 척박한 땅이다. 육지로부터 멀리 떨어져 있어, 나름대로 독특한 문화와 생활환경이 만들어졌다. 제주 사람들은 평소 근면 절약하고 상부상조하는 삶을 이루어 왔다.

팽나무 밑을
지나

하귤이 서너 개
떨어져 뒹구는

나팔꽃 핀
올레 끝에

작은 등
걸어놓으신

어머니
내 어머니

———「우리집」 전문

  '팽나무'와 '하귤'과 '올레'는 제주와 고향을 상징한다. 단순한 고향이
아니라 제주 사람의 삶을 의미한다. 시인 김수영은 「고향」이라는 작품
에서 "언덕을 지나고 시내를 건너고/봄은 노래 맞춰/고향으로 간다//고
향은/아직도 내 마음에 너그럽다"라고 노래했다. 제주 애월은 시인에게
한없이 너그럽고 돌아가고픈 고장이다. "남쪽에서 온 새는 언제나 고향
에 가까운 가지에 앉는다(越鳥巢南枝)"라는 고시가 있다. 시인의 고향 애
월리에는 노모 홀로 살고 계신다. 남쪽 섬에서의 삶은 순조롭지 못하
다. 더욱이 제주 여인의 삶은 서럽다. 온갖 힘든 일은 여인의 몫이다. 시
인의 어머니도 그런 삶을 살아오셨다. '작은 등'은 바로 어머니를 의미
한다.

척박한 변방의 땅
건천 지나 햇살 한 줌

허술한 목울대로
거친 바람 끌어안은

실핏줄
파랗게 돋던

젊은 날의 어머니

—「쑥꽃」 전문

　어머니는 젊은 날부터 "척박한 변방의 땅"에서 "허술한 목울대로/거친 바람 끌어안은" 채 살고 있었다. 이 땅의 어느 여인의 삶이 고단하지 않겠는가만 특히 제주 여인의 삶은 신산(辛酸)할 수밖에 없다. 더욱이 그가 내 어머니일 때는 말할 필요가 없다. 남정네들은 고기잡이 나갔다가 난파 등의 사고로 먼저 세상을 떠나고, 남은 여인들은 농사와 물질에 젊은 시절을 고통스럽게 버텨내야 했다.

　　어머니는 아직도 버선을 신으신다
　　알록달록 화려한 꽃무늬 버선을
　　산나리 장다리 함박꽃, 섬 끝엔 제주바람꽃

　　철을 가리지 않고 지천으로 피어나는
　　어머니의 꽃들이 거친 발등을 감싸 안는다
　　뒤축엔 한철 지난 꽃이 저 홀로 스러지고

　　덧대어 얼기설기 꿰맨 묵은 꽃이 질 즈음
　　이제 그만 버리세요, 새 버선도 많잖아요
　　지지리 청승맞다고 남들이 흉봐요

　　버리지 마라, 꿰매면 아직도 새것 같다
　　날 숭보는 사람들은, 나만 못한 사람들이다
　　여전히 어머니 꽃밭엔 사철 묵은 꽃이 피고

　　손끝에서 살아나온 재생의 시간들은

팔순을 넘기신 어머니의 돋보기 속에서
화안한 꽃길 만들며 저들끼리 즐겁다

　　　　　　　　　　　　　　　— 「어머니의 버선」 전문

　힘겨운 제주 여인의 삶과 함께 어머니의 모습이 오버랩된다. 기워 신
은 버선은 어머니의 꽃밭이다. 그것은 "알록달록 화려한 꽃무늬"가 "지
천으로 피어" 어머니의 거친 발등을 감싸 안고 있기 때문이다. 팔십 노
모에 대한 그리움과 서러움이 "화안한 꽃길 만들며 저들끼리 즐겁다"에
서 보듯 아이러니의 기법을 통해 오히려 아름답게 채색되어 시적 효과
를 높이고 있다. 아프리카에 "가정에서는 어머니의 사랑, 들에서는 태
양의 빛"이라는 속담이 있다. 그만큼 어머니의 사랑은 우리를 양육시키
는 힘의 원천이 된다. 임 시인의 어머니 사랑은 유난하다. 많은 작품이
고향 제주와 그곳에 계신 어머니를 제재로 하고 있다.

　그의 시에는 자연, 그 가운데에서도 계절을 특히 시의 제재로 삼는다.
프라이는 그의 저서 『비평의 해부(Anatomy of Criticism)』에서 문학작품에 대
한 비평을 크게 네 가지로 나누고 있다. 첫 번째, 역사비평, 두 번째, 윤
리비평, 세 번째 원형비평, 네 번째 수사비평이 그것이다. 그리고 원형
비평의 이론에서 봄의 미토스는 희극, 여름의 미토스는 낭만, 가을의
미토스는 비극, 겨울의 미토스는 아이러니, 풍자로 구분하였다.
　다음에 각각 봄과 가을을 노래한 작품을 살펴보자.

아린 꽃향기에
몸이 먼저 달떠
잠 못 드는 밤에는

무한 고요 속
우주의 귀 하나
열려

애기나리
새 순에
봄물 오르는 소리도 들린다

—「봄밤」 전문

시인은 계절의 변화에 민감하다. 그것은 계절이 지닌 상징성 때문이
다. 시인에게 "아린 꽃향기/몸이 먼저 달떠/잠 못 드는 밤"이 되면
"우주의 귀 하나"가 열려 "봄물 오르는 소리"를 듣게 된다. 우리 인간
에게는 외적 대상을 인식하는 감각기관의 지각, 내적 상태의 인식 원
천인 내적 지각, 외적 대상의 내적 인식이라는 단계를 거쳐 감정이입
이 일어나게 된다. '꽃향기'라는 외적 대상에 대한 감각기관의 인식은
마침내 '봄물 오르는 소리' 내적 인식에 도달하게 된다. 외적 대상에 대
한 인식은 예민한 감성을 소유한 자만이 누릴 수 있는 특권이다. 감성
은 오성과 대립하며 신체가 받은 자극에 의해서 그에 대응한 감각을
말하는데, 인식에 없어서는 안 되는 능력이다. 감성은 시인의 전유물
이다. 시인은 그만큼 예리한 감성을 지니고 있다. 시인의 감성은 봄이
라는 계절이 주는 기쁨으로 미만되어 있다.

편편치 못한 잠 속에 피어나는 기억의 찔레송이들
이제 비는 내리는 게 아니라 흐른다
창문을 흐르고
내 눈가를 흐르고

　　　　　　　　　　　　　　　　은유의 사회학

먼 기억의 소용돌이 속을 돌아서
사유의 긴 강물 속으로 흘러든다
이 비 그치면 곧 겨울이 오겠지
겨울은 모든 것들의 무덤이기도 하지만
새로운 것들의 잉태를 위한 양수이기도 하다
어제 양지쪽에 묻어준
발이 너무 작아서 슬픈 아기고양이
그 무덤 위에도 봄이면 누군가의 이름으로 새싹은 다시 돋아나겠지
나는 이제 그 무덤 위에 한줌의 눈물을 뿌리고
또 하나의 슬픔을 벗는다

―「새벽비」 부분

　가을의 미토스는 비극이다. 우리는 누구나 가을이 되면 슬퍼진다. 만추의 새벽에 내리는 비는 시인에게도 잊었던 슬픔으로 다가온다. 시인은 그 슬픔을 딛고 다시 봄을 그리워한다. 봄은 죽은 것들이 되살아나는 계절이기 때문이다. 미국의 극작가 T. N. 와일더의 연극 〈우리 읍내(Our Town)〉에서 제3막은 무덤 속에 누워 있는 죽은 자들 사이의 대화로 시작된다. 그들 대화의 주제는 살아 있는 마을 사람들에 관한 것이었다. 이승에서의 삶이 저승에서는 주검인지도 모른다. 시인은 "겨울은 모든 것들의 무덤이기도 하지만/새로운 것들의 잉태를 위한 양수"라고 정의한다. 그런 연유로 시인은 "또 하나의 슬픔을 벗는다"라고 노래한다.

　시인은 곧은길보다는 구부러진 길을 더욱 사랑한다. 빠른 속도감이 아니라 유장한 걸음으로 주변과 사위를 살피며 그러한 인생을 사랑한다. 그래야 비로소 세상의 이치가 마음에 잠기며, 탈속의 길을 갈 수 있

기 때문이다. 시인은 느림의 미학을 즐기고자 하회마을을 찾는다.

> 하회마을에 가면
> 가을햇살처럼 부드러운 길이 있다
> 한 발 늦더라도 둥글게
> 모서리를 돌아서 흐르면
> 유려한 곡선이 되는 길
> 감나무 까치밥 인심이나
> 들꽃들의 느슨한 몸짓처럼
> 꾸미지 않은 것들이 더 멋스러운 배경이 되는 길
> 물은 굽이치는 강물이 아름답고
> 길도 구불구불 오솔길이 정다운데
> 사람 사는 세상도
> 직선의 길만 고집하지 않는다면
> 한 번쯤 고개 숙여
> 낮은 강물의 속살도 들여다봐 준다면
> 탈속한 하회탈의 웃음처럼 편안해진다고
> 중심을 벗어난 낙동강의 지류 하나
> 제 물길 휘돌아 나가며 일러주고 있다
>
> ―「하회마을에 가면」 전문

　시인은 병산을 휘돌아 나가는 화천을 걸으면서 자연과 교감하며 비로
소 정신적인 풍요를 얻는다. "물은 굽이치는 강물이 아름답고/길도 구
불구불 오솔길이 정다운데"라는 여유를 가질 수 있기 때문이다. 하회
마을은 낙동강이 마을을 감싸 돌고 있는 고장이고, 부용대 건너편 백사
장의 소나무 숲길은 자연과 대화하며 걷기에 마땅한 장소이다. 휜소한
도시가 아닌 한적한 시골 마을과 시골길을 좋아하는 시인의 몸가짐에

서 우리는 시인의 자연 친화의 자세를 볼 수 있다. 시인 정성수는 "대자
연과의 교감 속에서 피어나는 달관의 세계, 이상과 현실에 대한 희구와
자아성찰"이라고 임 시인의 작품 특색을 평가했다.

다음은 시집 『어떤 혹성을 위하여』의 「자서(自序)」의 부분이다.

> 나의 시(詩) 쓰기는
> 내 안의 거울을 맑게 닦아
> 거기에 비친 나를 바로 보는 일,
> 자신도 모르는 사이에
> 늑골 안으로 모여드는 욕망의 무게들을
> 날마다 덜어내는 일,
> 그리하여 마침내는
> 해토머리 고산지대에 피어나는 상고대처럼
> 투명해지거나
> 혹은
> 바람처럼 가벼워지는 일이다.

시인의 문학적 태도가 잘 나타나 있다. 시 쓰는 일은 시인에게 있어
거울을 맑게 닦는 일이면서 욕망의 무게를 덜어내는 일이거나 정신이
투명해지고 가벼워지는 일이다. 이는 시에 대한 절대적 신앙이다. 이런
신앙을 지니고 싶은 시인의 자세는 "사월의 해무가/낡은 선박처럼 정
박해 있는 왕포리/이 작은 포구/어디쯤 고여 있을까/그 빛나는 언어들
은"(「정박 혹은 출항」)과 같은 구절에서도 엿볼 수 있다. 그것은 "언어의 함
축과 주제의 명징한 구현"이라고 말한 시인 김송배의 한 마디로도 알
수 있다.

끝없는 시에의 열정, 그러면서 진리를 찾아 헤매는 열망을 위해 사막

을 떠도는 여정, 다시 돌아와 고향 바다와 어머니를 향한 처절한 그리움의 표출, 잃어버린 소중한 것들에 대한 안타까움을 토로하는 시인 임애월은 한마디로 시와 인간을 사랑하는 휴머니즘의 시인이다.

은유의 사회학

초월적 존재를 꿈꾸다

― 오현정 시집 『광교산 소나무』

예술작품이 우리에게 주는 감동의 근저에는 현실을 초월하려는 의지가 있다. 예술은 단순히 있는 것을 그리면서, 한편 그것을 넘어서서 어떤 것을 암시하려고 한다. 즉 예술이 주는 공감이란 '알아채기'에 국한하는 게 아니라 그것을 뛰어넘는 힘에 대한 공감이기도 하다. 초월은 내재와 함께 신의 해석에 있어 가장 중요한 개념 중의 하나이다. 신이 인간 및 세계와는 전혀 다르고 그 어느 것과도 같지 않다고 전제할 때 우리는 초월이라는 어휘를 사용한다. 초월은 신의 세계에 귀속될 수밖에 없다.

『광교산 소나무』는 오현정 시인의 일곱 번째 시집이다. 왜 시집 제목을 '광교산 소나무'로 정했을까? 광교산은 현재 오 시인이 살고 있는 용인시 수지구와 수원시 장안구를 아우르는 산이다. 해발 587미터나 되는 제법 깊은 산으로 수원천과 탄천의 발원지로 알려져 있다. 역사적으로도 매우 의미 있는 산으로 병자호란 당시 청의 대군을 무찌른 전적지 가운데 하나이다. 원래는 광악산, 광옥산으로 불리다가 이곳에서 고려 태조 왕건이 견훤을 무찌르고 광교산(光敎山)으로 이름 지었다고 전해진

다. 예부터 노송이 많아 광교산 소나무가 꽤 유명했다고 한다. 소나무
는 우리나라 수목 가운데 가장 크고 높이 자라는 수종으로 목재로 쓰여
우리에게 이로움을 주는 존재다. 또 겨울이 되어도 푸름을 유지하여 절
개의 상징으로도 여겨진다. 그런 의미에서 소나무는 시인에게 초월적
존재로 인식되었다고 할 수 있다.

일가(一家)를 이루려고
천둥 비 넘어 뿌리를 내린다
맑고 밝은 솔 눈으로
목마른 사람 위해 천연약수를 길어 올린다

푸른 그늘 넉넉해라
도마치고개 넘어 진달래 산새와 쉬어가고
사시사철 푸른 웃음소리 형제봉 넘어
퍼져라 광교산 정기 통일의 그날까지

성서천 휘돌아서
솔 향은 마을마다 인사한다
넓고 깊은 정다운 한가족
아픈 사람 위해 먼지를 닦는다

얼룩도 말끔하게
산마루에 걸린 눈물도 데려와
새악씨 꽃볼인 양 물들인다
퍼져라 광교산 정기 통일의 그날까지

— 「광교산 소나무」 전문

은유의 사회학

시인은 초월적 존재를 믿는다. 그것은 바로 '광교산 정기'이다. 그것
은 "일가를 이루려고/천둥 비 넘어 뿌리를 내린다"는 구절에서 잘 드러
난다. 그것은 '목마른 사람'과 '아픈 사람'을 위해 '천연약수'를 길어 올
리고 '먼지'를 닦아주기도 한다. 마침내 '광교산 정기'는 '통일의 그날'이
오도록 온 세상에 널리 퍼질 것은 시적 화자는 주문하고 또 그걸 믿는
다.

> 헬기를 타고 아래를 내려다본다
> 높게만 보이던 빌딩숲을 헤치고
> 강산의 마음을 휘감아 도는 나이아가라
>
> 폭포는 아메리카에서 캐나다를 넘어오듯
> 무(無)에서 색(色)을 창조하신
> 하나님이 보내신 무지개다
>
> 어둠에 깃든 여행객의 영혼을 깨우는 곡조(曲調)다
> 가슴에 아우성치는 빛의 파도에 일렁이는 점(點)이다
>
> 사람은 자연 앞에 공(空)인 듯
> 빛 한 줄기 열며 높이 더 멀리
>
> 잠시 지친 날개를 퍼득거릴 뿐이다
>
> ──「빛을 찾아」 전문

시적 화자는 지금 나이아가라 폭포 앞에 서 있다. "강산의 마음을 휘
감아 도는" 폭포를 바라보며 마치 "여행객의 영혼을 깨우는 곡조"처럼,
"가슴에 아우성치는 빛의 파도에 일렁이는 점"처럼 느낀다. 폭포는 "무

에서 색을 창조하신 하나님이 보내신 무지개"라고 정의내리며 "사람은 자연 앞에 공"이라는 사실을 깨닫는다. 시적 화자는 자연을 예찬하면서, 그 뒤에서 자연을 창조하고 주관하시는 초월자인 신을 찬양하고 있다.

그의 '고구려 남자' 시리즈는 우리 역사상 가장 강대했던 나라 고구려의 사나이들의 초인적인 기상과 의식을 그리는 작품들이다. 고구려는 만주 대부분과 중국 대륙의 일부를 차지하고 있어 동북아 최강을 자랑했다. 수문제와 수양제, 당태종이 백만 대군을 이끌고 침략해 왔지만, 그때마다 이를 격퇴했다. 고구려의 기상은 천하를 덮었다. 고구려 남자들은 그런 역사의 주역이었다.

> 소똥냄새가 일으키는 흙바람에
> 고구려 사람의 꿈 냄새가 나서
> 돌공장 사내는 나를 인도의 여배우 같다며
> 엄지를 치켜세우며 웃는 걸까
>
> 선글라스 속 눈동자도 마주치지 않은 내 속에
> 고구려의 피톨이 뛰어 여기 왔음을 어찌 알았을까
> 그와 나는 전생(前生)에 오랜 벗이었나
> 말 타고 함께 달리며 나라를 논하던 동지였나
> ―「고구려 남자(男子) 67」 부분

시인이 잘 알고 있는 '고구려 남자'는 "말 타고 함께 달리며 나라를 논하던 동지"였다. 이육사가 작품 「광야」의 "다시 천고(千古)의 뒤에/백마(白馬) 타고 오는 초인(超人)이 있어/이 광야(曠野)에서 목 놓아 부르게 하

리라"는 정신과 흡사하다. 시인에게 고구려 남자는 초인이었다. 광개토
왕과 장수왕이 살았던 시기에, 우리의 북녘을 지배하던 고구려는 우리
민족의 긍지이면서 되돌리고 싶은 역사의 터전이었다.

> 행주산성 들녘에서
> 고구려 남자(男子)가 추수를 꿈꾼다
> 그 많은 시련을 다 넘어
> 여기 와 농사지어 자식을 키웠으니
> 올해 남녘의 모진 장마를 겪어내고
> 까치가 물어오는 고향 소식 되묻는다
>
> 고구려 사나이 장수왕은
> 고봉산에서 승전보를 고했는데
> 북녘 벌거숭이 친구들은 다 뭐하는지
> 오늘 우리는 통일을 논할 때가 아니냐
> 내년 추수시절은 남북이 함께
> 풍년을 노래하면 얼마나 좋을까
>
> ― 「통일로의 가을」 전문

　　그러나 지금의 우리 땅은 남북으로 나뉘어져, 서로에게 총부리를 겨
누고 있다. 남녘 곳곳에는 북에서 난민의 신분으로 내려와 이룬 정착촌
들이 몇 군데 있다. 그들은 되도록 북녘 땅과 가까운 곳에 살고 있다. 하
루 빨리 고향으로 가고 싶은 마음 때문이다. 행주산성 들녘이 그러하고
속초의 아바이마을이 그런 곳이다. 그들은 "까치가 물어오는 고향 소
식"을 듣는다. 그래서 "내년 추수시절은 남북이 함께/풍년을 노래하면
얼마나 좋을까" 하고 기원한다. 이런 마음에서 길마저 '통일로'나 '자유

로'라고 이름 붙였다.

자연은 돌아가신 어머니가 존재하는 곳이기도 하다. 제2부 '모니카를
위하여'는 타계하신 어머니에 대한 헌시들이다. 시인은 시집의 '서문'에
서 "시의 뿌리는 모성이다. 어머니가 하늘나라로 떠나시고 나니 그 망
연함과 그리움에서 벗어나기 쉽지 않다."고 토로한다. 시인은 어머니가
그리워질 때면 홀로 동네 뒷산을 오른다. 광교산엔 친구가 많다. 온갖
근심을 덜어주는 풀꽃과 화답하는 산새, 그리고 기댈 수 있는 든든한
소나무들, 이 모두가 어머니다.

> 어머니
> 멀어서 잘 못 오시던 둘째딸네로 발걸음 하셨나요
> 마을 뒷산에 올랐더니
> 광교산자락의 온갖
> 산새들이 다 마중 나와 오늘따라 유난스럽게 종알대네요
> 밤에는 잠자고 낮에 일해라
> 운동 좀 하고 잘 챙겨 먹어라
> 생기는 것도 없는 그 詩는 이제 고마하면 안되나
> 살아생전 안하시던 잔소리 한꺼번에 쏟아내고 가시네요
> 하얀 나비 한 마리 내 손등에 가만히 앉았다 가네요
> ―「모니카를 위하여 1」 전문

이제 어머니는 산새가 되고 나비가 되어 내 주변을 떠나지 않는다. 어
머니는 자연 속의 한 모습으로 광교산 자락에 살고 계신다. 그런 어머
니는 시적 화자에게 "밤에 잠자고 낮에 일해라"거나 "운동 좀 하고 잘
챙겨 먹어라" 하면서 잔소리를 해대신다. 시적 화자는 광교산에서 돌아

가신 어머니와 마음의 대화를 나눈다. 세상의 이쪽과 저쪽에서 광교산을 매개로 하여 영적 교감을 나누고 있는 것이다.

> 모든 죄를 용서받고
> 내 죽어 태운 재를 강가에 흘려보내면
> 정말 윤회로부터 해탈할까요?
> 그 강물을 마시면 나는 행복할까요?
>
> 살고 죽는 게 종이 한 장 흔드는 바람이라며
> 사람들은 왜 죽기 위해 이렇게도 많이
> 갠지스 강으로 몰려올까요?
> 뱃전에서 향나무 팔찌랑
> 어머니가 좋아하실 빨간 산호 목걸이도 샀어요
> 제가 돌아갈 때까지 부디 잘 견뎌주실 거죠?
> ─「모니카를 위하여 4」 부분

딸의 인도 여행은 어머니와 함께 떠난 길이었다. 인도 사람들은 갠지스 강가에서 시신을 태운 재를 강으로 흘려보내고, 거기에서 목욕도 하고 심지어 그 물도 마신다. 그들에게 삶과 죽음은 같은 의미를 지니고 있다. 윤회의 바퀴는 깨달음을 얻을 때까지 계속 이어진다. 윤회의 교의에 따르면, 이 세상에서 겪은 삶의 경험이 자신의 발전에 더 이상 필요치 않은 경지에 도달해야만 윤회는 끝이 난다. 그런데 인간 가운데 그런 깨달음에 도달한 이가 몇이나 될까?

시적 화자는 돌아가신 어머니를 생각하면서 향나무 팔찌와 빨간 산호 목걸이를 산다. "돌아갈 때까지 부디 잘 견뎌주실" 것을 당부한다. 시적 화자에게 어머니는 광교산에도 계시고 인도 갠지스 강가에도 계신다.

초월적 존재를 꿈꾸다　　　　　　　　　　　　　　　141

그만큼 어머니의 손길이 그리운 것이다.

> 날아가는 벚꽃 잎 두 손으로 받아내야
> 소망 이룬대
> 까치발 돋우며 간절함 잡으려 안간힘 쓰던 이맘 때
> 어머니는 꽃이 되어 꽃 나라로 가셨다
>
> 연분홍 버선코에 처녀 적 먼 산을 물들이던
> 산 향기를 감고 잠드셨다
> 깊고 넓은 바다 가려는 꿈
> 자식들 키로 키우시고
> 삶의 번뇌 두려움 없이 누이셨다
>
> ── 「꽃은 꿈이다」 부분

  벚꽃이 바람에 소롯이 지는 봄날에 어머니는 돌아가셨다. 꽃이 지는
것은 생명의 끝은 아니지만, 꽃이 지고 나면 꽃에 담았던 소망도 사라
진다. "연분홍 버선코에 처녀적 먼 산을 물들이던 산 향기"처럼 고왔던
어머니를 상기하는 시적 화자의 서글픔은 그만큼 클 수밖에 없다. "깊
고 넓은 바다 가려는 꿈" 대신에 자식들 모두 키우시고 '꽃 꿈' 꾸듯 그
렇게 몸을 누이셨다. 딸만이 알 수 있는 어머니의 삶은 꽃을 닮았다. 그
러나 시인에겐 아버지를 일찍 여읜 슬픔도 지니고 있다.

> 망초꽃 환한 중명리(中明里)에 오니
> 더욱 그립습니다
> 등불아버지 닮은 여섯 형제의 큰 둥지 맏이
> 문인(文人)아버지 닮은 둘째

큰 나무아버지 닮은 셋째

선비아버지 닮은 넷째

풍월주(風月主)아버지 닮은 다섯째

그리고, 정(情) 많은 아버지 닮은 막내 걱정은

저, 청 푸른 형산강에 이제 흘려보내십시요

굽이치는 동해의 물길처럼

열정이 넘치시던 그 모습 그대로

학산을 돌아, 덕수동 옛집의 너른 마당처럼 평안하십시요

— 「아버지께 드리는 헌시(獻詩)」 부분

시인에게 아버지는 '문인'이요, '큰나무', '선비', '풍월주'이자 '정'이
많은 분이셨다. 또 일에 대한 '열정'이 많으신 분이셨다. 여섯 형제는 그
런 아버지를 한 구석씩 닮았다. 그렇기 때문에 아버지가 계시던 고향
포항은 더욱 그리운 곳이다. 영일만이 있고 형산강 흐르는 고향에 아버
지는 편안한 잠을 주무시고 계신다.

여기에서 보면 육친에 대한 시인의 회억과 사랑이 얼마나 큰 지 알 수
있다. 부모와 고향은 우리 정신의 뿌리이다. 오현정 시인의 문학은 부
모님과 고향에 뿌리를 둔 정서에서 비롯되었다.

시인에게는 숙명처럼 덧씌워진 굴레가 있다. 언제나 마음에 꼭 드는
작품 한 편을 창작하는 일이다. 문학은 인간의 삶을 다룬다. 따라서 인
간과 생활에 있어서는, 사실적인 것과 이념적 본질이 일치할 수 없다.
그러므로 문학의 소재인 인간에 있어서도 생활의 진리와 본질의 진리
와의 사이에 균열이 있기 마련이다. 이 균열을 어떻게 최소화하는 것이
문학인의 책무 가운데 하나이다.

오현정 시인에게도 그건 풀어야 하는 과제가 아닐 수 없다.

> 새벽이 오기 전
> 물그리메, 집 한 채 띄우려
> 물에 섞여 흐르고 싶어, 세찬 물살로
> 강줄기 흐려질까
> 물소리, 적막하다
>
> 강 언덕에 올라
> 나뭇잎에 앉아 본다
> 햇빛 찬란한 낮 동안 이슬보다 얼마나 가벼웠나
> 얼마나 잘난 바보였나
> 바람에게 물어 본다
>
> 날아갈 수 있다고 믿었던 나
> 먼저 하늘에 닿아 캄캄한 밤길 열어주는
> 별에게 물어 본다
>
> ─「시인의 강」 전문

　시인은 시의 비밀이 인간의 심정을 사로잡는 힘을 가지고 있다는 사실과 위대한 것을 찾아내고 그것을 고양시키며, 윤리를 지켜내는 것에 있다는 점을 잘 알고 있다. 이 점이 문학이 실재적인 생활과 동떨어질 수 없는 이유가 된다. 즉 문학의 주제나 소재는 생활 가운데 존재하며 마음에 감동을 주는 것에서 비롯되어야만 한다는 명제를 지니고 있는 것이다. 이처럼 문학의 효과는 생활 속에서 나와 생활 속으로 되돌아가는 것이다. 여기에서 시적 화자는 스스로를 "날아갈 수 있다고 믿었던 나"라고 생각했지만, "얼마나 잘난 바보였나" 하고 깨닫게 된다. 여기에 시인의 고뇌가 있다.

> 네가 날마다 가는 길가
> 네가 어쩌다 건너는 다리
> 네가 돌아오는 마을 어귀에
> 벙거지 쓰고
> 미친 듯 치맛자락 끌고 뱅뱅이 돈다
> 불거진 눈 부릅뜬 채 그 말은 못 한다
> 웃고 있어도 더 다가가진 못 한다
> 네 마음에 쌓던 돌탑을 뚫고
> 물레방아소리 들릴 때까지
> 비바람 눈서리 맞으며
> 당산나무 아래 돌장승으로
> 너를 지킨다
>
> ─「벽수의 사계(四季)」 전문

　'벽수'는 남쪽 해안지방에서 돌장승을 부르는 말이다. 위로 치켜 올라
간 눈썹에 눈은 퉁방울 같고 큰 자루병코를 하고 있으며 입은 조금 벌
어져 이빨이 보인다. 중요 민속자료이긴 하지만 그 지방에서는 바보나
눈치 없는 사람의 뜻으로 쓰인다. 여기에서 벽수는 시인 자신을 가리킨
다. 시인은 "벙거지 쓰고/미친 듯 치맛자락 끌고 뱅뱅이 돈다/불거진 눈
부릅뜬 채 그 말은 못"하는 벽수에 스스로를 비교한다. 그러나 벽수는
"네 마음에 쌓던 돌탑을 뚫고/물레방아소리 들릴 때까지/비바람 눈서리
맞으며/당산나무 아래 돌장승"에서 보는 것처럼 벽수는 바보스러울 만
큼 우직한 모습으로 자신을 꿋꿋이 지키고 있다. 처음 보기에는 벽수가
괴기스럽게 느껴질 수 있으나 볼수록 정감 있는 모습으로 우리 곁을 지

키고 있는 것처럼, 시인도 문학의 길을 우직하게 걸어가기로 마음먹는다.

　나의 가시
　나의 면류관
　주신 말씀
　빛이 되고자

　어디를 헤매다
　얼마나 지쳐
　무엇을 품고 돌아와
　그 문장에 앉으려나

—「시(詩)」 전문

　시인이 느끼는 시인의 길은 '가시'요 '면류관'이다. 마치 주님처럼 예정된 길을 가는 분이 머리에 쓰셨던 것이 가시 면류관이다. 고통은 물론이지만 가시가 머리를 찔러 흐른 피가 얼굴을 적셔 앞이 보이지 않아도 묵묵히 죽음의 길을 밟아 오르신 주님은 그것만이 인류를 위한 구원의 길이란 걸 알고 계셨다. 시인 역시 시인의 길이 아무리 어렵더라도 그 고통의 길을 걷고자 한다. 그것은 '빛'이 되는 길이기 때문이다. 시적 화자는 "무엇을 품고 돌아와/그 문장에 앉으려나" 하고 자조 섞인 넋두리를 한다. 그러나 그건 넋두리가 아니라 시인에게 있어 숙명의 길이요, 주어진 길이다.

　단단한 심지마저
　구름연기로 띄우고

종(鐘) 알소리 뒤채는
불 지핀 아궁이엔
벼린 날만 탄다

재가 되지 못한 그릇 한 점
억시게 검붉다

—「마음 가마」 부분

   시인의 길이 아무리 힘들고 험하다 해도 시인은 그 길을 가고자 고집
한다. 그리하여 "재가 되지 못한 그릇 한 점/억시게 검붉다"는 경지에
이르기를 마음으로 기대한다. 도자기는 장작가마에서 구워내지만 시는
마음가마에서 구워낸다. 고온의 불꽃이 산화와 환원의 과정을 거쳐야
만 하나의 좋은 도자기 작품을 만들게 된다. 시도 마찬 가지다. '단단한
심지'와 '벼린 날'이 있어야 비로소 좋은 시를 얻을 수 있다. 시인의 문
학 창작의 자세가 얼마나 진지한지 알 수 있는 작품이다.

날갯짓 일백 하면
새가 난대

어지러움, 눈가림
저어리 밀어놓고

원(願)을 닦고 또 닦으면
하늘 길도 보인대

산봉 너머 강둑 따라
걷고 또 걸으면

별님도 만난대

세상에 첫울음 터지는
내 목소리 들린대
우주만물이 곧 내가 된대
환한 날

— 「마음이 말한다」 전문

논어의 첫 구절은 "學而時習之 不亦說乎"이다. 이를 우리말로 하면 "공부하고 이를 때때로 익히니 어찌 기쁘지 아니한가?"이다. 여기에서 '習'은 "날갯짓을 계속하여 반복하다"의 뜻이다. 이처럼 새도 날갯짓을 반복해야만 비로소 하늘을 날 수 있다. 시인은 '하늘길'을 보기 위해서 날갯짓을 하고, '별님'을 만나기 위해 날갯짓을 멈추지 않는다. 또 '내 목소리'를 듣기 위해서, '우주만물'과 하나가 되기 위해서 자기 연찬을 게을리 하지 않는다.

시인 오현정은 '환한 날'을 만나기 위해 끊임없는 자기 개발과 시심을 다잡기 위한 자세를 오롯이 견지하고 있음을 여기에서 극명하게 알아챌 수 있다.

낯설게 하기의 시학

― 박수빈의 시세계

  독일 철학에 의하면 관념은 단순한 감각적 지각이 아닌 이성적 인식을 뜻한다. 이는 객관적 세계와는 다른 주관적 의식을 지칭하는 것이다. 플라톤은 관념의 의미를 아름다운 것들을 넘어서, 아름다운 것들로 하여금 아름다운 것들이 되게 하는 원리·원형의 의미로 정의하였다.

  문학 가운데 특히 시는 관념을 가장 많이 드러내는 형식이다. 관념은 시인의 개인적 세계에 속하는 것으로, 독자는 언어를 통해서 시인의 개인적 세계에 접근할 수 있다. 그러나 문학이 일부러 독자들에게 '낯설게 하기'의 기법을 던진다면, 독자들은 시를 이해하기 위한 상당한 고충을 겪게 된다.

  '낯설게 하기'는 문학적 장치에만 한정적으로 사용되기보다는 오히려 문학이나 예술 일반의 기법에 관련되어 있는 용어로 보는 편이 더 옳다. 일상화되어 있는 우리의 지각은 보통 자동화되고 습관화된 틀 속에 갇혀 있다. 특히 일상적 언어의 세계는 이런 자동화에 의해 애초의 신선함을 잃은 상태이며 자연히 일탈된 언어의 세계인 문학 언어와는 본질적으로 다를 수밖에 없는 것이다. 즉 지각의 자동화 속에서 영위되는 우리의 일상적 삶과 사물은 본래의 의미를 상실한 채 퇴색되는데, 예술은 바로 이러한 자동화된 일상적 인식의 틀을 깨고 낯설게 하여 사물에게 본래의 모습을 찾아 주는 데 그 목적이 있다. '낯설게 하기'란 그런 점에서 오히려 형식을 난해하게 하고 지각에 소요되는 시간을 연장시킴으로써 한 대상이 예술적임을 의식적으로 경험하게 하는 양식인 셈이다.

박수빈은 『달콤한 독』(다층, 2004)과 『청동울음』(다층, 2011) 등 두 권의 시집을 가지고 있다. 그의 작품에는 이런 '낯설게 하기'의 기법이 상당수 나타난다.

버스를 기다렸지만 싸락눈이 내렸다 문을 두드렸지만 손이 쩍 얼어붙는 나날들

전화를 받지 않았다 우편함의 고지서들이 토를 하기 시작하고 전기와 수도 계량기가 멈추었다 끝내 현관을 부수자 쓰러진 소주병, 꽃무늬 팬티 위로 애벌레가 고물거렸다 달 밝아 환한 냉장고, 차라리 다행이지

연고자는 재갈을 물고 앰뷸런스는 경적을 껐다 가시만 지닌 무욕의 웅크린 등은 짚어낼 수 없는 비밀, 사방연속무늬 얼룩진 벽지 틈새로 찬바람이 밀려온다 바람을 주식으로 숨 죽였던 그녀의 덧난 상처가 쉰밥처럼 내 안으로 하얗게 엎어져 간다

내려앉는다, 저 둥근 고요
몽유의 방에 그림자 드리워진다

　　　　　　　　　　　　　　　　　　　　　　　　—「고슴도치화석」 전문

시인의 내면 가운데 자리 잡은 원초적인 고독을 노래한 작품이다. 제목이 시사하는 것처럼 시인은 고슴도치를 자처한다. 그것도 웅크린 자세의 고슴도치화석이다. 시인은 고슴도치화석에서 내면의 원형을 찾는다. 그것은 "무욕의 웅크린 등은 짚어낼 수 없는 비밀"이다. 비밀은 "바람을 주식으로 숨 죽였던 그녀의 덧난 상처"로 형상화된다. '버스'를 기다리고 '문'을 두드리는 행동은 내면에서의 탈출하고픈 몸짓이지만, 몸짓은 스스로에 의해 차단되고 만다. 전화를 받지 않았고, 우편함의 고지서들이 토를 하기 시작하고, 전기와 수도 계량기가 멈추게 된다. 침잠을 향한 자세가 된다. '버스'와 '문'은 '고요'와 '몽유'에 대립되는 언어들이다. 이처럼 시인은 내면을 통해 자신의 세계를 구축하고자 한다. 그건 세상사와의 단절이 아니라 타협하지 않겠다는 뜻이다. 이 작품에서도 시인은 '낯설게 하기'의 기법을 동원한다. 긴 문장과 짧은 문장을 번갈아 사용하고 있고 통사론적 반복 여하에 따라 리듬적인 요소와 산문적인 요소를 대치시켜 시적 표현을 낯설게 한다.

드레스가 나풀댄다, 불꽃들이 터진다
꽃잎 밟히며 이내 멍이 들기 시작한다

안다미로 삼켰던 모래
박수소리 너머 한 줌의 발목 너무 예쁜 킬 힐
천둥치는 비, 온몸으로 못을 견디던 날들

태양에서 독을 빌리고
슬로우, 현기증 출렁이는 레드 카펫

입술을 귀에 걸고
허리 곧추 세우고
슬로우, 애, 면, 글, 면, 슬로우

좀처럼 보였다 보이지 않았다 하는 그녀의 슬로우

볼우물이 패어 있다
가슴과 등은 더 아찔하게 패어

빨려드는 화면 밖
오늘도 거식을 밥 먹듯 하는 그녀들

―「호명(呼名)」 전문

이 작품은 요즘 흔히 볼 수 있는 연예상 시상식장을 묘사한 것이다. 그것은 "드레스가 나풀댄다, 불꽃들이 터진다/꽃잎 밟히며 이내 멍이 들기 시작한다"는 구절에 확연하게 드러나 있다. 그곳에는 "태양에서 독을 빌리고/슬로우, 현기증 출렁이는 레드 카펫"을 밟는 젊고 아름다운 연예인들로 넘쳐난다. 연예인 사이에서 연예인은 더 이상 특별하지가 않다. 사회자로부터 이름이 불리고 상을 받아야만 그 자리에서 빛나는 존재가 된다. 오로지 수상을 겨냥하는 연예인들의 모습은 시인에게 사뭇 낯선 풍경이다. 연예인은 예쁘게 보여야 되고 날씬하게 보여야 한다. 연예인뿐만 아니라 요즘의 젊은 여자에겐 날씬함이 곧 미의 기준이다. 제6연과 7연의 "볼우물이 패어 있다/가슴과 등은 더 아찔하게 패어//빨려드는 화면 밖/오늘도 거식을 밥 먹듯 하는 그녀들"에게서 그런 현실을 아파하는 시인의 심정이 드러난다.

이 작품에서 보듯 시에서의 '낯설게 하기'는 그 작품 자체의 구조와 조직만으로 따질 수 있는 문제가 아니다. 시인의 일반적 관습과 그 작품만의 관습, 다시 그 작품을 지배하는 일반적 질서와 어느 한 부분의 일탈과 같은 규범과 일탈, 보편과 특수, 친숙함과 낯섦 등의 기준에 의해 결정된다.

딸은 노트북을 들고 스타벅스에 간다 동서는 해외여행을 간다 어머니께 휠체어를 사드렸다

냉동실에 작년의 해가 지는 떡이 얼어 있다 남편은 조율이시 홍동백서 체위를 고수한다 동그랑, 땡을 부칠수록 기름이 지글거린다 금 간 목기의 결, 육적은 병풍 뒤로 냄새를 풍긴다 납작납작 절을 하는 아버님 입가의 주름이 환하다

나물들이 죄다 풀 죽어 있고 귀를 잘라 고수레하면 헤실바실 실날 톱니끝 코스모스

둘러앉아 젯밥을 먹는다 탕국의 무가 흐무러져가는 나인 듯 설핏 포개진 날개인 듯 숟가락에서 미끄러진다 그동안 많은 것을 그리워했지만 어느 것 먼저 내가 아닌 나는 바퀴처럼 어디까지 멀리 굴러가 내가 없는 곳에서 내 차례를 맞는가

늘 한 뼘이 모자라 닿지 못하는 곳으로 나비, 날아간다
—「차례를 맞으며」 전문

시인은 여기에서도 역시 추석 차례를 제재로 하여 규범으로부터 일탈을 꿈꾸는 자신을 이야기한다. 남편은 "조율이시 홍동백서 체위를 고수"하고 아버님 입가에는 "주름이 환"하지만 나는 마치 "탕국의 무가 흐무러져가는" 것이 나인 듯 느껴지고 "설핏 포개진 날개인 듯 숟가락에

서 미끄러"지는 환상을 본다. 그리고 "내가 아닌 나는 바퀴처럼 어디까지 멀리 굴러가 내가 없는 곳에서 내 차례를 맞는" 듯이 느껴진다. 차례란 설이나 추석을 맞아 죽은 조상의 넋을 기리는 행사이다. 지방을 써서 붙이고 음식을 진설하고는 절을 한 다음 지방을 소지하는 것으로 차례는 끝난다. 여기에는 시인의 불교적 인식을 엿볼 수 있다. 불교에서 말하는 윤회는 이 세상에서 겪는 삶의 경험이 자신의 발전에 더 이상 필요치 않은 상태에 도달할 때까지 이 세상으로 재탄생한다는 교의이다. 작품의 마지막 연 "늘 한 뼘이 모자라 닿지 못하는 곳으로 나비, 날아간다"는 이 세상에서 부족했던 것들을 이후의 생에서 채워보겠다는 시인의 관념이 나비로 형상화된 것이다. 삶에 대한 남편과 아버님과 나의 인식은 서로 상반된다. 그런 의미에서 이 작품은 역설적이다.

> 살아도 죽은 날들로부터 달릴 수 있다면
>
> 햇빛 달고 바람 맛있고, 모서리 없는 구름이라면
>
> 예쁜 속옷을 입고
> 긴 머리카락 살랑이며 콧노래 부르며
> 책상의 잡동사니를 정리하고
> 창을 열어 백 년 숲의 피톤치드로
>
> 내일이라는 당신을 향한다면
>
> 터널 지나 또 터널
> 오래 나의 생이 연착될 때
> 다시 그려본다, 마가목 붉은 열매의 눈길

일약처럼 삼키던 그 다짐
화살 맞은 짐승처럼 번지는 꽃불

세월이 돌아오지 않아
환승하며 우리, 단풍들고 합석한다면

살아도 죽은 날들로부터

—「편도」 전문

　시어의 의미가 선명하게 대비된다. 삶과 죽음, 터널과 붉은 마가목 열
매와 같은 어휘의 대비는 시가 말하고자 하는 주제를 한층 선명하게 드
러낸다. 삶은 죽음을 향해 나아가는 '편도'이다. 결코 돌아올 수 없다.
삶은 "햇빛 달고 바람 맛있고" 구름마저 '모서리'가 없다. "그래서 예쁜
속옷을 입고/긴 머리카락 살랑이며 콧노래"를 부르면서 "창을 열어 백
년 숲의 피톤치드로" 내일을 향해 달려간다. 내일은 늙음이자 죽음이
다. 모든 생명은 시들고 이어 소멸한다. 그래서 시인은 "오래 나의 생이
연착될 때/다시 그려본다, 마가목 붉은 열매의 눈길/일약처럼 삼키던
그 다짐/화살 맞은 짐승처럼 번지는 꽃불"을 기대한다. 그렇지만 시인
은 "세월이 돌아오지 않아/환승하며 우리, 단풍들고 합석한다면//살아
도 죽은 날"임을 안다. 삶은 구체적이고 형상이 있는 데 비해 죽음은 추
상적이고 관념적이다. 그래도 시인은 죽음이 삶의 한 모습임을 보여주
고 있다. 여기에서는 삶을 기준으로 삼고 여기서 죽음이란 의미를 결합
하여 보여준다.

　안스리움은 붉은 심장을 꺼내어 밖에 달고 있다

나비가 날아간 헛꽃에 귀뚜라미가 운다

내가 꽃이라 부른 것은 문 밖의 눈사람

너를 사랑해, 라고 문고리 흔드는 바람, 어긋난 2번과 3번 뼈마디의
통증

내가 시라고 여기던 플랫폼
길이라고 여기던 것도 매번 놓치는 기차

#과 ♭처럼 불러 모은 조연들
물구나무 선 물컵, 절벽에 묶인 구두끈, 석류알 같은 방 안의 가족
들, 앙코르와트의 바위를 뚫고 자란 스펑나무의 우로보로스 우로보로
스

문 밖에서 굵은 기둥으로 서서 나를 기다리는 바람
— 「무엇이 꽃을 피우나」 전문

이 시의 주제는 "스펑나무의 우로보로스"에서 찾을 수 있다. 앙코르
와트의 유적지를 거대한 뿌리로 감싸고 있는 스펑나무는 인간의 문명
을 다시 자연으로 되돌린 존재다. 그 스펑나무는 거대한 바위를 뚫고
크게 자라 크메르 문명을 대표하는 앙코르 사원을 다시 울창한 숲의 세
상으로 만들었다. 우로보로스는 꼬리를 삼키는 뱀이다. 이 상징은 끝은
곧 시작이라는 의미를 지녀 윤회사상 또는 영원성을 지칭할뿐더러 인
간의 심성을 말한다. 인간의 심성은 마치 허공이 만물을 포용하듯 자연
뿐만 아니라 존재 일체를 포용하고 생성시킨다. 이 시에서 시인은 "무
엇이 꽃을 피우나" 하고 묻는다. 혜능대사는 보통 사람의 마음이 바로

만물을 생성시키는 근원이라고 보았다. 붉은 심장을 밖에 달고 있는 '안스러움'이나 "문 밖의 눈사람"과 "내가 시라고 여기는 플랫폼"과 통증, 기차, 물컵, 구두끈, 가족 모두가 시인이 규정한 보통 시인의 심성이다.

러시아 형식주의 비평가인 쉬클로프스키는 시의 문학성은 시어의 낯설음에 있다고 말하였다. '낯설게 하기'를 일상적 언어가 아닌 문학적 언어의 특성으로 보면서 시의 새로운 인식을 이끌어낸다고 하였다. 그리고 시적 비유를 정서를 전달하기 위한 시적 담화에서 독자의 습관적 반응을 차단하기 위해 사용되는 '낯설게 하기'의 장치라고 보았다.

박수빈은 '낯설게 하기'의 기법을 즐겨 사용한다. 그러다 보니 박수빈의 시를 읽는 데 많은 노력이 필요하다. 또한 박수빈식의 시 작법은 사물에 대한 새로운 인식을 이끌어내는 효과를 보여준다. 그리고 박수빈의 시에는 자신의 관념적인 내면세계를 사물로 형상화시켜 언어로 표현하는 탁월한 솜씨가 엿보인다. 이러한 것들이 우리가 시인 박수빈과 그의 작품을 주목하는 이유다.

햇살로 응축된 정조

— 조은미 시집 『음악분수』

    모든 예술은 표현 형식과 내용으로 구성된다. 그 가운데 문학은 언어가 표현 형식이다. 시인은 표현 형식인 언어를 사용해서 내용인 주제를 만들어낸다. 따라서 시인은 언어를 갈고 다듬어 의미 있는 주제를 독자에게 전해줄 사명이 있다. 정지용은 그의 저서 『산문(散文)』에서 "언어는 시인을 만나서 비로소 혈행(血行)과 호흡(呼吸)과 체온(體溫)을 얻어 생활한다."면서 "시에 있어서의 언어는 최후의 수단, 유일의 방법"이라고 하였다.

    그만큼 시에 쓰이는 언어는 단순하지 않다. 그것이 일상적인 언어일 수 있고, 전문적 용어나 철학적인 용어일 수도 있다. 요즈음에는 구어뿐만 아니라 비어까지 시어로 사용된다. 표준어가 대부분이지만 간혹 사투리를 사용하는 경우도 있다. 어떤 시인은 매우 감각적인 언어를 골라 즐겨 사용하기도 하고, 토속적인 언어를 즐겨 쓰기도 한다. 또는 구체어를 쓰는가 하면 추상어를 쓰기도 한다.

    정지용은 감각적인 언어를 많이 사용하였다. 박목월은 자연적인 언어를 많이 사용하였고, 같은 청록파의 조지훈은 전통미를 곁들인 토속적 언어를 즐겨 사용하였다. 이처럼 즐겨 사용하는 언어는 시인의 시적 관심 대상이 어디에 있는가 알게 하고, 시의 성격을 찾아내는 단서가 되기도 한다. 시에서 어떤 언어를 사용하느냐에 따라 시인이 가지고 있는 시작 태도를 알 수 있다.

조은미 시인은 세 번째 시집 『음악분수』에 수록된 작품 중 모두 19편에서 '햇살'이란 단어를 사용하고 있다. 이렇게 본다면 시인은 '햇살'을 자신의 작품에서 매우 중요한 시적 언어로 여긴다는 것을 알 수 있다. 즉 시인의 작품세계를 이해하기 위해서는 '햇살'이라는 시어가 지닌 의미를 알면 된다고 해석해도 좋을 듯하다.

햇살은 햇발과 함께 둘 다 해가 내쏘는 빛줄기를 가리킨다. 하지만 느낌은 서로 다르다. 빛줄기가 부드럽고 따사하게 느껴지면 햇살, 기세 좋게 뻗치는 느낌이 들면 햇발이 된다. 빗발, 눈발, 서릿발처럼 날씨와 관련된 말들은 당찬 기운을 나타낸다. 햇발 역시 당찬 기운을 담고 있다. 햇살의 느낌은 따사로움, 그리움, 정겨움 등의 뜻이 내포하고 있다. 여기에서 우리는 시인이 '햇살'이라는 시어를 통해 시의 분위기를 이런 정조(情調)로 이끌어가고 있음을 알 수 있다.

여기에서 조 시인의 작품 중 '햇살'이라는 시어가 들어 있는 작품을 하나 골라 살펴보기로 한다. 시집 첫머리에 실린 작품이다.

> 따사로운 햇볕
> 버들개지 우듬지에
> 빗질하고
>
> 살포시 실눈 뜨는
> 덤불 속 꽃다지 냉가슴

연둣빛 물이 든다

윤슬이 나붓이 펼쳐놓은 물 주름 위로
얼음장 밑 숨죽이던 발그림자 끌고
겨우내 움츠렸던 깃털 세우고 자맥질하는 물오리 떼

동심원 그리며 번져가는 파문 따라
겨울이 다녀간 그녀의 얼어붙은 가슴에도
봄 햇살 날렵한 버선코 세우고 기지개 켠다
— 「물오리 자맥질하다」 전문

　'햇살'은 겨울을 지나고 새로이 맞이한 봄 날씨처럼 따사로운 분위기를 드러낸다. 그 따사로움은 시적 화자의 '얼어붙은 가슴'에도 스며들어 기지개를 켜게 만든다. 봄은 몸만 기지개를 켜게 하는 계절이 아니라 오히려 마음의 기지개를 켜게 만든다. 얼어붙었던 마음에 따사로운 햇살 같은 사랑이 깃들게 마련이다. 따사로운 햇살은 사랑을 깃들게 하는 마법의 존재다. 사랑은 봄과 함께 온다. 하이네는 "즐거운 봄이 찾아와/온갖 꽃들이 피어날 때에/그때 내 가슴속에는/사랑의 싹이 움트기 시작하였네"라고 봄을 노래했다. 시적 화자는 따사로운 '햇살'이 비추는 봄을 잔잔하면서 사랑이 찾아오는 계절로 묘사하고 있다. '윤슬'처럼 나붓하게 내게 다가오고 있다. 시인은 위의 작품에서 '햇살'을 따사로움과 잔잔함, 그리고 사랑이란 의미로 사용하였다. 이는 "빗물이 들이치고 따가운 햇살 내려쬐고서야/당신이 얼마나 소중한 존재인지 알았습니다"(「아스팔트」 중에서)나 "따뜻한 햇살 사랑의 교감"(「빨래」 중에서)에서도 알 수 있다.

여기에 나타난 '햇살'은 따뜻함을 의미하는 물리적 존재다.

> 북촌 고샅길 담장 너머
> 우뚝 솟은 감나무
> 알알이 햇살 머문 자리
>
> 안으로 속살 채우며
> 도란도란 전설 들어와 박혀
> 귤빛으로 익어가는 배꼽
>
> —「감나무」 부분

'햇살'은 생명의 원천이다. 만물을 탄생시키고 숙성시키는 힘, 즉 생명력이다. 햇살은 감나무의 결실을 맺게 하는 역할을 한다. '배꼽'은 어머니와 자식을 연결한 탯줄의 흔적이다. 그래서 "안으로 속살 채우며/도란도란 전설 들어와 박혀"라는 구절에서 햇살이 곧 생명력이라는 인식이 가능하다. 그것은 "기다림의 응어리/밝은 햇살에 민낯으로/…(중략)…/땅껍질 뚫고 우뚝 솟은 초록 잎새"(「감자 하늘을 날다」 중에서)에서 한층 분명해진다.

인식론적 관점에서 볼 때 관찰은 인식 성립의 전 단계이다. 관찰은 대상에 대한 정보를 파악하거나 그 대상을 기술하는 성격이 짙다. 시적 화자는 관찰의 결과 햇살은 곧 전설이라는 관념을 갖게 된다. 현대를 사는 우리는 전설을 잃고 산다. 더 이상 전설에 기대어 자연을 대하지 않고, 전설 속의 기적이 얼마나 허망한지를 안다. 그러나 우리 고유의 전설은 우리의 무의식 속에 자리하고 있다. 시적 화자는 감이 노랗게 익어가는 것을 보고, 그것이 우리 정서 가운데 자리잡은 신비와 영험의

결과라는 것을 인식한다. 그것이 아니고는 자연의 이치를 설명할 길이
없기 때문이다.

　　　　지친 영혼 무거운 몸
　　　　늘어진 어깻죽지

　　　　빨랫줄에 기대어
　　　　온몸으로 거부하는 바람의 유혹

　　　　따뜻한 햇살 사랑의 교감
　　　　어느새 다시 내가 되어 선다

　　　　　　　　　　　　　　　　　　　─「빨래」 전문

　　빨래는 햇볕과 바람 때문에 마른다. 그러나 여기에서 시적 화자는 빨
래는 단순히 햇볕과 바람이 아니라 사랑 때문에 마른다고 보고 있다.
빨래는 더러워진 옷이나 이부자리 등을 물에 비누를 풀어 세척하는 것
이다. 그리고 강한 햇볕에 말린다. 그러면 더러웠던 옷들이 다시 깨끗
해진다. 다시 말해 빨래는 새로 태어나는 존재가 된다. 사람도 마찬가
지다. 기분이 우울하고 기운이 없을 때 우리는 사랑의 힘으로 새로 태
어난다. 그것은 "어느새 다시 내가 되어 선다"에서 명확해진다. 햇살은
빨래뿐만 아니라 우리 마음까지도 순수하고 깨끗하게 정화시켜주는 존
재다. 햇살은 사랑의 정화(精華)라고 시인은 굳게 믿고 있다.

　　　　빛바랜 시간 익어가는 인사동 뒷골목
　　　　천둥소리 둘러앉은 문우들

따뜻한 부추전 맛깔난 도토리묵 한 접시
함께 치켜든 막걸리 술잔 속에 해가 뜬다

햇살 마신 불그레한 얼굴
가슴속 빗장 열리는 소리
마른 하늘에 천둥이라도 치는갑다

─「술잔 속에 뜨는 달」 전문

　문인 몇 명이 인사동에 모여 소박한 안주에 막걸리를 마시는 광경이
눈앞에 떠오른다. 세상 사는 이야기, 문사의 객기, 어쩌면 음담도 주고
받을 것이다. 그러나 그들의 대화 주제는 문학과 사람이다. 그것이 문
인들끼리 모여 술을 마시는 목적이다. 정치 이야기와 지방색 이야기는
금지된 대화다. 그것은 문우와의 대화는 친목을 도모하는 수단이기 때
문이다. 시인은 그들과 이야기하고 술잔을 나누면서 그들을 "햇살 마신
불그레한 얼굴"로 표현한다. 여기에서 우리는 시적 화자가 지닌 문우들
에 대한 정과 사랑을 느끼게 된다.

　햇살이 사랑의 의미로 사용된 작품은 이 밖에도 적지 않다. 시인 정성
수는 시집 『음악분수』의 해설에서 조은미의 작품을 "사랑의 판타지"라
고 규정했다. 매우 적절하다. 조은미 시인은 작품에서 육친에 대한 사
랑, 자연에 대한 사랑, 친우들에 대한 사랑, 그리고 문학에 대한 사랑을
표현한다. "물보라 시원한 안개꽃 파편/말랐던 가슴 촉촉하게 차오르
고/빗장 열린 문틈으로/파랑새 한 마리 날아들어 둥지를 튼다"(「음악분
수」)를 보더라도 사랑을 위한 '촉촉한' 가슴을 원하는 시인의 마음이 잘
느껴진다.

　조 시인의 작품을 창작하면서 시상의 전개나 시어 사용에 매우 나이

브한 태도를 보인다. 그건 조 시인의 여성적인 성격과 관련이 있으리라. 매끄러운 시상의 전개나 탄탄한 문장이 독자로 하여금 작품을 편안하게 대하도록 만든다. 그것은 조 시인의 작품이 지닌 장점이다.

신의 사랑과 인간의 사랑

― 정순영의 시집 『사랑』

사랑은 대상의 개성을 존중하고 대상의 인격적 존엄을 확보해준다. 따라서 자기의 주관적 충동이나 욕구를 만족시킬 때 느끼는 즐거움과는 구별되어야 한다. 사랑은 인간 공통 보편의 선을 지향하는 정신적 생활의 궁극적인 덕이어야 한다. 선과 인간적인 것을 지키고자 하며, 악을 미워하고 인간에 대한 압제나 착취를 미워하는 것이 사랑의 본질이라고 말한다. 시인 정순영은 사랑의 종교인 기독교를 믿는다. 기독교에서의 사랑은 모든 덕 가운데 최고의 것으로서 로고스보다 우위에 놓인다. 그리고 그것은 두 가지로 요약되는데, 하나는 신의 사랑이고 다른 하나는 이웃에 대한 사랑이다.

사랑의 시인 정순영 씨가 제7시집을 엮고 그 제목을 『사랑』이라고 붙였다. 그런데 이 시집은 특이하게도 270여 편의 작품 끝에 시인, 소설가, 문학평론가 이외에 정치인, 의사, 목사, 기업가 등 150명의 인사로부터 원고지 1매 분량의 짧은 감상을 첨부하였다. 이는 시인이 작품을 통해 독자와의 교감을 위한 장치로 보인다. 시집은 모두 7개 장으로 나누어져 있다. 그 가운데 제1장이 '사랑'이고 표제작인 「사랑」이 시집의 제일 앞에 위치한다.

> 너는 꽃이라.
> 삶을 유혹하는 꽃이라.
> 새벽 아린 가슴으로 눈을 뜨는
> 순수의 꽃이라.
> 햇빛을 받으면
> 불이 지펴져
> 활활 불타는 정열의 꽃이라.
> 사랑, 너는 꽃이라.
> 황혼에는
> 붉은 추억으로 지지 않는 꽃이라.
>
> — 「사랑」 전문

　시인은 사랑의 요체를 꽃에다 비유했다. 꽃이 생명의 절정이듯이 사랑 역시 생명의 절정이다. 사랑은 "순수의 꽃"인 동시에 "활활 불타는 정열의 꽃"이요 "붉은 추억으로 지지 않는 꽃"이라고 표현하여, 사랑이 지닌 절대적 가치를 이야기하고 있다. 그만큼 우리는 참된 사랑을 갈구하면서 그것을 얻고 지니고 살고 싶어 한다. 그러나 식물이 꽃을 피우기 위해 오랜 기다림과 고난을 거쳐야 하는 것처럼 사랑 역시 오랜 기다림과 인내의 과정을 거쳐야 한다. 그래야 우리는 사랑의 주체자로서 설 수 있는 자격을 얻게 된다. '사랑'의 장에는 꽃을 제재로 한 작품이 15편, 봄과 관련이 있는 작품이 10편, 아내와 딸 등 가족애를 주제로 한 작품이 4편으로, 시인이 표방하는 사랑의 키워드가 이 셋에 집중되어 있음을 알 수 있다.

은유의 사회학

아이고
목련꽃 터지네.
사랑 가슴 아리던
처녀의 가슴이 터지네.

울음 머금은
붉은 진달래
덮어 안아 달래주며
환한 달빛 아래
순결의 입술로
잠깐 거기 내 사랑 있소.

참으로 아름다운 슬픔이여
사랑의 결국
가슴 아린 추억이여.

— 「목련꽃」 전문

　시인에게 사랑은 "가슴 아린 추억"이다. 봄이 되면 목련이 피고 진달래가 핀다. "처녀의 가슴"이 터지듯 하얀 순결의 목련이 핀다. 그러나 봄은 곧 지나가고 만다. 그와 함께 목련도 지고 만다. 여기서 화자는 붉은 진달래이다. 붉은 진달래는 정열에 어린 울음을 머금고 있지만, 그 것을 달래주던 목련은 잠깐 순결한 꽃을 피었다가 떨어지고 만다. 진달래는 젊음의 꽃이다. 마치 불이 타오르듯 활짝 정열을 뿜어내고는 스러진다. 거기에 비해 목련은 침묵의 꽃이다. 환한 달빛이 더욱 어울리는 여인과 같은 꽃이다. 조용하고 그윽하게 사랑을 기다리는 시인의 순수한 마음이 "아름다운 슬픔"으로 승화된다.

풀꽃을 만나고 오는 바람처럼
추억을 만나고 오는 사람의
눈물이 영롱하다.
까치울음에 이슬 맺힌 꽃잎이
아리는
그리움으로
파르르 떤다.
여명에 지워져 가는 새벽달의
해맑은 그리움으로

—「애련」 전문

언제나 시인은 추억과 그리움을 지니고 산다. 그건 "추억을 만나고 오는 사람의 눈물"이거나 "까치울음에 이슬 맺힌 꽃잎"으로 형상화된다. 그리움을 감추고 있는 화자에게 보이는 모든 것들은 오히려 그리움이란 감정이 투사된 사상이다. 아무래도 시인의 감성은 여성적이다. '눈물', '영롱', '해맑은 그리움'과 같은 시어가 주는 인상은 시인이 여성이거나 여성처럼 곱디고운 감성의 소유자임을 알려준다. 시인에게 꽃은 모두 사랑의 대상이고 추억의 대상이다. 그래서 "지난 세월 아려서/가슴앓이/그대 그리워/노을 물든 바람에/숙연하게 흔들리는 추억의 꽃으로 피었습니다."(「개망초꽃」)라고 노래한다. 목련이나 모란처럼 화려하고 사람의 손길을 받으면서 피는 꽃이 아닌, 산이나 들판 어디에서나 볼 수 있는 이름 모를 풀꽃에서 더욱 애잔한 사랑을 느끼는 마음에서 세상을 바라보는 시인의 소박한 시선이 드러나 보인다. 꽃은 꽃으로 보일 때 나름대로의 존재 의미를 지니기 때문이다.

세상에 태어나길 잘했다.

은유의 사회학

세상에서
사랑으로 기뻐하고 슬퍼했고
그리움을 지녔다.
세상에서
좋아하고 미워하면서
아픔으로 사무쳤다.
세상에 다시 태어나도
사랑으로 그리워하고 아파할 것이다.
영롱한 빛을 머금은 영혼과 함께
노을이 물드는
아름다운 세상에 태어나길 잘했다.

—「세상에서」 전문

　사랑이 존재하는 세상은 아름답다. 독일의 철학자 피히테(J. G. Fichte)
는 「독일 국민에게 고함」에서 "사랑은 인간의 주성분이다. 인간의 존재
와 같이 사랑은 완전무결하게 존재하고 있으며, 무엇 하나 보탤 것이
없다."라고 말했다. 시적 화자는 사랑이 있는 이 세상에 오기를 잘했다
고 말한다. 사랑은 '기쁨'과 '슬픔'과 '그리움'과 '미움'과 '아픔'을 지닌
존재이다. 그러나 그것은 우리 영혼을 '영롱한 빛'으로 가득하게 한다.
영롱한 빛을 머금은 마음은 이 세상을 아름다운 사랑으로 가득하게 만
들어준다. 풀꽃이 세상에 존재함으로써 의미를 갖듯 사랑도 존재함으
로써 세상을 아름답게 채색한다.

작은 개울물에 맡기어
아래로 흐른다.

찬란한 무지개로
아스라이 치솟던 욕망을 버리고
천진하게 조잘거리며
아래로 흐른다.
아래로 흐르며
삶의 이치를
물에서 깨닫는다.

낮은 데는 드넓고
하늘에 닿아 넉넉하다.

― 「물에게서」 전문

　시인은 자연에서 물의 심성을 배운다. 물처럼 낮은 곳에 자리하고 싶
어 "작은 개울물에 맡기어/아래로 흐른다."라고 자세를 가다듬는다. 남
보다 낮은 곳에 처함으로써 욕망을 버린다. 물은 순리를 따른다. 언제
나 높은 곳보다 낮은 곳에 있고자 하며, 둥글게 혹은 모나게 환경에 맞
추어 자신의 모습을 변화시킨다. 흐르는 양이 적을 때는 조잘거리며 소
리를 내지만 그 양이 많을 때는 아무 소리 없이 유유히 흐른다. 그리고
드넓고 넉넉하다. 남보다 낮은 곳에 임하는 것은 바로 사랑의 자세이
다. 그리고 그것은 다음 작품에서 보듯 비우기의 마음과 통한다.

늘 어깨가 아파
잠을 설쳤다.

하나 둘
내려놓으니

깊은 잠 속에서
너를 만나고

까치가
나뭇가지에 묻어 있는
어둠을 쪼아 먹는
여명

까욱까욱

비울수록
넉넉하다.

—「치유」전문

　세상이 아름다운 것은 탐욕을 버리고 마음을 비우는 데서 비롯된다. 시인 정진규 님의 「비워내기」라는 작품이 있다. "어디서나 내가 하는 일이란 비워내는 일이었다/채우는 일은 어느 다른 분이 하셔도 좋았다/잘 하는 일이라고 신께서 칭찬하셨다/요즘 생각으론 집이나 백 채쯤 비워내어 그 비인 집에 가장 추운 분들이 마음대로 들어가시게 했으면 좋겠다/겨울을 따뜻하게 나셨으면 좋겠다"에서 시인은 우리 삶의 가치가 비워내기에 있다는 사실을 일깨워준다. 비워내기는 새로이 채우기 위한 사전 준비 작업이다. 추운 겨울날 손이 시린 것을 불구하고 항아리를 비워낸다. 그럼으로써 다른 것이 그곳에 들어올 수 있다. 여기에서 항아리는 자아를 뜻한다. 자아를 비워 다른 이가 그곳에 들어올 수 있도록 만드는 데는 무엇보다 사랑이 필요한 일이다. 그러나 비워내기란 그렇게 쉬운 일이 아니다. 내 것에 대한 강한 소유욕과 집착은 자기중심적 사유에 기인한 일종의 병일 수도 있기 때문이다. 새로운 것을 채우기 위해서는 지금껏 가지고 있던 것을 비워야만 가능하다. 모든 것을 거두어들인 늦가을 들판이 아름다워 보이는 것처럼, 아낌없이 내어주고는 비울수록 넉넉하다고 말하는 정순영 시인의 마음이 겨울을 맞는 이 시점에 한결 따뜻하다.

바람에 흩어지는
들판의 풀꽃이어서
쓰러지고
일어서고
감사하는
삶을
누군가 기도하네.
낮은 곳에
버려진
고통의 징검돌이
갈망하고
갈망하는
저 눈부신 빛의
촉촉이 젖은 목소리로
간절히 기도하네.

— 「간구」 전문

성경에 "항상 기뻐하라. 쉬지 말고 기도하라. 범사에 감사하라."(「데살로니가전서」 5 : 16~18)라는 구절이 있는데, 이는 기독교인의 3대 실천사항이라고 알려져 있다. 이는 공간적 · 시간적으로 늘 끊임없이 행동에 옮기라는 뜻이다. '간구'는 기도의 마음이다. 화자는 여기에서 쓰러졌다

은유의 사회학

가 일어서는 풀꽃의 삶을 감사하고, 낮은 곳에 버려진 고통의 징검돌을 위해 기도하라고 말한다. 그 갈망은 "눈부신 빛의/촉촉이 젖은 목소리"로 표현된다. 기도를 잘 드리는 자는 사람이나 짐승이나 풀 등을 잘 사랑하는 사람이다. 또 작은 것이든 큰 것이든 가리지 않고 사랑하는 자가 가장 기도를 잘 드리는 사람이다. 시인의 간구는 바로 사랑에서 나오는 것이다.

장돌뱅이가 부끄러운 것은
매이지 않는 것에 매여 살아서이다.
해질녘까지 빈둥거릴 수 있어서다.
어둠 깊은 골 울음을 울더니
툭툭 털고
술집들을 어슬렁거린다.
'서풍받이' 벼랑 끝에 서서
수평선에서 밀려오는 황혼에 젖어 본 사람은 알리라.
장돌뱅이 생각이
장돌뱅이다.

— 「장돌뱅이」 전문

사람들은 방랑을 동경한다. 그것은 방랑이 곧 자유를 의미하기 때문이다. 시인은 장돌뱅이를 자처한다. 장돌뱅이의 좋은 점은 얽매이지 않기, 빈둥거리며 놀기, 술집 어슬렁거리기처럼 비생산적인 일일 수도 있다. 그러나 "수평선에서 밀려오는 황혼에 젖어 본 사람"이라면 우리 삶을 속박하는 것이 많았었던가를 알게 된다. 이제 황혼의 나이에 그런 것들을 모두 털어버리고 장돌뱅이처럼 자신을 찾아 세상을 방랑할 수도 있다는 시인의 안타까움을 엿보게 한다. 공초(空超) 오상순은 「방랑의 마음」이라는 시에서 "흐름 우에/보금자리 친/나의 혼"이라고 했다. '흐름'은 '영혼'을 찾기 위한 포지션이었던 셈이다.

정순영은 사랑의 시인이다. 기독교인인 그는 하나님을 사랑하고, 자유를 사랑하고, 이 세상에서 소외된 이를 사랑하고, 풀꽃을 사랑하며 관조의 태도로 삶을 지켜나갈 것이다. 그리하여 "이렇게 황혼에는 홀로 강가에 앉아/지그시 감은 눈으로/황금빛 너울거리는 강여울을 바라볼 일이다."(「황혼에는」)라고 노년의 삶을 동경한다.

정순영의 시집 『사랑』을 관통하는 주제는 사랑이라기보다는 그리움이다. 그리움은 사랑을 이룰 수 없기에 생기는 감정이다. '사랑 바라기'라고나 할까. '키다리 아저씨' 정순영의 소박한 삶의 태도와 기도의 자세, 그리고 무엇보다 다른 이를 위한 사랑의 모습이 이번 시집에 가득 담겨 있다는 생각에, 이 글이 서평이 아니라 진한 감흥의 여운을 느끼는 감상문이라 해도 좋다.

은유의 사회학

참신한 은유 찾기와 언어의 심화
— 정호 시집 『은유의 수사학』

현란한 언어 구사로 유명한 미국의 시인 스티븐스(W. Stevens)는 "시인이 시인인 것은 오직 은유의 영역에서뿐이다."라고 한 바 있다. 이는 시에서 은유가 얼마나 중요한가를 대변한다. 은유는 언어 작용의 한 특이한 조합으로 한 사물의 양상이 다른 하나의 사물로 '넘겨지기'라든가 '옮겨지기'의 과정을 통해 두 번째의 사물이 마치 첫 번째 사물처럼 서술되는 것을 가리킨다. 은유는 수사의 한 갈래인 비유법에 속하는데 직유와 함께 그 사용 빈도가 가장 높다. 은유는 전통적으로 비유언어의 가장 기본적인 형태로 여겨진다. 비유언어란 그 언어가 서술하는 바를 의미하지 않는 생뚱한 언어이다. 비유언어는 고의적으로 문자의 용법 체계를 저해하고자 한다. 이는 한 사물에 문자로 관련된 용어들이 다른 사물로 전이될 수 있어야 함을 의미한다. 비유언어는 대개 서술적이나, 이에 관련된 전이는 심상이나 이미지로 귀착된다.

시를 접하는 독자의 정서적 태도는 한층 강렬한 진술을 요구한다. 그래서 시인들은 직유보다 은유를 선택한다. 은유가 하나의 새로운 판단이며 단정인 까닭이다. 은유는 그만큼 직관적이고 주관적이다. 은유가

시의 보편적 의미를 획득하려면 사물과 사물, 사물과 관념, 관념과 관념 사이에 이어지는 유추의 새로운 발견을 위한 더욱 풍부한 상상력을 동원하여야 한다. 은유는 전이에 역점을 둔다. 따라서 일부 형식주의자들은 여기에서 한 걸음 더 나아가 시적 일탈 즉 '낯설게 하기'의 영역으로 확대하고 있다.

『은유의 수사학』은 시인 정호의 『비닐꽃』 이후 작품을 모은 두 번째 시집이다. 첫 시집에 대한 평가는 시인 홍신선의 말처럼 "시론에 관한 작품들로 집적"된 것이다. 이 말은 시인 정호가 시론에 대한 강한 의식을 말해 주고 있다. 또 평론가 육근웅은 "말들의 언어를 심화 확대시키는 사명으로 시를 쓴다"고 하여 정호 시인이 시적 언어를 매우 중요하게 여김을 강조한다. 이번 시집의 제목을 『은유의 수사학』이라 한 것을 본다면, 이번에도 시인이 얼마나 시적 언어에 집요하게 천착하고 있는가를 알 수 있다.

'수사학'의 뜻은 "이야기를 통해 남을 설득시키는 기술"이다. 다시 말해 "언어를 통해 타인에게 어떤 변화를 일으키고자 의도하는 것"이 바로 수사학이다. 즉 "잘 표현하는 기술"이다. 작가는 작품에서 자신이 표현하고자 하는 내용을 독자에게 잘 설득시키기 위해 수사의 기법을 사용한다. 수사학의 여러 가지 요소 중에 우리에게 가장 중요한 것은 표현술이다. 표현술은 말과 글로 나타난다. 작가는 말이 아닌 글로 자신을 표현하는 사람이다. 그러기 위해서는 문자를 골라 쓰고 문장을 다듬을 필요가 있다. 작가는 글을 통해 독자와 소통하기 때문이다. 은유는 시의 생명이다. 은유는 이제 단순히 수식의 기교가 아니라 시인의 강렬한 의식이나 사상을 떠받치는 힘이 된다. 여기에서 시인 정호의 시작의 고통이 비롯된다.

다음은 이번 시집의 표제작 「은유의 수사학」이다. 이 작품에서 화자는 시 창작의 고통을 절절하게 고백한다. 시인이 느끼는 고통 가운데 가장 큰 것은 은유의 부족함에서 오는 것이다. 정호 시인은 시집의 자서에서 "시동네 어귀에 들어선 지 십여 년/가 닿을 곳 보이지 않고/돌아서기엔 너무 늦었다"라고 한탄한다. 그만큼 시인에게 있어 창작은 지난한 작업이다.

아무리 문장 포위하고 수사망 좁혀 들어가도
은닉한 장물처럼 보이지 않는다
이젠 눈마저 침침해진 것인가 줄글마다
얼굴 빼꼼 내밀곤 하더니
마감일 바로 코앞인데 나타나지 않는다
놈이 벌써
눈치를 챈 모양이다
놈을 수사하려면 공모한 놈부터 찾아야 한다
약속이나 한 듯 같이 나다니질 않으니
분명 다른 곳에 숨어 있을 것이다
촌철살인의 함축과 생뚱맞은 비의가 날치는 시동네에서
봄바람처럼 문장골짝 깊숙이 파고들어
글나무에 꽃을 피우고 잎도 틔우는 직유와
봄눈 녹듯 감쪽같이 행불된 은유,

— 「은유의 수사학」 부분

은유는 선명하게 드러나지 않는다. "문장 포위하고 수사망 좁혀 들어가도" 은유는 좀체 정체를 알아채기 어렵다. 그것은 보조관념에서 원관념을 유추해내기 힘들기 때문이다. 실제적 언어와 문학적 언어에는 커다란 괴리가 있다. 직유가 실제적 언어라고 한다면 은유는 문학적 언어이다. 독자에게 정확한 시적 이미지를 전달하기 위하여 시인은 문학적 언어인 은유를 빈번하게 사용한다. 그러나 시인은 숨겨진 이미지의 올바른 전달을 위하여 언어의 선택에 고심하게 마련이다. 정호 시인 역시 "꼭 들어맞는 말"을 찾아서 힘든 작업에 고통을 받는다.

> 생은 지우개도 없는 문장이다 도돌이표도 없고 누가 대신 필사해줄 수도 없다 쉬지 않고 써내려가지만 뜻대로 써지지도 않는 불립문자다 오로지 각자의 호흡에 따라 단문으로 짧게 끊거나 길게 이어지기도 하는 만연체다 누구나 부러워하는 명문에 표절금지도 없지만 복사본 하나 나온 적 없는 생기체(生氣體)다

> 이순 넘어 되돌아보는 내 문장 되짚을수록 부끄러운데 누구에게 일독을 권하랴 그래도 마지막 구절 하나는 깔끔하게 마무리 하겠다고 한두 자씩 끄적거리며 오늘의 여백을 메꾸고 있는

> 이 흐릿한 글씨체를 온몸으로 밀고 간다
>
> ─「문장들」 전문

이 작품은 은유의 수사법이 잘 살아 있다. 작품에서 '삶'의 보조관념은 '문장'이다. 그중에서도 '불립문자'와 '만연체', '생기체'로 비유된다. 시인은 작품 「은유의 수사학」에서 언어 선택의 어려움을 이야기하고 있지만, 이 작품에서는 글쓰기의 어려움을 단정적으로 기술하고 있다. 불립문자(不立文字)는 말과 글이 지니고 있는 형식과 틀에 집착하거나 빠지는 것을 경계하면서 정법을 전달하는 데에는 말이나 글 따위가 필요

없는 마음과 마음으로 알려지는 것을 말한다. 불교의 선의 세계에서는 존재하는 모든 것은 진실을 지니고 있다고 본다. 꽃이 붉고 잎이 푸른 것은 그 자체가 진실을 뜻하고 있으므로 굳이 말로 표현할 필요가 없다. 꽃은 말없이 피어난다. 인간은 거기에서 무언가 느끼면 그만인 것이다. 인간관계도 마찬가지다. 우리는 상대의 소리 없는 말을 들어야 한다. 따라서 시인은 삶을 불립문자라고 정의한다. 삶이 주는 희로애락을 말없이 받아들이면 된다는 의미이다.

> 그는 이름난 집안의 서얼입니다. 혼자 버젓이 얼굴 내놓고 나다닐 수도 없는 처지. 눈에 익은 말글들만 졸졸 따라다니며 뒷전에서 일이 매조지게 징검다리 역할을 합니다. 그렇다고 제대로 된 대접 한번 받은 적 없습니다. 홧김에 만사 내팽개치고 드러누워 있다가도 맥락이 뒤엉키면 뒤치다꺼리로 또 불려나가는
>
> 그는 태생부터가 옹글지 못한 놈입니다. 기껏해야 따름, 나름, 나위, 겨를 같은 서자나 뿐 것 데 바 듯 체 혹은 채, 이런 얼자들하고 어울려 장을 지지고 볶습니다. 성이 안옹근이고 이름이 이름씨인, 그의 동생은 그림씨입니다. 형 같은 처지라 옹글지 못하기는 매한가지. 그래도 안옹근 씨 형제 덕분에 우리말동네가 꽃등 내건 듯 환합니다.
>
> ─「안옹근 씨를 찾습니다」 부분

안옹근(이름) 씨는 불완전(명사) 혹은 의존(명사)의 순우리말 이름이다. 의존명사는 홀로 쓰지 못하고 앞에 위치한 다른 말과 함께 써야 하는 명사이다. 그래서 안옹근 씨는 "이름난 집안의 서얼"로서 구실을 제대로 하지 못한다. 그럼에도 불구하고 안옹근 씨 덕분에 "우리말동네가 꽃등 내건 듯 환합니다"라고 말할 수 있는 이유는 의존명사가 우리말에

서 빼놓을 수 없는 역할을 하기 때문이다.

이상의 작품에서 시인의 우리말에 대한 애착과 자부심이 유별남을 읽을 수 있다.

시인에게 있어 창작의 고뇌는 언어의 문제만은 아니다. 실제의 언어와 문학의 언어의 괴리에서 오는 문제를 어떻게 해결할까도 문제이지만, 그보다 늦깎이로 데뷔한 문학 세계에서 어떻게 하면 좋은 작품을 쓸 수 있을까 하는 사명의식에 사로잡혀 있기도 하다. 다음 작품에서 그런 시인의 마음이 잘 드러난다.

늦가을 재넘이 호박밭에 간다.

아예 풀밭이 되어 멧돼지똥이라도 굴러다닐 것 같다. 군데군데 빛바랜 호박넝쿨이 망초 명아주 비름 바랭이 개여뀌 쑥대머리 같은 것들과 씨름하듯 뒤엉겨 난전을 펼쳐놓고 있다. 그 푸새 속 주름 짜글짜글한 할미씨, 펑퍼짐한 방뎅이 까발린 아줌니, 봉긋한 젖가슴 수줍은 듯 호박잎에 반쯤 가린 처녀애들, 모두 제 깜냥 잘도 익어간다. 그중 이제 막 꽃봉오리 떨궈낸 애기호박 몇 개, 때는 바야흐로 한로 지나 상강인데

혈기방장하던 호시절 다 무엇하고 이제서야 꽃 피워 열매 맺겠다고 이 난리들인가. 따순 햇살 한 줌도 끝자락이고 백발서리가 바로 코앞인데 아직도 조막만한 엉덩이 땅에 내리지 못하고 기력 다한 호박넝쿨에 엉거주춤 들려 있는

내 가을날 시밭 뒤늦게 꽃봉오리 매단 저 애송이들, 된서리 내리기 전에 알량한 열매 서둘러 맺느라 줄줄이 난산이다.
— 「늦깎이」 전문

은유의 사회학

언뜻 보면 늦가을의 서정을 노래한 듯하다. 그러나 자연을 노래한 시는 아니다. 가을이란 계절을 택한 것은 가을이 이제 겨울로 넘어가는 조락의 계절인 이유에서다. 어둡고 황량한 계절의 초입에 늦깎이로 시를 쓰면서 시인은 외롭게 서 있다. 남은 시간은 얼마 없다. 곧 겨울이 닥치기 때문이다. 절기는 한로와 상강을 지났다. 호박넝쿨, 망초, 명아주, 비름, 바랭이, 개여뀌, 쑥대머리 등 식물들은 이미 빛이 바랬다. 생명력이 왕성할 때는 저마다 색깔과 모양을 뽐냈지만, 이젠 생기를 잃은 것들이 서로 뒤엉겨 난전을 벌인다. 그 가운데 아직도 꽃을 피우는 존재들이 있다. 호박꽃이다. 꽃이 진 뒤 호박이 달리고 수확하기도 했지만, 지금에서야 아기 호박을 달고 있는 반쯤 시든 호박꽃이 있는가 하면 새로이 호박꽃이 피어나기도 한다. 그 모습은 "주름 짜글짜글한 할미씨, 펑퍼짐한 방뎅이 까발린 아줌니, 봉긋한 젖가슴 수줍은 듯 호박잎에 반쯤 가린 처녀애들"로 묘사된다. 그 가운데 애송이 호박꽃은 "혈기방장하던 호시절 다 무엇하고 이제서야 꽃 피워 열매 맺겠다고 이 난리"를 치고 있다. 애송이 호박꽃은 바로 늦깎이 시인인 화자이다. "내 가을날 시밭 뒤늦게 꽃봉오리 매단 저 애송이들, 된서리 내리기 전에 알량한 열매 서둘러 맺느라 줄줄이 난산이다."라고 고백한 것처럼 화자는 자신의 시가 난산 끝에 태어난 열매임을 안다. 시인은 자신의 작품을 부끄러워한다.

햇살 옅은 늦가을이다

시골집 토담 위, 볏짚에 엮여

시들시들 말라가는 시들

눈내리는 한겨울날 시탁(詩卓)에 앉아

뜨끈하게 낭송 한번 해도 좋을

어느 풋내기 시인이 쓴 풋내 나는 시상(詩像)들을

바람과 햇살이 조곤조곤 다듬고 있다
　　　　　　　　　　　　　　　—「시래기 무시래기」 전문

　역시 작품의 배경은 가을이다. 가을을 말하는 것은 겨울로 가는 길목
에 있는 계절이다. 겨울은 자연의 순환에서 죽음의 계절에 속한다. 지
금껏 화자가 쓴 작품들은 "시골집 토담 위//볏짚에 엮여//시들시들 말
라가는 시들"로 인식된다. 여기에서 '시들시들'과 '시'는 동일한 음운을
사용한 언어의 유희이다. 이런 언어유희는 "시 고픈 게 시장기"(「무채비
빔밥」) 등에 나타난다. 화자는 자신의 시에 만족하지 못함으로써 '시들시
들'이라는 표현을 인용한다. '시들시들'은 "꽃이나 풀 따위가 시들어 생
기가 없는 모양"을 일컫는다. 우리 곁에서 볼 수 있는 사물 중 가장 시
들시들한 것은 무시래기이다. 무를 거두어들이고 난 다음 무청만을 잘
라내어 줄에 걸어 바람에 말린다. 옛날부터 두고두고 겨울의 반찬거리
가 되어 주던 존재였다. 무시래기는 하잘것없는 찌꺼기이면서도 중요
한 겨울 양식이 되어 주었다. 화자는 자신의 "풋내 나는 시상"들을 '바
람과 햇살이 조곤조곤" 다듬어줄 것을 기다리고 있다.

오늘은 배 타고 소양호 가로질러
단풍 활활 타오르는 오봉산에 올랐다
바싹 마른 장작 같은 미련 몇 토막

그 불길 속 한 줌 재로 태우고 싶었다
밧줄 잡고 암벽을 타며 건너온 깊은 계곡
걷잡을 수 없이 타오르는 장엄한 다비 앞에
내 마음의 장작개비에도 불을 당긴다
바람결에
따라라락 따라라락
간단없이 들려오는 저 둔탁한 목탁소리
어디인가, 살금살금 다가간 진원지
까막딱따구리 한 마리 물푸레 굵은 둥치를 쪼고 있다

—「실연」 부분

　어느 가을날 화자는 오봉산에 오른다. 단풍이 붉게 타고 있었다. 화자
역시 "바싹 마른 장작 같은 미련 몇 토막"을 활활 태우고 싶었다. 밧줄
을 잡고 암벽을 타며 산에 오른 화자 앞에 타오르는 단풍을 시심의 다
비(茶毘)로 치환시킨다. 그리하여 화자 자신은 "물푸레 굵은 둥치"를 쪼
고 있는 까막딱따구리로 비유된다. 일종의 메타시다. 시인은 이 작품에
서 자연을 상징으로 동원하여 자신의 시에 대한 열정과 창작 의욕을 증
언한다. 화자가 자연에 투사된 것이다. 자연은 있는 그대로의 자연만은
아니다. 자연은 관찰자에 의해 의미가 재해석되고, 관찰자의 심리상황
에 따라 의미가 변하기도 한다. "자연은 거대한 사원"이라는 보들레르
의 말을 인용할 필요도 없이, 정호 시인에게 자연은 오롯이 문학과 시
로 연결되는 존재인 것이다. 고승의 다비를 마치고 나면 우리는 대개
영롱한 사리를 기대한다. 그러나 사리가 없는 경우도 더러 있다. 정호
시인의 시심에 대한 다비식이 끝난 다음 우리는 영롱한 시편들이 사리
처럼 그 속에 자리하기를 빈다.

다음에 예거하는 작품은 그 제재가 어머니다. 이 세상에 어머니만큼 절대적인 의미를 가진 존재는 없다. 어머니가 주는 존재적 개념은 우리 모두에게 사랑이라거나 따뜻함을 의미하기 이전에 생명을 보호해주고 생존의 방법을 알려주는 이다. 많은 이들이 어머니를 예찬하고 그리워하지만, 실제 그녀들 삶의 고통을 이해할 수는 없다.

다음은 늙은 어머니의 모습을 그린 작품이다.

이른 아침 안양천 뚝방길에 달맞이꽃 무리지어 피어 있다 그중 눈길 가는 꽃 하나, 별밤 지새웠을 그 환한 속내 들여다보는 순간 아직도 깊은 잠에 취한 꿀벌 한 마리! 온몸이 밤이슬에 촉촉이 젖은 채 요지부동이다 본능적 항법장치도 제 기능을 못 했는지 어쩌다 길 잃고 달맞이꽃집에서 하룻밤 의탁하게 되었을까 박음질 촘촘한 실무늬날개옷 들여다보다가

가만히 꽃대궁 흔들어본다 혼미한 정신 한 줄이 가볍게 흔들린다 마흔 넘도록 장가 못간 농투성이 막내 짝이라도 찾겠다고 명아주지팡이에 몸 의지한 채 이 꽃 기웃 저 꽃 기웃, 그러다 기진하여 들녘 아무 꽃에서나 곤한 잠에 든 어머니

은벽한 곳 이슬 함뿍 젖은 이부자리가 치매의 젖줄보다 달다
—「한뎃잠 자는 어머니」 전문

이 작품에서 어머니는 '꿀벌'로 상징화되었다. '꿀벌'은 낮에만 날아다니다가 '달맞이꽃' 속에서 피곤한 몸을 쉰다. '달맞이꽃'은 농촌이면 아무 데서나 볼 수 있는 야생화다. 그러나 '달맞이꽃'은 이름 그대로 밤이 되어야 핀다. 고온의 햇빛이 내리쬐는 환경에서는 꽃을 피울 수 없

　　　　　　　　　　　　　　　은유의 사회학

는 유전적 특성을 가진 것이 '달맞이꽃'이다. 그래서 밤에 활동하는 박각시나방 등이 꽃가루를 매개한다. '꿀벌'은 낮 동안 "이 꽃 기웃 저 꽃 기웃"하며 "마흔 넘도록 장가 못간 농투성이 막내"의 짝을 찾아 정신없이 헤매고 다니다가 길을 잃었다. 오늘의 농촌 현실과 그 농촌과 아들을 지키려는 어머니의 모습을 형상화한 작품으로, 새삼 어머니의 사랑을 느끼게 한다. 우리 속담에 "어머니 품속에 밤이슬이 내린다."라는 말처럼, "은벽한 곳 이슬 함뿍 젖은 이부자리"가 어머니의 쉴 곳이다.

> 숨기는 듯한 의사에게
> 몇 개월 남았냐고 짐짓 물었을 뿐인데
> 잘 버티면 이번 초가을까지 딱 한 달!
> 남편복도 없던 그녀는 모든 꿈을 접었다
> 파출부 식당일 허드렛일
> 항암치료비도 없었다
> 첫직장 무렵에 붓기 시작한 보험을 해약하려다
> 실낱같다는 확률에 이를 악물었다 이제 막
> 동화책 읽기를 시작한 막내가 제일 걸리지만
> 이제 네놈들 힘으로 살아야지!
> 눈 질끈 감고 등산배낭 챙겼다
> 꽃시절
> 먼저 간 남편과 손잡고 올랐던 북한산 벼랑바위길
> 그날 이후 처음이자
> 마지막 찾아가는 길이기도 했다
> ―「거위벌레」 전문

거위벌레는 딱정벌레목에 속한 곤충이다. 거위처럼 목이 길다고 해서

붙인 이름이다. 7, 8월에 등산하다 보면 도토리나무가 가지째 부러져 있는 것을 많이 보게 된다. 그것은 거위벌레가 도토리 어린 열매에 알을 슬고 가지를 부러뜨려 땅에 떨어트렸기 때문이다. 알에서 부화한 애벌레가 도토리를 갉아 먹고는 곧바로 땅속으로 들어가 나무뿌리를 파먹고 자라게 된다. 종족 보존을 위한 최적화된 본능이다. 「거위벌레」에서의 화자는 거위벌레를 닮은 여인이다. 남편은 일찍 죽고, 어려운 살림에 자식들 뒷바라지에 매달렸다. 파출부, 식당일, 허드렛일을 하느라 모든 꿈을 접었다. 그런 그녀가 암에 걸렸다. 한 달밖에 남지 않은 목숨이다. 자식들도 "이제 네놈들 힘으로 살아야지" 마음 다지며, 남편과 함께 올랐던 북한산 벼랑바위 길을 오르기 위해 등산배낭을 챙긴다. "그날 처음이자/마지막 찾아가는 길"을 오른다. 형편이 어려운 한 여인의 삶을 바라보는 안타까운 시선이 있다. 그 여인은 어쩌면 우리 이웃일 수도 있고, 나의 어머니일 수도 있다. 우리 모두의 마음은 가난하고 병이 들었으니까.

문학이 사회를 반영한다는 것을 '문학의 사회성'이라고 한다. 문학작품 안에는 그 작품이 쓰여진 시대의 사회상 또는 환경이나 생활양식이 그대로 드러나게 된다. 이렇듯 문학은 현실에 근간을 두는데, 이러한 과정에서 문학작품은 사회가 제시하는 가치 규범을 비판함으로써 사회와 대립각을 세우기도 한다. 시인은 구제역 파동으로 우리 축산농가를 울게 만든 현실을 고발한다.

철도노선도에서 그 역 찾아봅니다
이름이 비슷한 구례역이나 거제역 근처엔 없습니다

은유의 사회학

호남선 충북선 중앙선 태백선 모두 그 역과 연결되지만
기존 선로가 없는 곳에도 단번에 개설되는
월동선 그 중심에 있는 역입니다
이상한파 몰아친 지금이 손님 몰리는 성수기지만
간이역이라 언제 사라질지도 모릅니다
세상엔 추억의 간이역도 많지만
승객들, 한사코 승차를 거부해도
막무가내 쓸어 담아가는 간이역도 있습니다

— 「구제역에서」 부분

　구례역, 거제역과 구제역을 비교하여 비슷한 한글 어휘를 가지고 꾸민 언어유희 작품이다. 구제역은 소나 돼지, 양처럼 발굽이 갈라지는 짐승에게만 걸리는 전염병으로 겨울에 유행한다. 구제역에 걸린 동물의 사체는 무더기를 이루어 마구잡이로 땅에 파묻는다. 동물에 대한 사랑 따위는 안중에도 없다. 농부들은 소와 돼지를 정성껏 키워 재산을 모으려고 한다. 그러나 구제역이란 질환은 한번 발생하면 그런 개개인의 사정이나 형편을 돌보지 않고 전국을 오염시킨다. 막무가내로 모든 것을 쓸어가는 쓰나미와 같다. 이 작품의 특징은 동음이의어나 각운 등을 이용하여 재미있게 꾸민 언어의 표현에 있다.

　문학은 작가 자신의 유토피아다. 여기에서는 누구의 침해도 받지 않고, 인생을 예측한다. 문학이 인생을 이야기하는 것이라고 말하지만, 그 인생은 작가 자신의 인생이다. 작가의 작품 속에는 작가의 모습이 드러난다. 문학은 작가의 감정의 상태를 표현한다. 여기에서 감정이란 모든 미적 형태의 근본이다. 그래서 지적 형태는 작가의 내면에서 감정적으로 파악되기 이전까지는 예술로서의 가치를 지니지 못한다.

시인의 나이도 이순이 훌쩍 넘었다. 그 나이에 어찌 회한이 없을 수 있겠는가. 그 회한이 변산반도의 곰소 바닷가에 서서 밀리는 파도를 보며 또다시 느끼게 된다.

 젓갈내 물씬한 곰소 해변을 지난다 물 빠진 갯벌 염전 곳곳엔 파도가 전염시킨 물가루들이 가득 머금은 짠물 땡볕에 뱉어내고 뻘밭에 허옇게 흩뿌려져 있다 물의 사리를 소금이라 부르는 까닭을 여기 곰소에 와서 비로소 깨닫는다 학교에서 돌아온 여름날 허기진 하오에 부뚜막 옹기뚜껑에 담긴 것 손가락으로 집어먹고 찬물 한껏 들이켠 후 소 먹이러 가던 날이 젓갈내 비릿한 갯벌에 질퍽한데

 어느새 내 머리엔 물가루 뿌린 듯 희끗희끗 내려앉기 시작한 세월들이 날이 갈수록 밀린 월세처럼 늘어난다 열정으로 출렁이던 가슴패기도 곰소의 해변처럼 변해버렸다 모르는 새 훌러덩훌러덩 한 시절 건너뛴 파도, 아무리 격포의 조석처럼 포격해도 다신 밀려오지 않을 내 가을날 몇 포기가 파도가 흩뿌려 놓은 물가루 기포에 짭짤히 절여지고 있다

─「물가루」부분

정호 시인은 말의 도치만으로도 언어를 한껏 희롱한다. 곰소와 소금, 염전과 전염, 세월과 월세, 해변과 변해버렸다, 격포와 포격해도, 포기와 기포, 가히 언어의 술사라고 해도 좋겠다. 그러면서도 사유가 전편에 넘치는 즐거운 시읽기를 독자에게 선사한다. 생명이 있는 것이면 누구나 세월을 거스르지 못한다. 화자 역시 마찬가지다. 변산반도에는 염전이 많다. 바닷물을 가두어놓고 짧지 않은 시간 동안 햇볕을 쬐면 하

얀 소금이 생긴다. 이것이 천일염이다. 천일염은 자연이 만들어준다. 화자는 일정한 세월이 지난 후 만들어진 소금을 자신의 운명과 같다고 보았다. 화자는 포말을 '물가루'라고 부른다. 하얗게 부서지는 포말에 열정 어렸던 내 가슴패기도 소금처럼 하얗게 변해버렸다. 화자는 격포 바닷가에서 서서 밀려오는 파도를 대하고 "내 가을날 몇 포기"가 포말에 짭짤히 절여지는 것을 보면서 "어느새 내 머리엔 물가루 뿌린 듯 희끗희끗 내려앉기 시작한 세월"을 느낀다.

시인에게도 흘러간 지난 시절의 추억이 있고, 그 추억은 아름다움으로 채색되어 있다. 그 추억이 어느 소녀와 얽힌 감정이라면 더욱 그렇다.

> 수원행 막차로 돌아오는 우중 길
> 그때도 비내리는 토요일 경주행 막차였다 딱 하나 비어 있는 빈자리 옆,
> 수학여행 준비물 챙기러 귀향한다던 그 단발머리
> 쑥스럽게 교과서나 만지작거릴 때, 거기
> 청포도를 읊어보라고 조곤조곤 다그치던
> 하얀 교복 불룩한 가슴에 숨겨둔 이름표도 꺼내보이던
> 그 스스럼없던 눈망울이
> 지금 비내리는 차창에 그때처럼 어룽거린다
> 놓친 열차는 언제나 아름답다
> ── 「놓친 열차는 아름답다」 부분

상념은 수원행 막차에서 경주행 막차로 이어진다. 단발머리 소녀가 옆자리에 앉았다. 멋쩍게 교과서를 만지작거리던 내게 소녀는 청포도를 읊어보라고 다그친다. 그리고 하얀 교복 상의 주머니에 숨겨두었던

이름표를 꺼내 보이던 그 여학생의 스스럼없던 눈망울도 이젠 세월에 묻혀버렸다. 그건 분명히 사랑의 감정이다. 사랑은 변형되고 풍화되고 산화한다. 그러나 추억 속에서 되새겨지는 사랑은 완전한 형태로 재조립되고 재구성하게 된다. 사랑은 눈이 아닌 마음으로 본다. 이제 화자의 나이도 어느 정도 먹었다. "놓친 열차는 언제나 아름답다"로 했듯이 나이 든 화자에게 그 시절의 소녀와의 연정은 아름답게 채색되어 내게 하나의 신화처럼 곁에 있다. 사랑에는 나이가 없다. 이제 시인도 추억 속에 사는 연령대가 되었다.

정호 시인의 작품은 막힘없이 잘 읽힌다. 그리고 시의 주제도 파악하기 어렵지 않다. 시집 제목을 『은유의 수사학』이라 하였지만, 은유의 사용이 그리 많지 않은 까닭이다. 다만 그의 시에서 발견할 수 있는 것은 시어의 사용에 매우 신경을 기울인다는 점이다. 그것은 시인이 얼마나 우리말을 소중하게 다루고 사랑하고 있는지를 잘 보여주는 것이다. 다만 동음이의어나 각운 등을 사용한 언어유희가 빈번하게 쓰인다는 점은 지양해야 될 줄 안다. 그러면서도 시상의 매끄러운 전개와 이미지의 구축 등에서 매우 뛰어난 솜씨를 보여준다. 정호 시인의 작품을 읽으면서 시인이 시작에 자탄하며 너무 조바심을 내지 않나 하는 느낌을 받았다. 이제는 자신을 가지고 큰 걸음으로 더욱 유려한 언어의 발굴과 참신한 비유의 방법을 찾아도 좋을 듯하다.

근작시 평설 세 편
― 이춘하, 성동제, 김창범 시인

시집 『결』을 비롯하여 이미 세 권의 시집을 상재한 이춘하는 주로 자연을 대상으로 이의 관념화를 통해 지적인 사유를 보여주는 시인이다. 관념화란 원래 불교 용어로서, 마음을 가라앉혀 진리를 관찰하고 사념하는 일을 뜻한다. 다시 말해 사물을 대상으로 하여 이데아를 찾아내는 작업이다. 이중 시에서 흔하게 인용되는 것은 자연물이다.

작품 「연두」에 나오는 연두는 색깔의 명칭인 동시에 사람의 이름이다. 연두는 녹색과 노랑의 중간색으로, 겨울을 지나 갓 싹이 트는 이른 봄의 식물에서 볼 수 있다. 이월과 삼월 사이에 봄비 몇 차례 지나가고 까치집 주변이 하루가 다르게 연둣빛으로 또렷해진 날, 어린이집에서 해바라기를 놀던 연두를 엄마가 불러 데리고 간다. 연두는 어린 생명이다. 곁에 머무르는 시간은 짧다. 연두색은 초록으로 변하면서 사라져버리고, 연두라는 아이는 자라 어른이 된다. 붙잡고 싶지만 그러지 못한다. 아쉬움의 대상이다. 시인은 이 작품에서 자연의 질서를 일러준다.

시인은 작품 「소리가 꽃이 되는」에서 "소리가 꽃이 되는, 봄날은 간다"라고 읊었다. 흰나비의 '울음' 소리가 찔레꽃을 피우고, 그의 날갯짓에 묻어 찔레꽃 향기가 퍼져나가고 꽃잎이 떨어진다. "찔레꽃 향기는 너무 슬퍼요"라는 장사익의 노래 한 소절처럼 봄에 피는 찔레꽃은 서러움의 대상이다. 봄이 서러운 이유에는 여러 가지가 있다. 가난한 시절에 겪은 보릿고개는 넘기에 너무 힘들었다. 하얀색은 순수의 이미지를 갖고 있지만 소복의 색깔이기도 하다. 소복은 보는 이의 마음을 처연하게 만든다. 시인은 찔레꽃을 보고 서러운 계절을 생각한다.

시인은 작품 「창가의 괴테」에서 티슈바인이 그린 괴테의 초상화 한 점을 보면서 그의 "젊은 영혼이라도 걸고서 붙잡아두고 싶은 순간"을 생각한다. '질풍노도'의 독일 낭만주의 문학을 열정으로 이끌었던 괴테처럼 "푸르스름한 파스텔톤의 새벽빛"을 내는 좋은 작품을 기대해본다.

시인은 「유체이탈」이라는 작품을 통해 세석능선, 바이칼 호수, 갠지스강, 란치아노 등을 여행하면서 자연 중심적인 시선을 동원한다. 이 시에서 자연은 인간보다 뛰어난 품성을 갖고 있다. "하얀 풀꽃들 무리진 샘터에서 맨발인 채 한여름 다 보내고"라는 구절에서 사유는 인간만이 지닌 고유영역이 아니라는 것을 분명히 한다. 자연과 물아일치의 지경에 이르게 되면 시인은 "화성에도 금성에도" 갈 수 있는 존재가 된다.

그것은 작품 「지심도」에서 더욱 확연히 드러난다. 시적 화자는 지심도에 가서 "컴컴한 동백숲 길"을 따라 걷는다. 그곳에서 '오래된 이야기'들을 감추고 있는 '뒤틀리고 마디 굵은' 동백나무 등걸에 "그저 마음만 두고" 온다. '지심도'라는 지명에 차용하여 섬을 떠나고 싶지 않은 마음을 드러내고 있다. "동백꽃 잎만 붉었네"라는 표현 속에서도 자연과 합일을 꿈꾸는 화자의 기원이 들어 있다. 특히 이 작품은 코발트블루의 바다와 붉은 동백꽃의 색조를 선명하게 대비, 이미지즘적 요소를 드러낸다.

은유의 사회학

성동제는 수필가이자 시인이요, 시조시인이다. 당초에는 시를 주로 썼지만 요즘 들어 부쩍 시조 창작에 열심이다. 이번에도 평시조 3편, 연시조 4편 등을 발표했다. 우리 고시조는 평시조가 주를 이루었으나 후에 연시조와 엇시조, 사설시조 등이 증가된 것을 보면 시인의 표현 욕구가 점점 많아진 게 그 이유가 아닌가 싶다.

평시조도 「그래, 내 탓이야」라는 '제목 안에 '부부 간', '이웃 간', '남남 간'이란 독립된 소제목을 붙였다.

「그래, 내 탓이야」의 세 작품은 모두 인간의 관계를 다루고 있다. 관계란 일반적으로 한 사물이 다른 사물에 대하여 미치는 영향이나 교섭을 말한다. 이것은 또 두 사물 사이의 결합뿐만 아니라 차별도 의미한다. 이처럼 사물의 영역에까지 확대된 관계의 개념을 오로지 인간에게 한정시킨 이는 철학자 분트(W. Wundt)이다. 그는 관계를 정신현상에서만 볼 수 있는 인과의 법칙의 하나로 규정하였다.

관계는 상대주의에서 비롯된다. 한 인물이 있다면 다른 인물이 있어야 관계는 성립된다. 평시조 세 작품은 모두 시적 화자와 아내, 이웃과 이웃, 타자와 타자 사이에 일어나는 인간 현상을 다루고 있다.

작품 「빙싯 웃고 말래」에서는 시인의 관조적 인생관이 드러난다. 시적 화자는 "도꼭지 어린 것이 핀잔을 대질러도" "무언가 서운하여 아내가 긁어대면" 참으로 난처해진다. 그러나 시적 화자는 "이참에 한턱거리로 포실하게 웃을래"라고 말한다. '빙싯' 웃는 것은 '통쾌한 웃음'이나 '비웃음'과는 다른 분위기의 웃음이다. 어찌 보면 사람 좋은 '바보 웃음'에 가까울 수 있다. 그러나 그 속에는 모든 것을 포용하고 긍정한다는 자세가 마음의 저변에 깔려 있기 때문에 가능한 웃음이다.

「화수분 갯바위」는 어촌의 넉넉함, 따스함을 바탕으로 어민들의 건강한 생명력을 노래하고 있다. 「제비 폐가」는 지구 한경의 변화로 말미암아 작년까지도 찾아주었던 제비집이 올해는 빈 둥지로 남아 있는 것을 보는 안타까움을 전해준다.

「화가의 일기」는 경제적 어려움을 겪는 화가의 삶에 빗대어 영악스러운 영리만을 쫓는 이들의 삶을 안타까운 시선으로 바라보고 있다. 성(聖)과 속(俗)은 동전의 앞뒷면과 같다는 말이 있다. 예술적 측면에서 보면 성은 진선미의 추구 정신과 궤를 같이한다. 성은 모든 가치가 분화되어 나오는 보편의 모체이다. 그러나 속은 여기에 대비된다.

성동제 시인은 우리의 감칠맛 나는 언어의 발굴자다. 그의 작품 대부분에서 많은 우리 고유어와 잊힌 우리말을 볼 수 있다. 이번호에 게재된 작품에서도 '미세기', '해껏', '도꼭지', '한턱거리', '엇섞다', '팽배롭다' 등의 언어를 골라 시어로 사용한다. 시인의 노력이 엿보인다. 더욱이 장르가 시조인지라 맛깔스러운 우리말이 작품을 한층 빛나게 만든다.

김창범 시인은 어느 아름다운 봄날 멀리 키르기스스탄에 갈 기회가 있었다. 텐진산맥을 타고 내려오는 부드러운 봄바람을 가슴 가득히 받으며 고동치는 우렁찬 생명의 소리를 듣는다. 시적 감흥과 그 감성을 노래하는 열정이 일어나 춤추었다.

그곳엔 절망 끝에서 저마다 인생을 회복하고자 하는 동포들이 살고 있다. 1937년 연해주에서 쫓겨난 고려인들이 있고, 탈북자들도 있었다. 고려인들에게 복음을 전하며 외화벌이 북한 근로자에서 떨어져 나온 탈북자들을 돌보는 한 선교사가 있었는데, 그 선교사의 이름이 쏘냐이다. 그녀는 남편 목사님과 25년째 현지 사역을 하며 많은 이들이 외면하는 북한 선교 사업을 하고 있었다. 그녀는 여덟 개의 현지교회를 개척해온 열정으로 시베리아 광야도 두려움 없이 뛰어든다. 이 세상의 낙오자로 살아가는 동포 형제들을 격려하고 응원하는 일에 쉬지 않았다. 그런 만남을 계기로 시인은 10년 넘게 그녀를 지원하며 동역하였다.

「쏘냐」라는 연작시는 그때의 감흥을 담은 작품이다. 쏘냐의 믿음과 열정이 필자에게 영혼을 흔드는 기쁨으로 다가온다. 시는 무엇보다 대상의 감동에서 나오는 것이다. 그리하여 시인은 여름철의 백야를 단순한 자연현상이 아닌 영원한 광명으로 인식한다. 쏘냐는 북한 출신 노동자들마저 끌어안아 보살핀다. 시인은 그런 그녀의 모습을 보면서 자신의 믿음을 더한다. 쏘냐는 아들 새힘이와 함께 주님 사랑을 만난다. 그리고 사랑을 실천하고자 한다. 시인은 그녀를 보면서, "기적처럼 다가오실 그분"을 기다린다.

시인은 평소 지니고 있던 신앙의 모습을 쏘냐라는 한 전도사의 행동을 통해 구체화 시킨다. 종교시는 문학적으로 형상화시키기 어렵다. 직설적인 설교 위주의 시 형식은 시가 가진 상징성을 잃어버리게 된다. 그러나 김창범 시인은 쏘냐라는 여인에게 밀착하여 관찰하고 이를 서사적인 기술로써 자신의 신앙심과 민족애를 드러내 보인다.

일상에서 찾는 형상들
— 홍계숙의 시세계

시인 홍계숙은 계간지 『시와 반시』 2017년 상반기에 신인상을 받아 등단했다. 그러면서도 등단 첫해에 시집 『모과의 건축학』을 상재하였고, 두 번째 시집을 준비하고 있다고 들었다. 이는 오랜 습작 기간의 문학적 갈증을 분출해버린 것으로, 앞으로의 활동이 기대된다. 다음은 신인상 수상 작품이다.

> 자신의 심장을 지키기 위해
> 적으로부터 가장 가까운 곳에 뿔은 자란다
> 심장 근처에 모았던 손을 이마에 얹으니
> 내게도 들소의 뿔이 만져진다
> 뿔을 앞세운 성난 들소들이 내 이마 위를 내달린다
> 뿔로 인해 허물어진 수많은 꿈들이 이마에
> 실금을 풀어놓았다
>
> — 「뿔의 자리」 부분

심리학자 프로이트에 의하면 우리 마음속에서 서로 반대되면서 충돌

하는 두 가지 심리가 있는데, 이를 방어기제라고 부른다. 주된 방어기제는 억압, 투사, 퇴행, 부정, 합리화 등이 있다. '뿔'은 머리에도 돋아나지만, 엉덩이에도 돋아난다. 화자는 호오(好惡)가 분명한 성격을 드러낸다. 불의를 보면 참지 못해 엉덩이나 이마에 뿔이 났다. 어른들은 가끔 버릇없는 아이를 보면 "엉덩이에 뿔 난 녀석"이라고 했다. '뿔 난 녀석'은 버릇없거나 성격이 모진 아이는 아니다. 뿔은 자기방어의 상징이다. 뿔의 힘은 참으로 놀라웠다. 뿔이 있는 짐승을 들여다보면 적으로부터 가장 가깝고, 심장으로부터 가장 먼 곳에 뿔이 돋는다. 화자의 생명과도 같은 자존심을 지켜내기 위해 뿔은 돋아났고, 이마에 그어진 실금들은 분명 뿔의 자국들이었다. 화자는 삶의 자존감을 지키고 회복하기 위해 방어기제를 뿔로 구체화시키고 있다.

봄이 푸른 모닥불을 지피면
잎새 사이 타닥타닥 피어나는 분홍 꽃잎들
이때쯤 나무는 허공의 각도를 측량하고
집짓기를 서두른다
설계 도면을 펼쳐 시작되는 공사
봄이 낙화한 자리에 풋열매로 주춧돌을 놓고
나뭇가지 사이사이 창을 내고
따가운 햇살을 넉넉히 들여놓는다
천둥과 비바람의 외장재,
속으로 삭힌 시고 떫은 시간들과
기나긴 장마를 말려 빚은 내장재로
둥근 집을 완성하는 모과나무 건축가
가장 먼저인 것은 내부의 견고함이다
내벽에 조밀한 향기를 바를 때쯤

건축감리사인 가을이 다녀간다
예리한 눈길을 통과한 둥근 집
꼿꼿이 받아낸 고통의 표면은 울퉁불퉁하고
노란 벽에 배어난 땀방울 진득하다
계절의 모닥불이 사위어가면
찬바람이 바삐 가지를 드나들고
모과는 집 한 채 완성하고
쿵, 나무를 떠나간다

— 「모과의 건축학」 전문

이 작품 역시 신인상 수상 작품이다. 모과는 울퉁불퉁한 겉모습이 곱진 않으나 향기가 매우 좋은 열매다. 한때는 버려졌지만, 지금은 약재와 방향제로 귀한 대접을 받는다. 모과는 열매의 육질이나 나무의 목질이 매우 단단하다. 한편 건축가는 건축물의 모양보다도 건축물의 견고함과 안전성을 우선에 두고 작업을 한다. 모과의 단단함과 건축가의 견고함이 서로 닮았다. 모과는 노랗고 둥근 건축물이다. 봄부터 시작하여 가을에 이르도록 모과는 얼마나 많은 인내가 필요했을까. 집을 제대로 짓기 위해서도 많은 시간은 필요하다. 그것은 인생도 마찬가지고 시를 쓰는 과정과도 닮았다. 문학 창작은 건축과도 같다. 설계 과정을 거친 다음 시공을 하고 마무리로 외장을 한다. 향기로 승부를 거는 모과는 시인의 내면이다.

하루가 순환선에 오른다 삶의 주재료는 밥, 300개의 새콤달콤한 밥알은 손끝에서 하나로 뭉쳐 고명으로 치장된다 그날의 운수는 등에 짊어진 부재료에 달렸다 등에 업은 명성으로 혹은 그날의 윤기만으로 선택되는 방식, 한 입 크기로 얇게 저며진 바다는 하나의 작품으로 태

어나 쫄깃하게 식감을 자극한다 먹혀야만 살아남는 이상한 법칙, 연
어 새우 광어 소라 바다 한 점이 사뿐 올라앉은 무대에 허기진 눈빛들
이 기다린다 맛과 빛깔로 몸값은 결정되어도 두근거리는 생의 총량은
레일을 따라 돌고 돈다 거듭되는 외면에 가슴이 말라가도 다시 한 바
퀴 돌아와 망설임으로 다가설 뿐, 이 대열에서 이탈할 수는 없다

　　　　　　　　　　　　　　　　　　　　　 ―「회전초밥」부분

　일식집에 가면 회전초밥이라는 게 있다. 접시에 담긴 생선초밥이 레
일을 따라 빙빙 돈다. 손님은 그 가운데 자신이 먹고 싶은 품목을 골라
먹고 나중에 먹은 접시 개수에 따라 계산하는 방식이다. 선택받지 못한
초밥 접시는 계속 회전을 거듭한다. 언제쯤 누군가에 의해 선택될 수
있겠지만, 끝내 선택받지 못하고 버려지는 경우도 있을 것이다. 화자는
그런 회전초밥에서 인생을 본다. 초밥 한 덩이 속에 삶과 죽음이 공존
한다. 하루가 날마다 레일 위에 오르고 선택되느냐, 외면당하느냐의 기
로에서 가슴이 바짝바짝 말라가지만 궤도에서 이탈할 수는 없다. 선택
받아야만 살아남는 법칙, 그것이 바로 인생이다.

　　　행과 행 사이, 열과 열 사이
　　　길을 가르는 녹차밭이 가지런하다
　　　공기는 모두 초록, 이곳에서 나는
　　　깨어나고 선명해진다
　　　녹색의 행렬을 앞지르는 두 개의 바퀴가
　　　봄의 뒤꿈치에 둥근 족적을 남긴다
　　　봉긋 부푸는 물결,
　　　가로를 이해하는 동안
　　　줄지어 솟은 삼나무는 세로로 정렬된다

가로가 세로를 손짓하고
곡선이 직선을 향해 달리는 이곳에서
차밭의 향기는 고랑을 타고 달린다
모자를 눌러쓴 아낙들의 손끝에서 봄은 잘려나가고
풋내는 코끝을 적신다
하룻밤 빗줄기가 직선으로 다녀가고
곡선의 바람이 잘린 잎을 어루만지면
수북한 바구니 너머로
초록은 둥글게 회복되고 다시 열을 맞춘다
— 「녹색은 간격이 일정하다」 전문

　화자는 지금 녹차밭에 서 있다. 행과 열이 줄지어 서 있는 녹차밭이 가로의 곡선이라면 먼 배경이 되었던 삼나무는 세로의 직선이었다. 세상은 직선과 곡선, 가로와 세로의 조화로 이루어져 있다. 그리스의 철학자 플라톤은 "미는 외형의 미, 영혼의 미, 지식의 미, 절대의 미로 나눌 수 있다."고 하였고, 영국의 화가 호가스는 "곡선이 직선보다 아름답다."라고 말하였다. 이는 물체가 아름다운 것은 물체 자체의 아름다움 때문이라고 보는 관점에서 나온 것이다. 플라톤이나 호가스의 견해는 자연의 질서가 주는 외형의 아름다움을 크게 평가한 것이다. 사진작가들은 한옥의 창호가 주는 직선의 미와 처마가 주는 곡선의 미를 즐겨 카메라에 담는다. 거기에서 하나의 조화를 볼 수 있기 때문이다. 시인은 녹차나무 행렬이 주는 곡선과 곧게 뻗은 삼나무가 가진 수직의 조화에서 자연의 아름다움을 찾는다. 그것이 자연에서 아름다움을 찾는 시인의 눈이다.

오래된 비디오 플레이어에 딸깍, 나무를 끼워 넣고
왼쪽으로 난 화살표 버튼을 누르면
비구름 벗고 겹겹이 바람을 벗고
내리던 낙엽, 날리던 꽃잎 모두 생생한 가지로
되돌아오고
둥지 틀던 새들, 접은 날개 펼쳐 뒷걸음질 치며 날아오르고
반짝이는 잎사귀 꼬깃꼬깃 접어 넣는 잎눈들
태양으로 뻗는 나무의 팔들, 얼룩 같은 땅 그림자 모두
거두어들이고
간이역 닮은 묘목을 지나 우주의 비상구 털썩 닫고
캄캄한 흙 속으로 들어가
자그맣고 환한 행성 하나 두근두근 숨을 고른다

—「리마인드 웨딩」 부분

　결혼생활의 의미를 깨닫게 해주는 작품이다. 씨앗은 아주 작고 여린 존재이지만, 거기에서 나온 새싹은 마침내 거목으로 성장한다. 그늘을 만들어 강한 햇빛과 비바람을 막아주는 역할을 한다. 결혼생활도 이와 같다. 작은 출발에서 비롯된 결혼생활은 아이도 낳고 굳건한 집단체로 엮어진다. 화자는 비디오테이프를 보면서 결혼의 시작을 떠올렸다. 녹화된 테이프를 되감기했을 때 영상은 그 시절로 되돌아간다. 나무 한 그루가 다시 어린 싹이 되듯이 화자도 결혼식장의 신부가 된다. 그것은 사랑의 시작이었다. 지나온 결혼생활을 반추해본다. 그땐 결혼이 꽃길의 시작인 줄 알았다. 결혼생활이 어찌 늘 꽃길이기만 할까. 리마인드 웨딩―그 시절의 첫 마음을 기억하는 것, 그것이 결혼생활의 갈등을 이겨내는 방법이다.

　홍계숙은 일상의 철학과 자연의 미학을 문학으로 형상화시키는 시인

이다. 그것은 이들에 대한 지극한 사랑에서 오는 것임은 두말할 필요가 없다.

아궁이에서 굴뚝까지

― 김창범의 시 세계

    목회자이자 시인인 김창범은 『봄의 소리』(창작과비평사, 1981), 『소금창고에서』(인간과문학사, 2017), 『노르웨이 연어』(보림출판사, 2020) 등 모두 세 권의 시집을 갖고 있다. 1947년 충북 보은에서 태어나 어린 시절을 안동에서 보냈고, 부산에서 고교를 다녔으며 동국대학교 국어국문학과를 졸업했다. 대학 3학년 때인 1972년, 「산」 외 7편의 작품으로 『창작과 비평』을 통해 등단한 그는 졸업 후 『현대경제』 기자와 제일기획 카피라이터, 아리랑TV 이사를 지냈다. 백석대학교 신학대학원을 수료하고 목사 안수를 받은 그는 남산교회 등에서 봉직하며 목회자의 길을 걸었다. 이 동안 그는 절필하였다. 현재는 목회자 생활을 마치고 탈북자를 위한 기독교 단체에서 봉사활동을 펴고 있다. 제1시집과 제2시집 사이에는 36년, 제2시집과 제3시집은 3년의 시차를 가지고 있다. 등단 반세기 동안에 세 권의 시집을 엮었으니 과작의 시인이라 말할 수 있다.

    문학에서의 참여와 순수는 영원한 대립각을 짓는다. 사르트르는 "우리는 생존하고 있다는 사실만으로도 현대에 참여하고 있고 행동이 의지력을 갖도록 결의해야 한다"고 개인은 전체에 대한 참여의 필요성을 역설하였다. 물론 어떤 개인도 인류의 역사에 무관심할 수 없고 이와 반대로 어떤 인류도 개인의 역사에 무관심할 수도 없다. 반면에 소설가 이무영은 그의 저서『순수와 비순수』에서 "우리는 다 같이 문학의 순수성을 수호할 의무를 갖는다"면서 "인간의 순수성, 행동의 순수성, 내용과 형식의 순수성 등등. 순수성을 수호하는 그 정신 자체가 순수해야 한다"고 설파했다.

우리 현대시에 있어서의 참여시는 정치권에 대한 비판을 기치로 내걸었다. 그것은 우리 정치의 민주화와 보조를 같이 한다. 4·19혁명으로 말미암아 자유당 체재가 무너졌고, 뒤이어 일어난 5·16군사 구데타로 정권을 잡은 군사정권은 후반기에 갈수록 독재의 길을 걸었다. 특히 학생들과 국민들은 유신에 맞서 민주화 투쟁을 전개했다. 문인들도 예외는 아니었다. 경제 발전을 위한 급속한 공업화는 소외된 인간 문제들을 진단하고 민주화에 대한 열망으로 사회정의를 실현하기 위한 현실에 대한 정확한 인식이 요구된 것이 이 무렵이었다. 이러한 참여시에 대한 시대적 요구 가운데 문학의 현실 참여에 대한 논쟁이 벌어졌다. "문학이 현실에 참여해야 되는가" 아니면 "순수한 문학성을 지녀야 하는가"를 두고 일어난 이 논쟁은 오늘날까지도 그 논점에서 벗어나지 못하고 있다.

김창범의 시 세계는 이런 논점의 한 가운데를 관통하고 있다. 그의 시적 경향은 살피면,『봄의 소리』에 실린 작품은 참여시가 주를 이루고 있다. 그가 처음 작품을 발표한 시기는 1970년대 초반으로 현실에 대한 인식과 그에 대한 비판으로 일관하고 있다. 반면에『소금창고에서』와『노르웨이 연어』에 실린 후기의 작품은 대부분 순수시라고 말할 수 있다. 그리고 현재는 기독교와 연관된 종교시 창작에 열중하고 있다.

그의 첫 시집 『봄의 소리』는 사회 참여를 기치로 내건 작품이 주를 이룬다. 시인 김소영은 시집의 발문에서 김창범을 가리켜 "시의 바탕에 항상 민중 그것을 새로운 시의 온상으로 여기고 그의 시적 영역을 확대"하여 나갔다고 말했다. 또 시인도 시집 후기에서 자신의 시를 가리켜 "나의 관심은 말하고 싶어도 말할 수 없는 것들을 노래하는 것"이라고 규정하였다. '말할 수 없는 것'을 노래하기 위한 표현의 방법은 현실을 직시하고, 양심의 고함을 내지르는 것뿐이었다.

누가 재가 되었다고 했는가
부러져 말라버린 나뭇가지가 되었다고 했는가

모래 틈에서 터진 민들레 꽃잎 속에서
명주실같이 감기는 물소리가 되어
아 누구에게나
숨넘어갈 듯이 달려오는 것

꽃들이 흐드러지게 웃어 댄다고 모르겠느냐
바람들이 수선을 떨며 쏘다닌다고
누가 잊어버리겠느냐

생각해서야 깨달아지는 것이 아니다
고함쳐야 들리는 것은 더욱 아니다

모두 모두 떠나고 만 봄날
길고 긴 낮잠 속에서도
자꾸만 흔들리며 밀리며 일어나는

저 수많은 소리

—「봄의 소리」 전문

위 작품이 발표된 1980년은 '서울의 봄' 시기였다. 유신의 질곡에서 벗어난 시민들은 참된 자유민주주의가 이 땅에 꽃피길 기대했다. 그러나 유신 정권은 쓰러졌지만 신군부 세력이 정권을 탈취하기 위해 음모를 획책하던 때였다. 이 때문에 대학가에서는 데모 행렬이 줄을 이었다. 민중은 단순히 "재"나 "부러져 말라버린 나뭇가지"가 아니었다. 오히려 "누구에게나/숨넘어갈 듯이 달려오는 것"은 생각하지 않아도 깨달아지는 것이며 고함쳐야 들리는 것도 아닌 봄이 오는 소리다. 그것은 "흔들리며 밀리며 일어나는/저 수많은 소리"였다. '봄의 소리'는 시인의 신념이었다.

그의 시에는 식물을 제목으로 한 시들이 적지 않다. 그 가운데 「창포꽃」은 일제강점기 위안부로 끌려간 조선의 어린 처녀들의 한을 담았고, 「꽃」은 자신의 꿈을 이룰 수 없는 현실에 대한 좌절감을 표현하였다.

꽃이 되고 싶다

소리 없이 꽃줄기를 타고
끝으로 하늘 마지막 끝으로
피어 올라가 더 갈 곳이 없는 꽃

그것은 바람처럼 일어나고
황혼처럼 묻혀갈지도 모른다

그것은 백설처럼 쏟아지고

낙수처럼 흩어져 갈지도 모른다

굽힘 없이 흙바닥에서 머리 들고 일어나
마지막을 향해 기어 올라가
절망과 절정이 맞닿는 순간
거침없이 떨어져 버리는 꽃.

　　　　　　　　　　　　　　　　　　　　—「꽃」 전문

　'꽃'을 노래한 시인은 존재로서의 꽃을 말하는 데 비해, 이 시에서는
하나의 상황을 암시한다. 이 작품에서 만날 수 있는 건 시인의 뛰어난
감수성이다. 시적 화자는 꽃이 되고 싶다. 그것도 "소리 없이 꽃줄기를
타고/끝으로 하늘 마지막 끝으로/피어 올라가 더 갈 곳이 없는 꽃"을 소
망한다. 그렇지만, 그것은 "황혼처럼 묻혀갈지도", "낙수처럼 흩어져 갈
지도"도 알 수 없다. "절망과 절정이 맞닿는 순간/거침없이 떨어져 버리
는 꽃"에서, 우리는 꽃이 피는 순간 곧 떨어져버리리라는 사실을 공감
한다. 꽃은 떨어지기 위해 피는 것이다. 여기서 꽃에 대한 해석은 어떻
든 상관없다. 그것이 나이일 수도 있고, 하나의 사회 현상일 수도 있다.

　두 번째 시집 『소금창고에서』와 세 번째 시집 『노르웨이 연어』에 수록
된 시들은 그 전의 시와는 성격이 다르다. 저항적이고, 사회 비판적인
경향의 시에서 벗어나 비교적 순수시에 속하는 것들이 대부분이다. 그
건 40년이라 시간과 더불어 청년에서 장년으로 옮겨간 시인의 나이에
서 온 것일 수도 있고, 중간에 목회자의 길을 걸으며 세상의 가치를 하
나님 말씀에서 찾고자 했던 자세에 기인할 수도 있다.
　그는 감상주의자다. 그의 감상주의의 근원은 어머니에 관한 아픔이

다. 시인에 의하면 어머니는 시인이 한 살 되기 이전에 그와 이별했다고 한다. 제3시집에 수록된 「흔적」, 「얼굴」, 「수원역에서」 등 다수의 작품에서 시인은 상실의 가정사를 고백한다. 상실은 사망, 이별, 재해 등으로 인해 한때 소유했던 것이 박탈당함을 뜻한다. 상실의 상태는 위기감을 불러온다. 따라서 한 개인에게 상실은 우울증을 초래한다. 세 편의 작품을 본다면 어머니와 헤어짐은 사별이 아니라 주변 사람들에 의해 강제된 이별이었다. 다음 작품에서 타인에 의한 이별에서 비롯된 상실의 편모를 엿볼 수 있다.

> 돌도 안 지난 아기에게
> 그 누가 생이별이 무엇인지 물어보겠는가?
> 내 인생 밖에서 나도 모르게 벌어진 일에 대해
> 이젠 나 스스로 변명해야 한다.
> 운명의 돌이 남긴 흔적을 말해야 한다.
>
> 너무도 어린 나이에 깊이 들어와
> 내 인생 깊이 박힌 생생한 흔적이기에
> 아무런 유감도 표할 수가 없다.
>
> 오랜 세월이 삼켜버린 상처,
> 그 깊은 흔적을 어루만지며
> 나를 찾으시는 어머니 음성을 듣는다.
> 누군가 돌 던지는 소리를 듣는다.
>
> ―「흔적」 부분

우리 몸에서 '흔적'의 모습은 배꼽이다. 어머니와 자식을 연결해주던

은유의 사회학

탯줄이 잘리고 배꼽이 생긴다. 어머니와 화자와의 관계가 배꼽이라는 흔적이다. 상처는 아물어 고통의 기억은 사라졌으나 고통의 흔적은 남았다. 배꼽이라는 흔적은 남아 있지만 아주 어려서 헤어진 어머니의 모습은 알 수가 없다. 화자의 상실감은 어머니와 이별을 하게 되는 일에서 비롯한다. 어머니는 돌아가신 것이 아니라 그의 곁에서 그냥 사라진 것이다. 어머니는 화자의 곁을 떠났고, 화자는 어머니를 기억하지 못한 채 어머니라는 존재에 대한 관념만 지니고 있다. 사라진 어머니와 남겨진 화자 사이에는 다만 그리움과 아픔이라는 마음의 공동(空洞)만 존재할 뿐이다. 화자의 어머니에 대한 그리움은 다른 차원으로 전이된다.

시인은 「노르웨이 연어」를 통해 인생에서의 자유로운 영혼에 대한 신념을 독자와 공유하고자 한다.

북해 저 아득한 바다를 쏘다니다가
거친 파도를 뚫고 달려와 마침내
어판장 도마 위에 네 큰 몸을 눕혔구나.

싱싱한 먹이를 찾아 쉴 새 없이 움직이던
날카로운 주둥이가 이젠 굳게 닫혔지만,
아직도 매끈한 청비늘을 번쩍이며
네 부릅뜬 눈은 돌아갈 바다를 찾는구나.

노르웨이 연어라는 네 명찰에는
오십오만 원짜리 가격표도 선명한데,

네 평생의 노동과 사랑과 눈물을
심해 바닷물에 씻어서 잘 거두어놓았다만,

이리저리 해체당한 네 자유로운 영혼은 어디 갔는가?

고향 가는 길을 찾고 찾아 회귀하는
네 수다한 수고와 희생을
어찌 몇 접시 세상 값으로 매기겠는가?
　　　　　　　　　　　　　　　—「노르웨이 연어」 부분

　세계에서 연어 생산량이 가장 많은 국가가 노르웨이다. 그래서 '노르
웨이 연어'는 북해의 청정해역에서 갓 잡아 올린 싱싱한 연어의 생명력
을 떠올리게 만든다. 연어는 차고 푸른 바다에서 뛰놀고 싶어 하지만,
가을이 되면 제가 태어난 하천으로 올라와 몸 색깔이 홍자색으로 변하
면서 산란 후 죽는다. 연어의 일생은 슬픔이다. 회귀본능과 자식을 위
한 희생은 우리를 비감하게 만든다. 연어는 연분홍빛 기름기가 많고 살
이 부드러워 인기가 높은 바닷고기이다. 인간은 연어를 잡아 회를 뜨거
나 스테이크, 훈제, 소금 절임 등으로 요리하여 먹는다. 연어는 "적나라
하게 휘두르는 운명의 칼"에 의하여 "몇 덩이 살코기"로 남겨져서 "푸
르고 잔잔한 고향 바다"를 그리워한다. 한때는 80센티미터의 크기로 자
라 은색의 등 빛깔을 뽐내면서 바다를 헤엄치던 연어의 변모에서 우리
는 하나의 비장미를 느낀다. 화자는 '노르웨이 연어'에 자신을 투영한
다. 젊어서 자유로웠던 영혼과 육체는 갈가리 해체당하고 이제는 '오십
오만 원'이라는 가격표로 남은 연어처럼, 화자의 인생도 부끄러운 고백
으로만 남았다.

이리저리 비바람이 분다.
옷자락을 비집고 들어온 세찬 바람이

머리마저 산산이 쥐어뜯는다.
벌판에서 달리던 야성을 버리지 못하고
건널목까지 쫓아와 갑자기 성깔을 부린다.
마치 절망에 맞선 영화 속의 여인처럼
온통 허물어지는 내 운명을 추슬러보지만
결국 뒤집어진 우산마저 집어 던지고 만다.
쉴 새 없이 달려드는 비바람 앞에서
아침마다 다림질한 체면도 던져버리고
나는 갑자기 비장해진다.
입구도 출구도 없는 바람 앞에
누군들 시작을 따지고 끝을 따지겠는가?
차라리 인생의 황야를 달리는 무법자가 된다.

—「어느 날 아침」 부분

　세상은 고달프고 인생길은 신산(辛酸)하다. 화자는 고달픈 세상에 맞서 "온통 허물어지는 내 운명을 추슬러보지만" 결국 우산마저 뒤집혀 비바람에 고스란히 노출된 자신을 자각하게 된다. 결국 "쉴 새 없이 달려드는 비바람"에 부딪치면서 차라리 자신을 방기(放棄)하고 싶은 욕구에 "인생의 황야를 달리는 무법자"가 되기를 갈망한다. 시인은 '운명'이라는 단어를 자주 들먹인다. 「노르웨이 연어」와 위의 시에서 '운명'을 말하고 있다. 운명은 모든 사물을 지배하는 필연의 힘이다. 그것은 피할 수도 없고 거스를 수도 없는 절대적인 힘이다. 운명은 우리 인생을 결정한다. 그것에서 벗어나고자 하는 인간의 의지와 주어진 운명 사이에서 일어나는 길항(拮抗)이 그리스 비극을 비롯한 많은 문학작품의 주제가 되었다. 운명론은 인간의 심리 현상으로 다분히 인간적이다. 화자가 목회자의 신분이면서도 운명론자가 된 이유에는 어떤 충격적인 사건이 그 기저에 도사리고 있을 것이다.

　김창범 시의 뿌리가 사회비판에 있는 만큼, 시인은 오늘날의 역사적 사실을 외면하지 않는다. 시인은 운현궁을 지나면서 흥선대원군을 만난다. 대원군은 한때의 절대적인 권력자였다. 그는 안동 김씨의 세도 정치를 종식하고 사색을 고루 등용하는 정치적 혁신을 단행하였다. 국격을 드높이기 위해 임란 때 소실된 경복궁을 중창하였다. 절대적인 지도력을 가진 그는 혁명적 개혁 정신을 지니고 있었다. 누구보다 나라를 사랑하였고 백성들을 위할 줄 알았다. 그는 진정한 선도자였다. 시인은 오늘처럼 부도덕하고 부정직한 위기의 시대를 맞아 대원군 같은 지도자가 다시 나타나기를 기다린다. 곳곳마다 돋아나는 불의한 세력에게 필요한 것은 준엄한 호통이다.

　　　　낙원상가를 지나
　　　　북촌마을 쪽으로 가노라면
　　　　안국역에 미처 이르기 전에
　　　　열린 한옥 대문으로 안마당이 흘깃 보인다.
　　　　늙은 대감이 종을 부르며 기침하는 소리가 들린다.
　　　　짐짓 문을 밀고 들어서니
　　　　역사는 살아서 처마 밑에 매달렸고
　　　　조선의 사랑채가 한가롭게 가을비를 맞는다.
　　　　노인의 호령은 아직도 살아서
　　　　정갈하게 비질한 노안당(老安堂) 마당을 가득 채운다.
　　　　지금은 그저 지난 일이라지만
　　　　한 나라의 운명이 휘청대던 그날,

　　　　　　　　　　　　　　　　　　　　은유의 사회학

기왓장 틈으로 이끼들의 아우성이 들린다.

—「운현궁을 지나며」 부분

　시인은 역사적 장소에서 역사의 의미를 들려준다. '노인의 호령'이 들리는 듯하고 "역사는 살아서 처마 밑에 매달"려 있음을 느낀다. 시인은 요즘을 "한 나라의 운명이 휘청대던 그날"로 인식한다. 그래서 이 시대의 위기를 이겨낼 수 있도록 기왓장 틈으로 "이끼들의 아우성"이 들릴 것을 기다린다. 역사는 반복되나 나라의 주인은 오래된 이끼와 같은 백성이라는 사실을 증언한다. 그것은 외침이자 통렬한 경고이다.

> 증오가 정의 행세를 하고
> 탐욕이 정의 흉내를 내는
> 박제화된 정의의 촛불 앞에
> 그대들은 초라한 인생을 바치고도 아직 환희에 빠져있으니
> 그대들의 꿈은 어디쯤 달려가고 있느냐고
> 나는 그대들에게 묻고 싶다.
>
> 정의는 악을 분별하고
> 정의는 선한 역사를 지켜내고
> 정의는 순결한 희망을 소유하는 것.
>
> 무너진 거짓의 궁정에서
> 우상이 된 절대 정의를 향해 물결치는 위선을 보라.
> 그대들의 목소리는 음지의 버섯처럼 가득하지만,
> 나는 진정으로 되묻고 싶다.
>
> 그대들의 정의는 누구를 위한 것이냐고

그대들의 정의는 무엇을 위한 것이냐고
　　　　　　　　　　　　　　　　　　—「그대들의 정의에 대해」 부분

　시인은 '이 시대의 정의'에 대한 의문을 던진다. 정의의 가치는 변하지 않는다. "한 인간을 짓밟고/한 지도자를 몰아내고/한 나라 국민들을 꼭두각시로 만드는" 것은 결단코 정의가 될 수 없다. 지금은 '증오'가 정의 행세를 하고, '탐욕'이 정의 흉내를 내는 시대이다. 화자는 정의란 '악을 분별'하고 '선한 역사'를 지켜내고 '순결한 희망'을 소유하는 것이라고 단정한다. 그러나 그들의 정의는 "무너진 거짓의 궁정에서 우상이 된 절대 정의"를 향해 물결치는 위선임을 고발한다. 그들의 목소리는 거짓과 위선의 상징인 '음지의 버섯'으로 가득하다.

　원래 정의는 사회를 구성하고 유지하기 위해 사회 구성원들이 공정하고 올바른 상태를 추구해야 한다는 가치이다. 정의의 본질은 평등이다. 인류의 역사는 평등의 기치 아래 인간의 존엄성과 가치 창조를 위한 부단한 노력으로 일관되었다. 특히 정치의 역사는 자유를 위한 투쟁의 역사였다. 그러나 자유는 무한한 것일 수 없다는 판단 아래 권리는 존중되고 의무는 준수되어야 한다는 결론에 도달한다. 여기에는 일관된 하나의 원칙이 필요하다. 그렇지 않다면 권리와 의무가 수익자에 의해 자의적으로 운용될 수 있기 때문이다. 이것은 평등하지도 않고 자유롭지도 못하다. 이것을 제어할 수 있는 개념이 바로 정의이다. 그런데 오늘의 시대 상황은 수익자의 권리는 확대되고 그에 반하여 피수익자의 권리는 축소된다. 이것은 정의가 아니다. 여기에서 권리는 존중되고 의무는 준수되어야 한다는 정의의 본질을 말한다. 시 「광화문에서」는 그들만의 정의를 불식시키기 위한 태극기 행렬에 동참하자고 권유한다. 그

　　　　　　　　　　　　　　　　　　　　　　　　　　　은유의 사회학

것이 시인의 양식이며 종교인의 양심이다.

김창범의 시 정신은 연기의 상징화에 있다. 제1시집에 수록된 「아궁이」에서 비롯된 그의 시 정신은 제3시집의 「굴뚝 1」과 「굴뚝 2」로 연결된다. 그는 '연기'의 시인이다. 아궁이에서 시름과 한숨도 태운 연기가 작은 반란의 기치를 안고 굴뚝을 통해 하늘로 올라간다.

> 기차게 타네 들여다보면
> 들판도 골짜기도 깜깜하게 쥐죽은
> 하늘 위로 기차게 타오르네.
> 팔뚝 같은 게 이 골 저 골을 밀켜 올라가
> 후끈하게 엉덩짝을 들어 올리곤
> 벌겋게 솟아오르네.
> 땡볕같이 마른 흙바닥을 뒤집어서
> 거 참, 시름도 한숨도 타오르는 건가.
> 타올라 방구들 골골이 뜨거워지는 건가.
> 매운 눈을 연신 닦으며
> 들여다보면 가슴마저 뭉클해지네.
>
> ─「아궁이」 전문

이 작품의 인상은 툭툭 불거지는 생경한 언어에서 오는 신선함이다. 이 작품은 현실의 암울함을 태우고자 하는 마음을 불이라는 존재로 형상화하였다. 시인이 바라는 것은 "들판도 골짜기도 깜깜하게 쥐 죽은/ 하늘 위"로 불길이 기차게 타오르는 것이다. 그래서 '시름'도 '한숨'도 한꺼번에 타올라 '방구들' 골골이 뜨겁게 만들어준다. 아궁이는 불의를 이기는 불을 지피는 곳이다. 아궁이에 "부러져 말라버린 나뭇가지"(「봄의 소리」)로 불을 지펴야, '매운 눈'을 연신 비비면서 '가슴마저 글썽' 해지는 내일을 맞을 수 있는 것이다.

다음 작품은 시인이 당인리 발전소의 굴뚝에서 취재한 것이다.

> 방바닥 뒤로 굴뚝을 높이 세우는 것은
> 그저 초저녁 아궁이에서 불타던 열정을 추억하며
> 멀리멀리 그 뜨건 생각을 피워 올리려는
> 일상 속의 작은 반란이다.
> 당초에는 어둑한 부뚜막 앞에서 떨던 궁상이지만,
> 어느새 연기가 연기의 꼬리를 잡고 뒤따라와
> 쉴 새 없이 흔드는 저것은 자유의 함성이다.
> 그렇다. 몸부림치는 하얀 연기들을 보라.
> 세상에서 몰려나온 모든 연기들이
> 마침내 하늘로 끌려가고 있다.
> 하얗게 표백된 몸으로 고함치고 있다.
> ―「굴뚝 2」 부분

연기는 낮아지려는 습성이 있다. 그래서 우리는 굴뚝을 세운다. 연기를 높이 피워 올리기 위해서는 굴뚝을 높여야 한다. 굴뚝에서 피어오르는 하얀 연기는 '자유의 함성'이다. 그리하여 자유로운 영혼은 연기처럼 마침내 하늘로 끌려 올라간다. 시인 김창범은 굴뚝의 연기처럼 하늘로 올라가며 '자유의 함성'을 내지르면서, 기억 너머 이 아픔의 흔적들을 벗어나 환희를 맛보려 한다. 아궁이의 불이 굴뚝의 연기가 되기까지 반세기가 흘렀다. 그러나 그 시간 동안 변한 것은 아무도 없다.

은유의 사회학

제3부

황순원 단편소설의 다면성

1. 머리말

많은 사람들이 작가 황순원(1915~2000)의 이름을 기억하는 것은 「소나기」나 「별」, 「학」, 「목넘이마을의 개」, 「독 짓는 늙은이」 등과 같은 작품들을 통해서일 것이다. 이 작품들은 국어나 문학 교과서 등을 통해, 누구나 한 번쯤 접한 작품들이기 때문이다. 따라서 황순원의 작품들에 대한 대중적인 이미지의 많은 부분은 대개 이러한 작품들에 의해서 형성된 것이라고 보아야 할 것이다. 어쨌든 이러한 작품들에 의해 형성된 황순원 문학에 대한 대중적 선입견은, 그의 문학을 대체로 깔끔하고 시적인 문체나 결벽에 가까운 미학적 순수성의 이미지와 연관 지어 바라보는 경향이 지배적인 듯하다. 황순원은 자신의 문학 활동을 통해 꾸준히 변화를 시도해온 작가이면서도 동시에 변하지 않는 자기만의 세계를 지속해온 작가 가운데 한 사람이다. 한국 산문문학의 전범으로 평가되는 소설 문장의 탁월한 미학적 완결성과 더불어 좀처럼 과도한 감정에 흐르지 않는 엄격한 작가로서의 자세는 황순원 문학의 일반적 특성이라고 할 수 있다. 이 때문에 그의 작품들은 극적인 사건을 다루거나 역동적인 전개를 보여주는 대신에 마치 한 폭의 수채화를 보는 듯한 정적인 모습을 띠고 있다. 황순원 문학의 이러한 특징은 서사 전개 면에서 세부 묘사를 과감하게 생략하는 대신 그걸 비유적이나 상징적 이미지로 정제함으로써 함축적 표현 효과를 노리고 있다. 또 역사적 사건이나 현실에서 일정한 거리를 유지하여 삶의 순수함이나 아름다움을 향한 욕구를 드러내는 것이 그의 문학적 특성 가운데 하나이다.

작가 황순원은 85년이란 짧지 않은 생애를 살면서, 우리 조국의 격변기를 겪으면서, 시 104편, 단편소설 104편, 중편소설 1편, 장편소설 7편 등 모두 110여 편의 작품을 남겼다. 작가의 긴 생애를 보면 그리 많은 양의 작품이라고 하긴 어렵지만, 그 작품들은 대부분 우리 문학사에 있어 중요한 위치를 차지하고 있다. 여기에서 우리는 황순원의 소설 가운데 그의 문학적 특성이 비교적 잘 드러난 단편소설을 중심으로 하여 그의 작품 세계를 살펴보기로 한다.

2. 작가의 생애

황순원은 1915년 3월 26일 평안남도 대동군 재경면 빙장리 1175번지에서 태어났다. 그의 부친은 평양 숭덕소학교 교사로 있으면서 3·1운동 때 태극기와 독립선언서를 평양 시내에 배포한 일로 1년 6개월 동안 옥살이를 하기도 한다. 1921년 만 6세 때 가족 전체가 평양으로 이사하고, 만 8세 때 숭덕소학교에 입학한다. 유복한 환경에서 예체능 교육까지 따로 받으며 자랐다. 1929년 평양 숭덕소학교를 나와 같은 해 오산중학교에 입학, 다시 평양 숭실중학교로 전학했다.

　그는 문학생활을 시로 출발했다. 16세 때인 1930년부터 시를 짓기 시작, 이듬해 시「나의 꿈」, 「아들아 무서워 말라」를 『동광』, 「묵상」을 『조선중앙일보』에 발표하며 등단했다. 1934년 숭실중학교를 졸업한 뒤 일본 도쿄 와세다 제2고등학원에 입학했다. 이해 도쿄에서 이해랑·김동원 등과 함께 극예술연구단체인 '동경학생예술좌'를 창립하였으며, 1935년 동인지 『삼사문학』의 동인으로 참가하였고, 다음해 와세다 제2고등학원을 졸업하고 와세다대학 문학부 영문과에 입학하면서 모더니즘의 영향이 짙은 시를 발표하는 한편 『창작』 동인으로 시와 소설을 발표했으며, 1939년 와세다대학을 졸업했다. 그리고 1940년 단편집 『늪』을 발간하면서 본격적인 소설가의 길을 걷기 시작한다. 그리고 1941년에 단편「별」, 1942년 단편「그늘」을 발표하였다. 그리고는 일제의 한글말살 정책에 의해 작품 발표의 기회를 얻지 못한 채 고향으로 내려간다. 일제의 간섭을 피해 1943년부터 고향 빙장리에 머물러 있던 황순원은 해방되고 9월에 평양으로 돌아가지만, 곧 공산 치하에서 지주 계급으로 몰려 신변의 위협을 느낀 나머지 이듬해 가족들과 월남한다. 그러면서 작품을 계속 집필하여 이 기간 중에 단편「노새」, 「맹산할머니」, 「독 짓는 늙은이」 등을 창작하는데, 이 작품들은 해방 후에야 빛을 볼 수 있었다.

　월남한 후 서울고 교사로 취임한 그는 계속하여 단편「목넘이마을의 개」 등과 장편 『별과 같이 살다』 등을 발표한다. 1950년 6·25전쟁이 발발하여 부산으로 피난하였다. 1955년 장편 『카인의 후예』로 자유문학상 수상한다. 이해 서울고 교사를 그만 두고 경희대 강사를 지내다가 1957년 경희대 국문과 교수로 취임한다. 경희대에서는 특별한 보직 없는 평교수로 23년 6개월을 봉직하고 또 말년까지 계속 명예교수로 있었다. 이 시기에 단편집『잃어버린 사람들』과『너와 나만의 시간』,『탈』, 장편『나무들 비탈에 서다』,『움직이는 성』,『신들의 주사위』등 활발한 작품 활동을 이어갔다. 1961년 장편『나무들 비탈에 서다』로 예술원상을 수상하고, 1964년에 서울시문화위원, 예술원 회원이 된다. 장편『신들의 주사위』로 1983년 12월 대한민국 문학상 본상을 수상한다. 단편집으로는『늪』(한성도서, 1940),『목넘이마을의 개』(육문사, 1948),『기러기』(명세당, 1951),『곡예사』(명세당, 1952),『학』(중앙문화사, 1956),『너와 나만의 시간』(정음사, 1964),『탈』(문학과 지성사, 1976) 등이 있고, 장편소설은『별과 같이 살다』(정음사, 1950),『카인의 후예』(중앙문화사, 1954),『인간접목』(중앙문화사, 1957),『나무들 비탈에 서다』(사상계사, 1960),『일월』(『현대문학』1962. 1~1965. 1 연재),『움직이는 성』(삼중당, 1973),『신들의 주사위』(『문학사상』 1981. 8~1982. 5 연재) 등이 있다. 1985년에 그의 작품을 한데 묶어『황순원전집』(전12권)이 문학과지성사에서 간행되었다.

　1985년에 고희 기념으로 낸『말과 삶과 자유』는 수필류를 쓰지 않은 황순원 문학에서는 보기 드문 산문집으로, 그의 인생관, 문학관, 미래관 등을 엿볼 수 있는 짧은 산문들로 채워져 있다. 예술원 원로회원을 역임했고, 아시아 자유문학상, 예술원상, 3·1문학상, 인촌문학상 등을 수상하였다. 2000년 9월 14일 사당동 자택에서 85세의 나이로 타계하였다. 9월 16일 금관문화훈장이 추서되었다. 시인 황동규는 그의 장남이다.

　　　　　　　　　　　　　　　　　　　　　　　은유의 사회학

3. 단편소설의 세계

1) 입사담 문학 -「별」,「소나기」

입사(initiation)란 사람이 성장하면서 새로운 사회로 편입함을 뜻한다. 새로운 사회에 편입하기 위해서는 성장통을 겪게 마련이다. 입사담 소설은 그런 성장통의 이야기를 소설화한 것이다. 황순원의 소설 가운데 입사담 문학으로는 「별」(『인문평론』, 1941)과 「소나기」(『신문학』, 1953) 등을 들 수 있다. 「별」은 죽은 어머니의 이미지를 찾아 헤매는 한 소년의 심리적 방황을 그린 단편이다. 어렸을 때 여읜 어머니의 아름다운 이미지를 찾아 헤매는 아이는 현실 속에서 어머니의 영상을 찾으려는 강한 집념에서 벗어나지 못한다. 그러나 그것은 실현될 수 없는 꿈이다. 그러다가 미움의 대상이었던 누이의 죽음을 계기로 자신에 대한 누이의 참사랑을 인식하게 된다. 그것은 아이의 의식의 성장을 의미한다. 이런 측면에서 이 작품은 성장소설이라 할 수 있다.

이 작품은 외면적으로 드러나는 사건보다는 주인공인 아이의 내면적 심리의 추이(推移)에 초점을 맞추어 이야기를 진행시키고 있다. 외면적으로 나타나는 사건은, "누이가 어머니를 닮았다"는 말을 듣고 누이를 미워한다. 그래서 누이가 만들어준 인형을 묻어버린다. 아이는 누이를 죽이고 싶은 충동을 느낀다. 그런데 누이가 시집을 가서 죽는다. 아이는 누이가 준 인형을 찾으려고 한다. 이 외면적 사건들은 아이의 내면적 심리가 원인이 되어 나타나는 결과이며, 또 그것을 바탕으로 할 때 비로소 의미를 갖게 되는 사건 단위들이다.

누이를 미워하고 누이가 만들어준 인형을 땅에 묻어버리는 행위는 현실적으로 결핍된 모성에 대한 간절한 그리움의 악의적인 보상심리로 볼 수 있다. 그러나 누이가 시집을 가고 또 얼마 있지 않아 죽은 뒤에야 아이는 누이의 사랑을 새삼 깨닫게 되고 그 누이도 이제 하나의 별로서 아이의 가슴에 새겨지게 된다. 아이는 애써 누이의 죽음을 부정하려 하지만 이미 누이는 또 하나의 별이 되고 말았다. 그 별은 아이의 영원한 그리움이자 그를 성숙하게 하는 아름다운 상처이기도 한 것이다. 결국, 아이에게는 같은 의미를 지닌 두 개의 별이 생긴 셈이다. 아이는 심술궂은 만큼 순수하다. 중학생이 된 아이는 좋아하는 여학생의 조숙한 눈에서 음란한 빛을 느끼고 여학생을 피한다. 그의 심술은 버릇이 되고 악을 위한 악에 접근한다. 밤하늘의 별 중 하나가 어머니라는 생각이 들어 수많은 별을 뒤지기도 한다. 그 별은 죽은 어머니다. 아이가 어머니에게서 느끼는 것은 순수성이다. 그 순수성은 육친 간의 사랑만 결부되는 것은 아니다. 언젠가는 더 넓은 사랑으로 발전할 가능성이 있다. 이 작품의 분위기는 신선하다. '별'은 사랑의 광원(光源)이다. 아이는 자라서 사랑의 광원 역할을 담당하는 사람으로 성장할 것이다.

작품 「소나기」는 흔히 '소년 소녀의 순수한 사랑'이 그 주제라고 말한다. 그러나 일견 단순해 보이는 이 소설 속에는 '소년 소녀의 순수한 사랑 이야기' 외에 또 다른 일면을 가지고 있다. 시골 소년이 개울가에서 피부가 하얀 서울에서 이사 온 소녀를 본다. 소년은 왠지 부끄러워서 소녀가 갈 때까지 기다리는데 소녀는 항상 개울가에 앉아서 쉽사리 비켜주질 않았다. 어느 날 개울가를 지나는데 소녀가 보이지 않는다. 소년은 소녀가 앉아 있던 자리에 앉아 소녀처럼 물을 한번 움켜잡아본다. 그때 소녀가 나타나 조약돌을 집어 던지며 "이 바보"라고 말한다. 소년은 허겁지겁 도망간다. 코에서 코피가 나는 것도 모르고 뒤에서 자꾸 소녀가 "이 바보"라고 소리치는 것 같았다. 다음 날 소년은 소녀가 갈꽃

은유의 사회학

을 꺾고 있는 것을 본다. 넋을 놓고 소녀를 훔쳐보고 있던 소년은 어느 샌가 자신 앞에 서 있는 소녀를 보고 놀란다. 그런데 소녀는 소년에게 조개를 내밀며 조개의 이름을 물어본다. 소녀는 저 산 너머에 가본 적이 있냐고 묻는다. 산 너머 가는 길에 논밭에서 허수아비를 흔들고 꽃을 꺾으며 소녀는 즐거워한다. 집에 오는 도중 먹구름이 끼더니 소나기가 온다. 소년과 소녀는 원두막에 들어갔다가 다시 비를 확실하게 피할 수 있는 움집으로 들어간다. 소년은 밖에서 비를 맞고 소녀는 움집 안에서 소년의 외투를 걸치고 입술이 파래져서 떨고 있다. 다음 날 소년은 소녀를 볼 수 없었다. 그러다 어느 날 난데없이 소녀가 나타난다. 소녀는 아팠다고 말한다. 소녀는 얼마 후 양평으로 이사 간다고 이야기한다. 어느 날 밤 소년은 잠결에 "그 집도 참 가엾게 되었어. 두 아들이 모두 죽더니만, 하나 남은 것마저 끙끙 앓는 것을 보고 돈이 없어 약도 제대로 못 써보고 죽게 되다니, 그런데 그 계집애 어린 것이 여간 잔망스럽지가 않아. 글쎄 자기가 땅에 묻힐 때 꼭 자기가 입고 있던 스웨터를 입혀서 묻어달라고 하지 않았겠어."라는 아버지의 이야기를 듣는다. '입고 있던 스웨터'는 소년과 소녀의 사랑이 깃들어 있는 물건이다. 소녀는 소년의 사랑을 끝까지 가지고 가겠다고 유언을 한 것이다. 이 작품은 부사, 형용사, 접속어를 최대로 절제한 간결한 문장, 작품 전체의 분위기를 아이들의 눈높이 맞춘 문체적 효과가 매우 뛰어난 작품으로 평가받는다. 작품 속에 나오는 소년의 구릿빛 얼굴과 창백하고 하얀 소녀의 얼굴이라는 대립적 이미지는 시골과 도시, 자연과 문명, 건강과 허약, 삶과 죽음이 의미의 대립항이 존재하고 있음도 유의해야 한다. 이런 의미에서 우리는 소녀의 죽음 이후 소년은 아마도 우울한, 눈빛이 한층 깊어진 아이로 성장했을 것이라는 추측이 가능하다.

2) 강인한 생명력-「목넘이마을의 개」

「목넘이마을의 개」(『개벽』, 1948)는 우화소설이다. 마을을 벗어나 어디를 가려도 고개를 넘어야만 했다. 동서남북 모두 산으로 둘러싸여 어디를 가려도 산목을 넘어야만 했다. 그래서 목넘이마을이라 불렀다. 어느 날 이 목넘이마을에 신둥이라는 개 한 마리가 흘러들어온다. 아마 서북간도 이삿꾼이 버리고 간 것으로 짐작된다. 신둥이는 방앗간 풍구 밑에서 자리를 튼다. 신둥이는 큰동장네 검둥이와 작은동장네 바둑이가 먹다 남긴 밥으로 연명한다. 그러다가 '미친가이'라 하여 동네 사람들에게 쫓겨 뒷산으로 도망친다. 그러다가 낮이 밝으면 다시 마을로 내려와 검둥이, 바둑이, 간난이네 누렁이가 남긴 밥그릇을 핥아 먹다가 다시 사람들에게 쫓겨 달아나기를 거듭한다. 그러다가 다시는 마을에 내려오지를 않고 산속에서 숨어 지내는데, 곁에는 검둥이, 바둑이, 누렁이와 함께 있는 게 발견되었는데, 이틀 만에 검둥이들은 돌아왔지만 계속 잠만 잤다. 동네 사람들은 이놈들도 미쳤다고 하여 차례로 올가미로 목을 달아 죽였다. 그리고 두 마리의 개로 큰동장네 밤나무 밑에서 토장국을 끓였다. 이웃마을의 권돌동장과 박초시도 초대되어 개고기 파티를 즐긴다. 신둥이는 밤이 되면 다시 마을로 내려와 먹을 것을 찾아먹고는 방앗간 밑에서 잠을 자기 시작했다. 마을사람들은 신둥이를 때려죽이겠다고 저마다 몽둥이를 하나씩 들고 나왔다. 마을 사람들에게 포위당한 신둥이는 간신히 몸을 피해 산으로 달아난다. 한 달 뒤쯤 겨울 준비를 위해 나무를 하려고 산에 올라간 간난이 할아버지는 신둥이와 다섯 마리의 새끼를 발견한다. 태어난 지 스무 날쯤 되어 보이는 강아지들은 누렁이, 검둥이, 바둑이가 섞여 있었다. 신둥이와 새끼들을 발견한 간난이 할아버지는 끈질긴 생명에 대한 외경감을 느끼는 한편 오늘 본

은유의 사회학

일은 아무한테나, 집안사람한테도 이야기 않으리라 마음먹었다. 간난이 할아버지는 가끔 보리범벅을 새끼들에게 갖다 주면서, 곱단이네, 절골 아무개네, 서젯골 아무개네 들에게 얻어온 새끼라면서 신둥이가 낳은 강아지 다섯 마리를 갖다 준다. 현재 목넘이마을에서 기르는 개들은 모두 신둥이의 후손이다. 이상이 이 소설의 액자 형태인 신둥이의 이야기다. 주인공 나는 중학교 2, 3학년 때 외가가 있는 목넘이마을에 가서, 간난이 할아버지와 김 선달에게 신둥이의 이야기를 듣는다. 사냥꾼의 총에 맞아 죽었다는 소문이 들린다. 간난이 할아버지는 신둥이를 이해하는 유일한 인물이면서 신둥이 이야기를 나에게 들려주는 사건의 전달자 역할을 한다. 이 소설의 주제는 모진 고난과 박해 속에서도 결국 새끼를 낳고, 그로부터 씨를 퍼뜨린 신둥이 이야기를 통해 우리 민족의 강인한 생명력을 표상한다. 신둥이를 핍박하고 죽이려 드는 인물인 큰동장과 작은동장은 당시 우리 민족을 억압하던 일제를 상징한다고 볼 수 있다.

3) 전통에 대한 회고 – 「독 짓는 늙은이」

「독 짓는 늙은이」(『문예』, 1950)는 1944년에 창작되었으나 1950년이 되어서야 발표된 작품이다. 송 영감은 독 짓는 늙은이로서, 독 짓는 일을 평생의 직업으로 삼아 가난하게 살아왔는데, 지금은 병든 몸이다. 그런데 송 영감의 아내는 병든 남편과 아들을 버리고 여드름 많던 조수와 함께 달아나버렸다. 그래서 송 영감은 꿈속에서조차도 도망간 아내에 대한 분노를 삭이지 못한다. 도망간 아내에 대한 분노가 치밀어 오를수록 아들 당손에 대한 애정은 깊어간다. 송 영감은 조수가 이 가을 마지막 가마에 넣으려고 지어놓은 독을 깨버리고 싶은 충동을 강하게 느끼지만, 당장 자기네 부자가 먹고 살아가기 위해서 다시 독을 굽기로 작정한다.

송 영감은 독을 서둘러서 구워야겠다는 강박관념과 독을 지을 때마다 도망간 아내와 조수의 얼굴이 떠올라 일이 제대로 되지 않는다. 쇠약해진 몸으로 한 가마의 분량을 채우기 위해 독 짓기를 계속하지만 지쳐 쓰러지기가 일쑤이다. 왱손이가 이겨준 흙으로 중옹 몇 개를 짓다가 아내와 조수를 떠올리고서는 마무리전을 잘 잡지를 못하고 독 옆에 쓰러지고 만다. 쓰러졌던 송 영감이 정신을 차린 것은 저녁 무렵이었다. 당손이는 아버지가 깨어나자, 이웃에 사는 앵두나뭇집 할머니가 준 밥그릇을 내민다. 송 영감은 당손이에게 누가 거랑질해 오라고 했냐며 화를 벌컥 낸다. 그러나 하루 종일 아무것도 입에 대지 않은 것을 생각하고는 애와 함께 밥을 먹는다. 다음 날 앵두나뭇집 할머니는 미음 사발을 들고 송 영감을 찾아온다. 그리고 송 영감이 미음조차 잘 넘기지 못하는 것을 보고는 송 영감이 죽을지도 모른다는 생각에 당손이를 다른 집에 보낼 것을 권한다. 그러나 송 영감은 자기 눈에 흙이 들어가기 전에는 그렇게 못한다면서 쓰러져 있던 사람 같지 않게 고함치며 앵두나뭇집 할머니를 쫓아낸다.

날이 갈수록 송 영감은 독 짓는 시간보다 자리에 쓰러져 있는 시간이 많았지만, 한 가마의 독만 채우면 겨울 양식과 내년의 밑천이 나올 수 있다는 생각에 마음이 조급해진다. 왱손이의 도움으로 독을 말리고 굽기 시작한다. 독을 굽는 불길이 시작되었다. 송 영감은 앉았다 누웠다 하며 불질을 계속했다. 그런데 독이 튀기 시작했다. 살펴보니 튀는 독은 자기가 빚은 독뿐이고, 도망간 조수가 만들어놓았던 독은 그대로다. 어둠 속에서 송 영감은 또 다시 쓰러지고 말았다. 회생할 수 없을 만큼

은유의 사회학

몸이 쇠약해지고 죽음을 예감한 송 영감은 급기야 아들 당손이를 다른 집에 양자로 보내기로 결심한다. 당손이는 앵두나뭇집 할머니에게 끌려갔다.

당손이를 떠나보내기 위해서 죽은 체를 하고 있던 송 영감은, 아들을 보내고 나자 그 허전함과 주변에 지어놓은 독이 하나도 없는 공허가 가슴에 깃들자 독가마를 떠올린다. 그리고는 자신의 생명을 마지막으로 발산하려는 듯 독가마 속으로 들어가 흩어진 돌조각 위에 단정히 무릎을 꿇고 앉는다. 먹고살기 위해 병든 남편과 아이를 버리고 떠난 아내의 행위는 냉혹한 자본주의 사회의 가난한 현실상황 앞에 모성이라는 정신적 가치가 물질적 가치에게 지고 마는 비극적 행위인 것이다. 이러한 행위를 낳은 자본주의의 모습은 송 영감에게 자신의 가정을 무참히 빼앗아버린 그 아들 같은 조수로 형상화된다. 따라서 송 영감은 조수에게 큰 적대감을 느끼는 것이다. 이러한 상황 속에서도 송영감은 독 짓는 일을 그만두지 않는다. 송 영감에게 독 짓는 행위는 자존심이며 희망이다. 또한 아들과 함께 살아갈 수 있는 마지막 벌이 수단임과 동시에 근대적 세계에 맞설 수 있는 힘과 같은 것이다. 또한 이 독이야말로 송 영감의 정체성을 찾을 수 있는 대상이다. 이 작품 속에서 작가는 독을 짓는 과정, 전문용어 등에 대한 공부의 노력이 엿보인다. 그것은 장편 『일월』에서 백정들의 풍습에 대한 고찰이 잘 드러난 것과 같이 사실주의 작가들이 보여주어야 할 마땅한 창작 태도인 것이다.

4) 역사의 굴레 - 「곡예사」, 「학」

「곡예사」(『문예』, 1952)는 6·25전쟁을 무대로 한다. 6·25와 관련된 작품은 황순원의 문학에서 적지 않은 비중을 차지하고 있다. 「메리 크리

스마스」,「어둠 속에 찍힌 판화」,「학」 등이 이 범주에 속하는 작품들이다.「곡예사」는 주인공 '황순원'이 전쟁 중 가족을 이끌고 피난지에서 거처할 곳을 찾아 헤매는 과정을 그리고 있다. 가장은 가장대로 가족이 편히 잘 수 있는 방을 구하기 위해, 아이들은 아이들대로 먹을 것을 구하기 위해, 온 가족이 생존 경쟁의 시장에 나선다. 피난민 가족이 전쟁이라는 특수한 상황 속에서 최소한의 일상적 삶을 유지하기 위해 경험해야 했던 일들이 담담하게 서술되어 있다. 현실에서 겪어야 하는 고초와 다른 사람들의 이기심에 대한 분노를 의식적으로 넘어서려는 노력이 삶은 곧 곡예라는 정의로 나타난 것이다. '곡예사'라는 단어는, 가슴 속에 어떠한 분노나 고통을 안고 있다 하더라도 무대 위에 올라서게 되면 갖은 재주로써 관객을 웃기고 즐겁게 해 주어야 하는 서글픈 운명을 떠올리게 한다. 삶의 무대 위에서 주어진 배역을 당당하게 수행해내겠다는 태도야말로 생존의 벼랑에 몰린 '황순원' 가족의 유일한 선택이었다. 작중인물의 이름이 작가 자신의 이름과 동일한 것에서도 알 수 있는 것처럼 이 작품은 다분히 자전적인 내용을 담고 있다. 거세게 밀어닥치는 역사의 물줄기 앞에서 작자는 허구의 공간 속에 상상력을 펼칠 여유를 갖지 못한 것이다. 작자는 6 · 25라는 공동 경험을 개인의 차원에서 수습하고 있을 뿐 역사의 흐름에 정면 대결할 엄두를 내지 못하고 있다. 자신의 삶을 뿌리째 뒤흔들어놓은 근원적인 역사적 상황에 대한 성찰도 분노도 나타나 있지 않다.「곡예사」에서 노출되었던 개인주의적인 안목이 어느 정도 극복되고, 이 작품에서는 나타낼 수 없었던 역사의식, 시대의식이 소생하는 것은 전쟁이 끝난 이후의 일이다. 『카인의 후예』,『인간접목』,『나무들 비탈에 서다』 등의 장편이 그 성과이다.

작중화자인 나는 대구 모 변호사 댁 헛간에 살고 있던 가족을 만나 함

은유의 사회학

께 지내게 된다. 그 집 주인의 장모 되는 노파는 매우 몰인정한 인물로서 피난민의 사정을 전혀 고려해주지 않는다. 물 사용을 규제하고 자기 집 변소를 사용하지 못하게 하는 것이다. 나의 가족은 그 집에서 쫓겨난 후, 대구 시내에서 전전하다가 부산으로 내려간다. 처제가 있는 변호사 집에 있으려고 한 것인데, 여기서도 방을 비워달라는 재촉을 받게 된다. 갈 곳이 없는 나의 가족은 눈치를 받아가며 하루하루를 보내게 된다. 어느 날 나는 아들 규아를 목마 태우고 오면서 중심을 잡으려 애쓰는 자신이 바로 곡예사라고 생각하며 다음과 같이 기원한다.

> 그래 마음대로 너희의 재주를 피워 보아라. 나는 너희가 이후에 오늘의 이 곡예를 돌이켜 보고, 슬퍼해 하는지 웃음으로 돌려버리는지 어쩔지, 울었는지 어쨌는지를 몰라도 좋은 것이다. 그저 원컨대 나의 어린 피에로들이어, 너희가 이후에 각각 자기의 곡예단을 가지게 될 적에는 모쪼록 너희들의 어린 피에로들과 더불어 이런 무대와 곡예를 되풀이하지 말기를 바란다.

「학」(『신천지』, 1953)은 매우 짧은 단편소설이지만 담긴 주제는 가볍지 않다. 소설은 6·25전쟁 후에 38선 근처에 살았던 같은 동네 친구였던 성삼이와 덕재가 만나게 되는 상황을 보여준다. 남쪽 치안대장이 된 성삼이가 이북에서 농민동맹 부위원장을 지내다가 붙잡혀 포승에 묶여 있는 덕재를 만나게 된다. 성삼이가 덕재를 청단까지 데리고 가기로 했다. 성삼이는 덕재를 끌고 가면서 어렸을 적 추억을 떠올린다. 호박잎 담배를 나눠 먹던 일과 혹부리 할아버지네 밤을 훔치러 갔던 일들이다. 성삼이는 "이 자식아, 사람을 몇이나 죽였냐?"라고 묻는데 덕재는 "그래 너는 사람을 그렇게 죽여봤니?"라고 되묻는다. 성삼이는 덕재가 단지 자신의 의사나 이념과 관계없이 어쩔 수 없이 농민부위원장이 된 것을 확인한다. 성삼이와 덕재는 본인의 의지와는 관계없이 사상을 택해야 했다. 그러나 두 사람은 예전에 학을 잡던 추억을 떠올리면서 그들이 변하지 않았음을 확인하게 된다. 아버지가 앓아누워 거동을 못 한다는 사연, 어릴 적 함께 학을 잡으러 다닌 기억, 덕재가 꼬맹이와 결혼하여 올가을에 아기를 낳게 되다는 이야기를 통해 성삼이와 덕재 사이의 우정을 새삼 깨닫게 만든다. 성삼이는 덕재의 포승을 풀어준다. 그리고 학 사냥을 하자고 제안한다. 이는 덕재를 방면하려는 마음에서 나온 행동이다. 여기에서 작가는 우리에게 가장 중요한 것이야말로 이데올로기가 아닌 사랑, 우정 등의 인간적인 가치라는 것을 알게 해준다.

5) 설화의 현대적 변용－「비늘」

그의 많은 단편소설 가운데 주목할 만한 작품의 수는 매우 많지만, 그 가운데 「비늘」만큼 완성도가 높은 작품은 찾기 어렵다는 게 필자의 생각이다. 「비늘」은 『현대문학』에 발표된 작품으로 매우 독특한 소재를 가지고 있다. 「비늘」은 「명주가」를 소설의 복선으로 차용한다.

일설에 의하면 「명주가」는 신라 진평왕 때 김무월랑(金無月郎)이 지었다고 알려진 가요이다. 원가(原歌)는 전하지 않고 작품명과 전승설화가 『고려사』 악지, 『증보문헌비고』 권106 악고 17 속악부, 강릉김씨파보(江陵金氏派譜), 강릉김씨세계(江陵金氏世系) 등에 전한다. 문헌에 따라 제작 연대와 작자가 다르게 나타난다. 『고려사』에 의하면, 작자는 설화의 주인공으로 등장하는 서생이며, 시대는 고구려로 보았다. 이와 달리 『증보문헌비고』에서는, 명주(溟州)는 고구려의 지명이 아니고 신라 때 개칭한 지명이므로 신라의 가요로 볼 수 있다고 하였다. 또 설화의 내용에 나오는 과거제도가 신라에는 없었기 때문에 고려의 노래가 아닌가도 의심하고 있다. 이 경우도 작자는 설화의 주인공으로 등장하는 서생이다. 그러나 강릉김씨파보나 강릉김씨파보의 설화 내용으로 판단해볼 때 작자는 설화의 주인공인 신라 진평왕 때 사람 김무월랑으로, 이에 따라 작품의 시대도 신라가 된다. 이상과 같은 작자와 연대가 불분명함에도 불구하고 「명주가」와 관련된 전승설화의 내용은 대체로 일치한다.

강릉김씨파보에 전하는 설화의 내용은 다음과 같다. 신라 중엽 강원도 명주(지금의 강릉) 남대천(南大川) 남쪽 연화봉 밑에 서출지(書出池)라는 연못이 있고, 그 못가에 박연화(朴蓮花)라는 예쁜 아가씨가 살고 있어 날마다 못가에 나와 고기에게 밥을 던져주었다. 이렇게 몇 해를 지내자 고기 떼는 연화의 발걸음 소리만 나도 물 위로 떠올라 모여들었다.

어느 봄날 하루는 연화가 못가에 나와 있으려니까 웬 서생이 자기를 보면서 못가를 서성이고 있었다. 여러 날이 지나 그 서생이 한 장의 편지를 떨어뜨리고 가므로 이상히 여겨 주워보니 그것은 자기에게 사랑을 고백한 내용이었다. 서생의 이름은 무월랑이었다.

다음 날 답장을 썼는데, "부모가 계시기 때문에 여자로서는 아무렇게 경거망동할 수 없습니다. 부디 당신이 저를 사랑하신다면 더욱 글공부에 힘써서 입신양명을 하시면 그때 부모의 승낙을 받아서 당신의 아내가 되겠습니다."라는 내용이었다. 그 말에 감동된 무월랑은 서라벌로 가 열심히 학문에 전념하였다.

한편 연화의 집에서는 나이가 과년하므로 혼처를 정하고 오래지 않아 날을 받아 성례를 시키려 하였다. 그를 안 연화는 편지를 써가지고 못가에 나와, "너희들은 오랫동안 내 손에 밥을 먹고 자라왔으니 내 간절한 사정을 서라벌로 간 뒤 한 장의 편지조차 없는 낭군에게 전해다오."

라고 사람에게 말하듯 하면서 그 편지를 물 위에 던졌다. 그러자 그중에 가장 큰 잉어가 편지를 물고 물속으로 들어가버렸다.

한편 서라벌에 온 무월랑은 어느 날 어머니에게 드리려고 큰 물고기 한 마리를 사 와서 배를 갈랐다. 이상스럽게도 그 속에 편지 한 장이 있어 떼어보니 분명 연화가 자기에게 보낸 급한 사연이었다. 이를 보고 무월랑은 자기 부모에게 자세한 이야기를 하고 그길로 명주로 말을 달렸다.

명주에 도착하니 마침 새신랑이 문으로 막 들어가려는 순간이었다. 급히 가로막고 연화의 부모를 불러 그들의 진실한 사랑 관계를 이야기하였다. 연화의 부모가 이르기를, "이 지극한 정성이야말로 진정 하늘까지 뜻이 통할 만한 일이다."라고 하면서 새신랑을 보내고 무월랑을 맞아서 사위로 삼았다.

실제로 주인공 무월랑은 족보에 명시된 대로 신라 때 시중(侍中) 벼슬까지 지냈고 사후에 왕으로 추존된 사람으로, 그 시대와 인물이 밝혀졌다. 강릉 남대천에는 당시의 서출지까지 보존되어 있으며, 그곳에는 얼마 전까지만 해도 무월랑의 '월(月)'자와 연화의 '화(花)'자를 딴 '월화정(月花亭)'이 있어 이 설화가 사실임을 입증해주고 있다.

이 설화는 잉어가 자기에게 먹이를 주어 길러준 주인의 은혜에 보답하기 위하여, 자기를 희생하여 주인의 편지를 전달해주고 있다는 점에서 보은설화의 한 유형을 보이고 있다.

설화에 비해 소설 「비늘」에는 설화에서처럼 잉어가 등장하지만 그 전개는 다르다. 소설은 1인칭 시점으로 서술자는 나다. 나는 낚시를 위해 경포대를 여행하던 중 한 어부의 소개로 호숫가 조촐한 집에 묵게 되었다. 어부였던 그 집 남자 주인은 병을 얻어 죽었고, 미망인과 딸 은영이가 살고 있었다. 이 집에서 여러 날을 묵게 되면서 모녀와 정이 들게 된다. 나는 모녀와 많은 대화를 나누었고, 내가 경포호수에서 잡은 잉어를 은영이가 요리를 하곤 했다. 그러다가 나는 서울로 돌아왔다. 서울로 돌아와 1년이 지난 어느 날 은영이로부터 편지가 왔다. 그것은 내가 금촌 근처에서 잉어를 잡아 회를 쳐서 먹은 지 이틀 후이다.

> 깜빡 졸았어요. 보통 때는 그런 일이 통 없었는데, 오늘은 유난히 노곤했던가 봐요. 어느새 제가 잉어가 돼 있었어요. 마음대로 헤엄쳐 다녔습니다. 참 상쾌했어요. 그런데 어쩌다 보니까 선생님이 둑에 앉아 낚시질을 하고 계시는 거예요. 어찌나 반갑던지요. 물속에서 아무리 선생님을 불러도 못 알아들으시데요. 그래 선생님께 잡혀드려서 저라는 것을 알리려고 선생님의 낚시를 꽉 물었어요. 그리고는 잠이 깨었습니다. 혹 선생님 낚시질 다니시는지요?

그리고 꿈을 꾸었기에 편지를 했고, 곧 결혼을 한다고 소식을 알려왔다. 그리고 은영이는 새로운 생활로 접어들기 전에는 자신이 꿈속 잉어였지만 이제 헌 비늘을 털어버리고 마음대로 헤엄쳐 다니겠노라고 했다. 이는 잉어의 헌 비늘은 과거의 인연을 상징하는 것이고, 새 출발을 위해서는 털어버려야 할 것임을 암시하고 있다. 이 소설에서 주목해야 될 것은 물과 잉어이다.

이 작품은 강릉에서 만났던 나와 은영이가 「명주가」의 서생과 낭자처럼 헤어졌다가 다시 만나 인연을 맺지 못하고, 결국은 각자의 길을 가게 된 것을 복선으로 깔아놓은 것이다. 「명주가」의 만남은 이별, 그리고 다시 만남을 통해 혼인을 성취했으나 소설 「비늘」에서 나와 은영이의 만남은 끝내 이별이 되고 말았다. 「명주가」와 「비늘」에서 잉어는 사랑의 매개 역할을 한다는 점에서 공통된다. 그러나 두 작품은 상반적인 결말을 맺는다. 한 작품은 고난을 극복하고 사랑을 성취한 데 반해, 한 작품은 이루지 못한 사랑의 실패를 암시하고 있다. 황순원의 「비늘」은 설화의 소설화에 성공한 작품으로서 평가될 수 있다. 그것은 설화 자체가 소설 속에 내밀히 소화되어 감추어져 있다는 점에서 그러하다. 「명주가」의 만남은 「비늘」의 만남으로 이어지지 못하고 있지만 잉어 전설의 신화적 삽화를 현대적 문맥으로 환치하여 완결되지 못한 남녀의 만남을 문학적으로 표출한 작품이다.

4. 황순원 문학의 특성

황순원 문학의 출발은 일제 말기의 식민지 탄압이 극도에 달해 언론이 자유가 철저하게 제한되고, 민족어의 사용이 금지되던 시대상과 연관을 맺고 있다. 대부분의 작가들이 친일의 길을 걸으면서 일어로 창작을 하던 무렵, 황순원은 독자도 없고 어쩌면 발표의 기회마저 얻을 수 없는 작품을 쓰고 있었다. 이는 조국의 암담한 현실과 모국어를 지키려는 비장한 각오 없이는 불가능한 일이었다. 그는 해방이 되고 자유롭게 글을 발표할 수 있는 상황 아래에서도 결코 세속과 타협하지 않아 잡문과 신문연재소설을 쓰지 않았다. 그는 결벽성의 작가로 순수소설만을 고집한 작가이다. 그렇다고 현실 문제를 외면한 채 자연만을 노래한다든지 예술지상주의를 부르짖은 작가도 아니다. 또 작가적 관심이 사회와 부딪치고 끊임없이 모험을 감행하는 인물을 내세우는 데 있는 게 아니라 인간의 내면 심리에 초점이 맞추어져 있다고 보는 것이 옳다. 그의 작가적 관심은 계층 간의 갈등이나 대립, 분단시대의 민족적 비극에 있지 않고, 그런 사회적 현상이 우리 사람들의 정신에 끼친 영향과 상처를 드러내는 데 있다고 보아야 된다.

오영수 소설의 향토성과 휴머니즘

　우리 근대소설은 단편으로 출발했다. 김동인, 염상섭, 현진건, 나도향, 최서해 등 1920년대 초기에 활동한 작가들은 주로 단편을 발표하였고, 이 가운데 우수한 작품들이 다수 나왔다. 그러다가 30년대 이후 주목할 만한 장편소설이 많이 나왔지만, 우리 근대문학의 본류는 단편소설이라고 해서 과언은 아니다. 광복 이후 50년대와 60년대에도 우수한 단편소설가가 많이 배출되어 우리 문학사에 남을 가작들이 다수 발표되었다. 오영수(吳永壽, 1914.2.11~1979.5.15)도 그 가운데 하나로서 단편 위주의 창작 활동을 한 작가이다.

　오영수의 작품과 작가에 대한 연구가 적지 않았다. 그의 공식적인 출생년도는 1914년으로 되어 있다. 그러나 여기에는 연구자들의 의견이 서로 다르다. 오영수는 자신의 작품집 등에 실린 약력에서 1914년 생이라고 밝히고 있으나 당시의 민적부와 언양공립보통학교 학적부에는 메이지[明治] 42년 생으로 기록되어 있는데 이는 1909년에 해당한다. 무려 5년이라는 시차가 있다. 어떤 연구자들은 이를 두고 오영수가 40세라는 나이에 늦깎이로 문단에 나온 일을 부끄러이 여겨 일부러 나이를 낮춘

것이 아닌가 추측하기도 한다. 오영수는 경남 울주군 언양면 동부리(현 울산광역시 울주군 언양읍 송대리)에서 아버지 오시영(吳時泳)과 어머니 손필옥(孫必玉) 사이의 4남 3녀 가운데 장남으로 태어났다. 소년시절에는 서당에서 한학을 수학했다. 1926년 언양공립보통학교를 졸업하고는 가정형편으로 진학을 포기하고 학교의 추천으로 우편국 사무원 노릇을 했다. 그는 당초 그림을 하려다 못했고, 음악을 하려다 그도 하지 못했다. 물질적으로 남다른 고경(苦境)과 가정환경의 무자비한 제압 속에서 오직 독서만이 젊은 낭만을 달래주었다. 단순한 독서 취미가 어느새 문학으로 끌려간 것이다.

그 후 일본으로 건너간 그는 고학으로 1932년에 오사카에 있는 나니와[浪速]중학 속성과를 수료하였다. '아버지 위독'이라는 거짓전보를 받고 귀국한 그는 3년 정도 면서기 일을 보았다. 그러나 그는 1935년 다시 일본으로 건너가 일본대학 전문부에 적을 두었으나 심한 각기병으로 중퇴하고 귀국했다. 귀국 후에는 경북 예천(醴泉) 등지에서 간판 일을 하며 가계를 꾸려나가면서도 『문장』과 『인문평론』 등의 잡지를 읽으면서 문학에 대한 꿈을 키워 나갔다. 1937년 다시 일본으로 건너가 도쿄 국민예술원에 입학, 이듬해 졸업하고 귀국하여 동래 일신여고(현 동래여고) 출신의 김정선과 결혼하였다. 1939년 모친에 이어 이듬해 부친이 돌아가셨다. 작가는 고향에서 청년회관을 열어 청년들에게 한글과 역사, 음악 등을 가르치다가 소위 '불령선인(不逞鮮人)'으로 낙인찍히게 되자 가족들을 보통학교 교사인 아내에게 맡긴 채 만주 신경(新京) 등지를 방랑하였다. 1943년에 귀국한 부산 기장의 일광면 면서기를 지낸다. 광복이 되자 1945년 12월 경남여자고등학교를 거쳐 부산중학교 교사로 근무한다. 그의 본격적인 문학 활동은 이때부터 시작되었다. 1948년 『백민』에

시 「산골 아가」를 발표하였지만, 1949년 『서울신문』 신춘문예에 단편 「고무신」이 입선되고 1950년 단편 「머루」가 역시 『서울신문』 신춘문예에 당선된 후로는 소설에만 전념했다.

6·25전쟁 때는 유치환과 동부전선에서 종군했다. 이 당시의 체험을 바탕으로 한 「동부전선」 등의 작품이 있다. 1955년 조연현과 『현대문학』을 창간한 뒤로는 창작에만 전념했다. 그 뒤 「화산댁」(『문예』, 1952. 10), 「갯마을」(『문예』, 1953. 12), 「개개비」(『현대문학』, 1959. 8), 「은냇골 이야기」(『현대문학』, 1961. 4), 「어린 상록수」(『현대문학』, 1975. 8), 「잃어버린 도원」(『창작과 비평』, 1977. 12) 등 단편 155편을 발표했다. 소설집으로 『머루』(1954), 『갯마을』(1956), 『명암』(1958), 『메아리』(1960), 『수련』(1965), 『잃어버린 도원』(1978) 외에 『오영수전집』(전5권, 현대서적, 1968), 『오영수 대표작 선집』(전7권, 동림출판사, 1974) 등이 있다. 1955년 한국문학가협회상, 1959년 아세아자유문화상, 1977년 대한민국 예술원상과 문화훈장 등을 받았다. 「특질고」 사건으로 절필한 그는 1979년 간염으로 사망하여 언양읍 송대리 선산에 묻혔다.

오영수의 작품들은 대부분 농촌이나 산촌을 배경으로 하여 서민들의 따뜻한 인간애를 다루고 있다. 그의 작품세계는 전쟁과 도시 체험, 분단 인식, 인간 소외 등이 주가 된다. 「여우」의 주인공 달오는 소극적이며 선량한 인물이며, 「개개비」의 어리석고 다소 모자란 듯한 윤오, 「명암」의 교도소 수감자들, 「피」에서 국군과 간첩으로 만난 형제 등 대부분의 소설 속 인물들은 소외되고 무식한 이들이었다. 작가는 본성이 순수하고 아름다운 인물들을 주인공으로 내세웠다. 그 인물들은 어리석거나 우매할 정도로 현실에 어두워서 문명사회에 적응하지 못하고 불행에 빠져든다. 그러나 그들은 아름다운 인간의 본성을 잃지 않는다. 작

은유의 사회학

가는 아름다운 본성을 지닌 인물이 지향하는 휴머니즘에 공감하는 작품을 써왔다. 이로써 현실에 적극적으로 개입하지 않고 환상에 사로잡힌 작가라는 평가를 받기도 했으나, 「내일의 삽화」(『사상계』, 1958. 9), 「안나의 유서」(『현대문학』, 1963. 4) 등에서는 우리 사회의 어두운 면을 정면에서 비판하기도 했다.

그의 작품은 여러 연구자에 따라 성장소설, 초기소설, 중기소설, 후기소설 등 네 기로 나누기도 하고 세 기로 나누기도 한다. 그러나 본고에서는 오영수 문학의 총체적인 면은 뒤로 미룬 채 그의 초기소설을 중심으로 거기에 나타난 전통적인 서정성만을 살피기로 한다. 여기에는 비교적 초기 작품인 「고무신」, 「머루」, 「화산댁」, 「갯마을」 등 4, 50년대 작품이 대상이 된다. 그는 읽기 쉬운 문체를 썼고 작품 전체에 서정적인 분위기를 자아냈다.

그의 소설 데뷔작인 「고무신」은 산골을 배경으로 하여 엿장수와 마을 처녀 남이와의 애틋한 사랑을 그리고 있다. 배경은 산골이다. 단조롭고 무료한 산기슭 마을에서 아이들의 즐거움은 날마다 찾아오는 젊은 엿장수다. 가난한 월급쟁이인 철이네 아이들은 식모 남이가 애지중지하는 옥색 고무신을 주고 엿을 바꿔 먹는다. 남이가 엿장수에게 그 옥색 고무신을 내놓으라고 요구하던 중 남이의 저고리 앞섶을 기어오르던 벌을 엿장수가 손으로 덮어 벌에 쏘이면서 둘의 사이는 가까워진다. 그날 이후 엿장수가 마을에 오면 쉬이 갈 줄을 모르고 남이 근처를 맴돌지만, 어느새 18살이 된 남이의 혼례를 위해 남이 아버지가 마을에 오고, 분홍 치마에 반회장저고리를 입은 채 남이는 아버지를 따라 마을을 떠난다. 엿장수가 주었을 새 고무신을 신었다. 마을을 떠나는 남이를 울음고개 위에서 멍하니 쳐다볼 수밖에 없는 엿장수의 마지막 모습은 이 작품이 가부장적이고 인습적인 결혼 형태 속에 낭만적 연애의 가능성을 박탈당한 현실을 그린 작품임을 암시함으로써 서정적 비애미를 강조한다. 이 작품은 후에 「남이와 엿장수」로 개제되었다.

「머루」는 해방 후 빨치산이 설치던 산촌에 사는 사람들의 고달픈 삶과 젊은 남녀의 애정을 그린 소설이다. 석이는 두메산골인 용천골에서 홀어머니와 여동생 분이와 함께 살고 있다. 부지런하고 순박한 석이는 열여덟 살 먹은 청년이었다. 이웃에 분이라는 같은 나이 또래인 처녀가 살았는데, 어려서 소꿉놀이 친구였다. 소꿉놀이할 때 석이는 신랑이 되고 분이는 각시 역할을 했지만 이젠 장성하여 서로 내외하는 처지가 되었다. 석이 엄마는 혼자 농사일을 하는 아들이 믿음직하였고, 분이 엄마도 그런 석이를 잘 보았다. 그래서 석이 엄마와 분이 엄마는 석이와 분이를 짝지어주기로 약속했다. 석이네가 송아지 한 마리를 샀다. 그 송아지가 자라 새끼를 낳으면 그걸 팔아 혼인 밑천으로 삼기로 마음먹었다. 가을 동안 분이는 저녁이면 석이네로 놀러 와서 머루를 먹었다. 분이는 머루를 무척 좋아했다. 그러던 어느 날 마을에 빨치산이 나타났다. 소를 끌고 가려던 빨치산을 막다가 석이 엄마는 소총 개머리판에 맞아 죽는다. 이 사건이 있은 후 마을 사람들은 뿔뿔이 마을을 떠난다. 석이 엄마의 삼우제를 지내고 산에서 내려오던 날 분이네도 마을을 떠난다. 분이는 다음 가을 머루철이 되면 꼭 돌아오겠다고 말한다. 그러나 분이는 끝내 돌아오지 않는다.

「고무신」과 「머루」는 낭만적 사랑을 가로막는 현실적 장벽의 공고함을 통해 비애적인 연정을 포착한다. 하지만 낭만적 사랑이 비극적 결말을 내포할 수밖에 없는 모습은 역설적으로 제도적이고 역사적인 비극 속에서도 인간의 본원적 심성을 지켜내야 함을 강조한다. 즉 규율적 제

은유의 사회학

도와 현실적 이데올로기를 넘어 낭만적 사랑을 욕망하는 존재가 바로 원초적 인간의 모습임을 작가는 주목하고 있는 것이다. 당시 시대적, 정치적인 글들이 많았던 상황에서 순수문학을 지향하는 것은 쉽지 않았을 것으로 보인다.

「화산댁」에서는 시골에 살다가 막내아들을 찾아 상경한 어머니의 슬픔을 그렸다. 아직 쌀쌀하고도 차기만 한 삼월 초순 어느 날 해 질 무렵, 화산댁이는 서울 아들집을 찾는다. 아무리 봐도 자기 아들이 살고 있을 여염 살림집은 아니었다. 복술이는 바로 이 집이라고 분명 가르쳐줬다. 그런데도 화산댁이는 들어갈 엄두가 나지 않아 쭈뼛쭈뼛 기웃거리고 망설이기만 했다. 집이 너무 컸기 때문이다. 높직이 쌓아 올린 블록 담이라든지, 페인트 칠한 판자문이라든지 또 그 안에 번쩍거리는 유리창 문들이 모두가 무슨 관청 같기만 했다. 이때 갑자기 안으로부터 문이 열렸다. 그와 함께 젊은 여자가 박쥐우산에 저자 바구니를 들고 나왔다. 화산댁이는 주춤하고 옆으로 비켰다. 여자는 화산댁이를 보자 무슨 말을 할 듯 하다 말고 돌아서서 문단속을 하기 시작했다. 아들네 집이 맞았던가? 그러면 이 새댁이가 혹시 메누리가 아닐까? 그러나 화산댁이는 이내 머리를 살래살래 흔들었다. 그럴 리가 없었다. 화산댁이가 믿고 있는 한 막내며느리는 첫째 머리부터가 아니었다. 불에 그을린 삽사리같이 저런 흉측한 머리가 아니었다. 옷만 하더라도 남정네들이나 입는 셔츠에다 몽당치마를 두르고 함부로 문 밖을 나다닌 그린 본 데 없는 며느리가 아니었다. 화산댁이는 그만 가슴이 덜컥하고 불안했다. 골목 밖으로 쫓아 나왔다. 숱한 사람들이 오고 가긴 했으나 복술이는 없었다. 여자는 연신 힐끗힐끗 화산댁이를 쏘아보면서 골목 밖으로 걸어 나갔다. 새댁이는 골목 밖에서 큰길로 꺾이면서 또 한 번 힐끗 돌아

보았다. 화산댁이는 도둑 혐의도 아니꼬웠지만 행여 아들을 만날까도 싶었다. 그러나 채 몇 걸음 가지도 못하고 아들을 만났다. 화산댁이는 그만 목이 꽉 메었다. 말보다 눈물이 앞섰다. 엄마를 알아본 아들은 아까 그 집으로 들어가는 것이었다. 무슨 관청 같은 집도 화산댁이는 그리 달갑지 않았다. 빨간 스웨터를 입고 너덧 살 되어 보이는 계집아이가 말끄러미 화산댁이를 바라보고 "아부지, 이거 누고, 응?" 하고 묻는다. 화산댁이가 그렇게도 보고 싶어 하던 손녀. 눈이 부시도록 번들거리는 의농이 두 개나 놓였고, 그 옆에는 앉은 키만 한 경대도 놓였다. 벽에는 풀기 없는 무색 옷들이 걸려 있다. 모든 것이 낯선 것들이었다. 우선 어디 어떻게 앉아야 할지, 마치 종이 상전 방에 불려온 것처럼 앉을 자리부터가 만만치 못했다. 방바닥만 내려다보며 생각에 잠겼던 아들이 고개를 들고 "어째 왔는기요?" 묻는다. 그때 며느리가 돌아온 모양이다. 손녀가 뛰어 나가고, 아들이 당황하면서 뒤따라 나갔다. 화산댁이도 한쪽 정강이를 세우고 몸을 도사렸으나 설레는 가슴을 어찌할 수 없었다. 우선 며느리의 인사절을 받아야 할 것만 생각해도 앉은자리가 바늘방석 같았다. 아들이 들어오고 뒤따라 며느리가 들어왔다. 화산댁이는 더욱 몸을 도사렸다. 저녁상이 들어왔다. 둘레상이었다. 화산댁이는 손녀하고 마주 앉았으나, 우선 외씨 같은 밥을 보고 깜짝 놀랐다. 이런 밥은 추석 명절 때나 아니면 생각도 못했기 때문이다. 짠지는 고추가루 투성이었다. 가자미 지진 것도 불만이었다. 밥상에 된장이 놓이지 않은 것은 더욱 그랬다. 남정네가 아무리 돈벌이를 잘 해도 안살림을 이래 살아서야 백 날 가도 논 한 뙈기 못 산다 생각하니 화산댁이는 밥맛이 없었다. 저녁을 먹은 후 화산댁이는 아들과 마주 앉고, 며느리는 저만치 떨어져 양말을 기웠다. 모두 말이 없다. 손녀만이 제 아버지

은유의 사회학

등에 매달렸다, 제 어미 젖가슴에 손을 넣었다 한다. 그걸 눈으로 쫓고 있던 화산댁은 옆에 둔 보퉁이를 끌어당겨 풀었다. 꿀밤 떡이었다. 며느리는 힐끗하고 궁둥이만 달싹할 뿐이었고, 아들은 거들떠보지도 않았다. 한 번 씹어보던 손녀도 그만 '페페' 하고는 도로 갖다 놓는다. 그러자 아들이 "일찌기 자소!" 하면서 딴 방으로 건너간다. 이래서 화산댁이는 몇 해를 두고 별러 아들네 집을 찾아왔지만 밤을 새워 쌓인 이야기를 할 사이도 없었다. 모든 게 못마땅한 화산댁이는 어서 날이 새면 싶었다. 잠도 안 오거니와 아까부터 뒤가 마려운 것을 참아왔기 때문이다. 그러나 날은 언제 샐지 모르겠고 뒤는 자꾸 급해왔다. 화산댁이는 참다못해 조심조심 더듬어 부엌으로 내려갔다. 부엌에서 다시 더듬어 밖으로 나갔다. 뒷간이 있음직한 곳을 이리저리 찾았으나 없었다. 화산댁이는 일이 급해서 그만 어수룩한 담 밑에다 대고 뒤를 보았다. 문살만 훤하면 나와서 뒤 본 자리를 챙기리라 맘먹고 다시 들어왔다. 날이 활짝 샜다. 아들 내외가 깰까 싶어 조심조심 밖으로 나왔다. 뒤 본 자리는 공교롭게도 앞집으로 통하는 수채였다. 화산댁이는 부엌에서 물통과 비를 가져다 물을 붓고 비로 쓸어내렸다. 말끔히 쓸어내렸다. 그러자 담 너머에서 수군수군 말소리가 들리는가 하자 어느새 담 위에 손을 걸고 열대여섯 살 되어 보이는 계집아이가 눈을 샐쭉거리면서 똥을 치우라면서 소리친다. 화산댁이는 아들 내외가 알까 싶어 그것만이 조바심이었다. 화산댁이는 물통과 비를 들고 앞집으로 갔다. 우선 부삽을 빌려서 똥을 쓸어다 공동으로 쓰는 쓰레기통에 갖다 버렸다. 그러자 칫솔로 이를 닦고 있던 남정네가 "촌늙은이는 똥이 더러운 줄도 몰라?"라고 나무란다. 똥을 치운 다음 문간을 들어오면서 무심코 들여다본 쓰레기통에 도토리 떡이 보자기째 내버려져 있는 게 보였다. 화산댁이는 얼핏 들어 치마 밑에다 감췄다. 쓰레기통에는 짚세기도 그대로 엎어져 있었다. 어느새 화산댁이 눈앞에는 두메 손자들의 얼굴이 자꾸만 얼찐거렸다. 도토리떡을 흥흥거리고 엉겨들다 주어박히고 울던 모습이었다. 화산댁이 눈시울에는 어느새 눈물이 핑 돌았다. 해가 한 발쯤 돋았을 무렵 어제와 꼭 같은 보퉁이를 들고 짚새기를 신은 화산댁이는 경주 가도를 향해 걸음을 재촉하고 있었다.

작가는 이 작품에서 한 모성이 막내아들 내외에게서 받은 마음의 상처로 인한 슬픔을 간결한 필치로 그렸다. 화산댁이는 도시 사람이 되어 버린 아들과 도시의 속물성이 몸에 밴 며느리의 모습을 확인하면서 가족 간의 사랑이 사라진 것에 대해 실망한다. 그리고 화산댁이는 익숙하지 않은 도시 생활을 하는 과정에서의 불편함을 확인하고 자신이 살던 곳인 두메산골로 미련 없이 돌아간다. 소설의 서술자는 두메 시골의 어머니와 도회지 살림을 하는 아들과의 문화적인 차이로 빚는 갈등을 담담하게 서술하고 있는 듯이 보인다. 그러나 도회지 사람이 된 아들과 며느리는 도시적인 속악성만 몸에 밴 데 비하여, 무지해서 비록 실수를 거듭할망정 화산댁이에게서는 시골의 순박성과 따스한 인정이 우러난다. 이를 통해 시골의 순박함과 따스한 인정을 우선적인 가치로 생각하는 작가의 생각을 엿볼 수 있다. 서민층 생활의 애환을 애정을 가지고 다룬 오영수의 작품 세계는 현대 사회에서 상실되어가는 인간성의 회복을 제시해줄 뿐만 아니라, 각박한 현실에 따사로운 인정이 샘솟게 한다. 이 소설은 사투리를 활용하여 작품의 사실성을 높이고 있으며, 특정 인물의 시점에서 이야기를 서술하고 있고, 인물들의 행위의 대조를 통해 주제 의식을 표현하고 있다. 화산댁이는 오랜만에 만난 막내아들에게 애정을 보이지만, 며느리, 손녀딸을 포함하여 아들은 화산댁이를 냉대한다. 작가는 막내아들의 행동에 대한 작가의 비판적 태도를 통해 근대화 물결 속에 사라져 가는 가족애를 표출하려고 하였다.

그의 대표작으로 평가되는 「갯마을」은 바다에 남편을 빼앗긴 청상과부 해순의 건강한 육체적 사랑과 애환을 그렸다. 「갯마을」은 갯마을이라는 자연을 세계에 사는 토속적 인간상을 통해 자연과 인간의 융화를 그린 작품이다.

H라는 조그마한 갯마을에 사는 해순이는 스물세 살의 청상과부로서 시어머니와 시동생을 부양하며 함께 살아간다. 해순의 어머니는 김 가라는 뜨내기 고기잡이의 애를 배자 이 마을을 떠나지 못하고 해순이를 낳았다. 그 후 해순이가 성구를 만나서 살림을 차리자 해순의 어머니는 고향 제주도로 떠나버린다. 해순이를 지극히 사랑하고 아끼는 성구는 행복한 가정을 이룬다. 그런데 성구는 고기잡이를 나갔다가 영영 돌아오지 못하게 된다. 해순이는 성구가 돌아올 날을 믿고 기다리면서 물옷을 입고 바다로 나가 시어머니와 시동생을 부양하면서도 바다에 대한 애착으로 어려움을 이겨나간다. 사람들의 귀여움을 받으며 건실한 생활을 한다. 그녀는 젊은 과부인 데다가 얼굴도 반반하여 뭇 사내들의 관심을 끌기도 하지만 그런대로 잘 견디며 은근히 행복감에 젖어들기도 한다. 종일 미역바리를 하고 나무둥지처럼 쓰러져 잠이 든 어느 날 밤, 잠결에 압박감을 못 이겨 잠을 깬 해순은 사나이의 옷자락을 휘감아 잡고 성구의 기억 속으로 빠져들지만 그 사내는 성구가 아니었다. 방바위 옆에서 한천을 펴고 있을 때 상수를 만난 해순은 그날 밤 그 사내가 상수였음을 알게 된다. 상수는 상처를 하고 난 후 떠돌아다니다가 후리막에서 일을 거들고 있었다. 해순이와 상수가 그렇고 그런 사이라는 소문이 온 마을에 돌고, 다시 고등어철이 와도 칠성네 배는 돌아오

지 않자 시어머니는 성구의 제사를 지내고 해순이를 상수에게 개가시킨다. 해순이가 상수를 따라 산골마을로 떠나자 갯마을은 활기를 잃는다. 미역바리를 하지 못하여 미역철을 놓치는 경우도 있었다. 보릿고개를 겨우 넘기고 두 번째 제사를 준비하던 어느 날 해순이는 시어머니를 찾아온다. 상수가 징용으로 끌려가 버린 산골에서 외로워 견딜 수 없던 해순이는 그토록 그리워하던 바다를 바라보며 갯내음을 맡는다. 해순이는 갯마을에서 살겠다고 다짐해본다. 이때 멸치 떼를 알리는 꽹과리 소리가 후리막에서 들려온다. 아낙네들은 해순이를 앞세우고 후리막으로 달려간다.

이 작품 속에서의 갯마을은 사회 현실과 두절된 공간으로 삶의 원형이 이루어지는 배경으로서의 장소이다. 두 번째 남편마저 징용으로 끌려간 뒤 다시 갯마을로 돌아온 해순이가 반가움과 안도감을 느끼는 안식처이기 때문이다. 징용이라는 사건이 없다면 시대조차 짐작하기 어려운 초시간적 공간이 갯마을이기 때문이다. 고등어철이 돌아오는 계절의 순환과 해순이의 바다로의 복귀는 자연과 인간의 삶을 동일시하는 작가의 이상세계를 형상화하는 장치이다. 작품 「갯마을」의 폐쇄적 시대 상황은 우리 단편소설들과 동일 맥락에 있는 작품이다. 이러한 성향이 작가의 후기 작품에서는 현대사회의 인간 상실이라는 병리 현상과 모순을 극복하기 위해 오염된 도시 문명과 대비하는 건강한 원시적 자연과 농촌 공동체의 유풍에 대한 찬미로 지속된다. 인간의 꿋꿋한 삶의 의지와 바다라는 자연에 대한 애착과 융화를 주제로 한 작품이다.

오영수는 모두 150여 편의 많은 작품을 남겼는데, 모두가 단편소설이라는 점은 그의 문학적 성격의 일단을 보여준다. 전형적 단편작가로서 작풍은 주로 한국적인 소박한 인정이나 서정의 세계에 기조를 두었다. 작중 인물들은 온정과 선의의 인간들이며, 도시보다는 농촌이나 산골을 배경으로 한다. 또 기계문명보다는 자연을, 현대적 세련미보다는 고유한 소박성을 예찬하는 경향을 보였다. 「남이와 엿장수」, 「머루」에서 보인 소박한 인정적 서정세계가 「박학도」, 「종차」 등에 와서는 유형적 인간의 추구와 성격 창조까지 심화되었으며, 「후조」나 「명암」 등에 이르러서는 그 속에 부여된 의미를 제시하거나 주장했으며, 이러한 전개는 다시 「내일의 삽화」에 오면서 담담한 인간긍정의 사상이 인간옹호의 사상으로 변모하는 양상을 보이기도 했다. 이와 같은 휴머니즘이나 전통옹호의 특성 때문에 역사나 사회에 대한 작가적 책무의 문제가 취약점으로 지적되기도 했다. 그러나 인간의 원초성에 대한 긍정, 향토성의 옹호, 반문명적, 반도시적 성격은 1950년대 이후 급격히 성행한 외래문화 수용에 대한 반작용이라 할 수 있다.

백성의 스마트소설과 풍자성

1

소설이 짧아지고 있다. 장편은 800매 내외의 분량, 단편도 60매 정도의 분량밖에 안 되는 경우가 적지 않다. 소설가 김솔은 '짧은 소설'이라는 이름으로 36편의 작품을 묶어 『망상, 어』를 출판하였다. 기존의 단편소설과 비교해 3분의 1의 길이에 불과하다. 이 밖에 이기호, 조경란, 차민석 등 여러 작가가 소위 '짧은 소설'로 이루어진 작품집을 간행하였다. 이들은 모두 40대로서 문단의 중견 소설가로서 새 형식의 소설을 실험하고 있다. 소설이 짧아지는 경향은 독자의 기호와 맞물려 증가되는 추세를 보인다. 소설 미디어 등의 영향으로 요즘 젊은 독자들이 긴 호흡의 문장을 외면하기 때문이다. '짧은 소설'은 초단편(超短篇), 엽편소설(葉篇小說), 장편소설(掌篇小說)로도 불린다.

엽편소설은 보통 구성의 단계 중 결말 부분을 생략하는 게 보통이지만, 초단편 소설집 『후후후의 숲』을 펴낸 소설가 조경란은 "소설에 발단, 전개, 위기, 절정, 결말의 단계가 있다면 초단편은 이 중 하나만 떼서도 쓸 수 있다."라고 말했다. 그러나 소설이 제 모습을 갖추기 위해서 발단이나 전개 부분만으로는 부족하다. 오 헨리(O. Henry)의 작품 대부분이 절정강조법을 사용하고 있는 점도 우린 주목해야 된다.

시인 백성이 그의 첫 소설집 『번트 사인』에 실린 작품들을 '스마트 소설'이라고 명명하였다. 여기에서 먼저 '스마트 소설'이란 용어를 정의할 필요가 있다. '스마트 소설'이란 장르는 원래 소설의 하위 갈래에 포함되어 있지 않다. '스마트'의 본뜻은 "쑤시는" 또는 "찌르는 듯한"이라는 의미를 가진 형용사이다. 그러나 미국에서는 "똑똑한, 영리한, 현명한, 재치 있는"이라는 뜻으로 주로 쓰인다. 요즘 한창 우리 생활의 편리한 기기인 휴대전화를 일컬어 '스마트 폰'이라고 말할 때의 '스마트'는 정보통신 용어이다. 이는 전화기가 소프트웨어나 하드웨어에 관한 정보처리 능력을 가지고 있다는 것을 의미한다. 종래에는 기대할 수 없었던 정보처리 능력을 휴대전화기가 가지고 있다는 말이다. 이는 지능화된 또는 지능형이란 뜻이기도 하다. 한편 스마트 폰을 사용하여 작품을 읽는다는 것은 작가와 독자 사이의 양방 소통이 가능하다는 장점을 가지고 있다. 얼마 전 황석영, 박범신 등의 작가가 컴퓨터를 이용하여 소설을 발표하고, 독자의 의견을 받아 작품을 개작하거나 첨삭하기도 하였지만, 지금은 누구나 손안에 컴퓨터를 한 대씩 들고 다니는 시대이다 보니 독자의 반응을 즉석에서 작가에게 전달될 수 있는 시대가 되었다. 자연 이런 시대상황이 소설을 점점 더 짧게 만들고 있다.

작가가 말하는 '스마트 소설'의 정의는, "보다 짧은"이나 "찌르는 듯한"과 "재치 있는"이라는 세 가지 측면을 모두 아울러서 말하는 게 아닌가 싶다. 그것은 이 작품집에 실린 작품이 주로 풍자의 기법을 사용하고 있고, 또한 그것이 대부분 콩트(conte)에 가까운 길이를 가지고 있다는 점에서, 그렇게 정의하여도 큰 무리가 없을 듯하다.

풍자는 아이러니를 사이에 두고 유머와 대조적인 위치에 있다. 유머가 상대방을 배려하려는 성격을 가진 데 비교하면 풍자는 공격적 성격이 강하다. 유머가 '소박한 웃음'을 그 밑바탕에 둔다면, 풍자는 자기주장으로서 상대에 대한 공격적이고도 약간의 원한 감정을 띠고 있다고 보아도 별 무리가 없다. 따라서 풍자의 공격성은 '소박한 웃음'에 비해 음험성(陰險性)과 복합성(複合性)을 가지며 아주 날카로운 것이 그 특성이다. 역사적으로 보면 중세의 신흥계급인 지식인들이 지배계급인 귀족들에 대해 공격하는 형식이 바로 풍자의 기법이다.

문학에서의 풍자는 여유와 해학, 예술적 완성도가 전제되지 않으면 안 된다. 고대로마의 호라티우스(Horatius)나 근세의 하이네(H. Heine), 쇼(B. Shaw), 스위프트(J. Swift) 등의 작품이 평가받는 이유는 이러한 조건을 모두 갖추었기 때문이다.

2

백성의 소설은 사회 전반에 걸친 병리들을 대상으로 한다. 정치, 사회, 종교, 가정 등에 걸쳐 관심 분야를 넓힌다. 이는 작가가 현실의 부조리에 대해 얼마나 안타까워하고 그런 것의 척결이나 개선에 관심을 가지고 있는가를 단적으로 보여주는 증거이다. 「권력과 폭력 사이」는 현 시국과 관련된 실재인물들이 등장하는 작품이다. 팩트와 픽션이 교묘하게 연결되어 있다. 청와대의 W수석이 누군지는 작품을 읽어보면 금방 알 수 있다. 주인공 '나'는 청와대 W수석의 아들이다. 나는 미국 유

은유의 사회학

학 중 아버지에 의해 반강제적으로 전투경찰에 입대한다. 아버지 W수석의 정치적 입지를 위해 나의 병역의무가 필요했다. 나는 아버지의 '빽'으로 현역 근무 중임에도 불구하고 1년에 외박 59일, 외출 85회, 휴가 10일 등의 특혜를 받는다. 이런 사실이 언론을 통해 세상에 알려진다. 당분간 부대 내에서 자숙하도록 권유받지만, 나는 부대를 무단이탈한다.

> 아버지 귀국 종용에 보따리를 썼지만 나는 사실 그러고 싶지 않았다. 나는 원래 이런 국내 체제에는 잘 어울리는 놈이 아니다. 나는 미국이 훨씬 좋다. 나처럼 소위 금수저 물고 나왔다는 놈들이 다 그렇지만 아무리 돈 있고 권력 있어도 이렇게 늘 눈 부릅뜨고 소리 질러대는 나라는 영 체질에 맞지 않는다.

나흘 만에 부대를 몰래 빠져나온 나는 혜인이가 모는 포르테 쿠페를 타고 180킬로미터의 속도로 강릉을 향해 달린다. 혜인과 나는 NYU 동창이다. 맥주도 함께 마시고 춤도 추면서 여러 차례 육체적 관계를 갖던 사이였다. 여주휴게소에서 사복으로 갈아입었다. S호텔에서 나와 혜인은 블루스를 추다가 자연스레 진한 애무에 돌입했다. 그때 폭력배들이 나타났다. 그들은 나를 폭행하고 혜인을 어두운 구석으로 끌고 갔다. 몇 대 매를 맞은 나는 재빠르게 머리를 굴려 차고 있던 시계와 지갑을 내놓았다. 신용카드로 돈을 인출하려던 폭력배 하나가 내 통장에 잔고가 없음을 확인한다. 그놈들은 혜인을 감금하고 집에 연락해서 돈을 뜯어내려고 협박한다. 돈이 오기 전까지 혜인을 데리고 재미 좀 보겠다는 말도 한다. 아랫도리를 다 드러내놓고 널브러져 있는 혜인을 보고는, 절망 끝에 비상 스위치를 누른다. 눈을 뜬 것은 강릉경찰서에서였다. 혜인은 병원에 입원해 있다고 했다. 그때 형사 하나가 반장에게 와서 귀엣말을 한다. 서울 본청에서 이번 사건을 없던 일로 하라는 지시가 왔다고 했다.

> 나는 문득 가슴에 심한 통증을 느꼈다.
> 어제 정신없이 맞은 자리가 새파랗게 멍들어가고 있을 것이다.
> 폭력이 지나간 사이로 또 하나의 폭력이 내려앉아 덕지덕지 오물을 뒤집어쓰고 썩어가고 있다. 나는 가슴을 안고 데굴데굴 굴렀다. 반장은 119를 부르라고 소리쳤으나 나는 크게 손을 내저었다. 이 아픔은 병원에 가서 나을 수 있는 그런 아픔이 아니었다.

이것은 아이러니다. 작가는 아이러니를 통해 아들이 폭력배로부터 집단폭행을 당하고 아들의 여자 친구가 능욕을 당해도 권력자인 아버지의 행보에 지장이 있어서는 안 되는 현실을 고발한다. 그리고 빗나간 권력은 폭력과 진배없다는 사실을 일깨워 준다.

「단식 기술자」는 아파트 건설에 따른 문제점을 파헤쳤다. 새로운 아파트 건설 문제를 두고 일조권 문제로 S시와 갈등을 빚던 기존의 H아파트 주민들은 시청으로 몰려가 집단시위하기로 의견을 모으고 그들의 앞에서 시위를 주도하고 여차하면 단식 투쟁을 할 수 있는 인물을 물색한다. 그렇게 해서 찾은 사람이 해병대 출신의 '단식 기술자' 김치우다. 주민들은 김치우를 주민 대표로 선출하여 데모에 앞장서게 한다. 그는 단식의 대가로 하루에 100만 원을 요구한다. 어쩔 수 없이 주민들은 그의 요구를 들어주겠다는 계약을 한다. 김치우는 아파트 주민 대표의 자격으로 시위의 앞장에 서고 마침내 단식에 돌입한다. 단식 도중 그가시 당국이나 공사회사 측으로부터 끊임없는 금전의 유혹을 받는다. 이젠 단식도 아마추어가 하는 시대가 아니라 프로가 해야 성공할 수 있다. 마치 옛날 양반가에서 상을 당했을 때, 대곡자(代哭者)를 사서 상가에서 울음소리가 그치지 않게 하던 풍습과 닮았다. 대곡은 고용자나 피고용자나 모두 단순한 거래와 단순한 행위로 엮어진다. 그러나 '단식 기술자'는 '기술자'로서 성공보수를 받기 위해 치밀한 계산과 행동이 뒷받침되지 않으면 안 된다. 결과로 김치우는 2,000만 원이 넘는 보수를 챙긴다. 요즘 아파트 신축에 따른 주민과 관청 사이의 갈등이 적지 않다. 일조권과 조망권 보장, 공사 트럭의 왕래에 따른 교통난과 비산먼지 문제 등으로 주민들이 툭하면 시청으로 달려가서 집단행동을 벌이거나, 공사장으로 몰려가 공사 방해를 하는 것을 볼 수 있다. 이런 집단행동은 결국 금전적 보상으로 마무리된다. 이것 역시 큰 사회적 병폐 가운데 하나이다. 작가는 그런 사회적 비리에 대해 예리한 비판을 가한다.

이 작품과 「엄니 꽃 구경가유」와는 연작이다. 두 작품을 한데 묶는다면 호흡이 긴 소설로도 가능하다.

「조계야담」은 조계사에 피신한 노조 간부가 스님과 '소'를 화두로 대화한 다음 날 의경에게 자수한 사건을 제재로 한 짧은 작품이다. '소를 찾는 일[尋牛]'은 깨달음에 이르는 길이다. 그는 수배를 피해 관음전 4층에 숨어든다. 의경 버스가 사찰을 에워싸고 있다. 그는 면벽수행 중인 한 도법과 대화를 나눈다. 그가 "소를 찾는 중"이라고 하자, 도법은 "그런데 소를 타고 있으면 소가 잘 안 보입니다. 제 눈엔 보살께서 소 등에 올라타고 계신 것같이 보입니다. 소에서 내려오시지요."라고 말한다. 이 말에 노조 간부는 정수리를 맞은 듯 번쩍 정신이 든다. 다음 날 그는 한 말단 의경에게 자수를 한다. 그러나 그는 경찰의 물음에 한사코 자수가 아니라 절에서 탈출하다가 체포되었다는 진술을 고집한다. 그는 아직 소 등에서 완전히 내려온 게 아닌 듯하다.

「도사님 도사님 우리 도사님」 역시 풍자의 기법을 사용하고 있다. 읽고 나면 실소가 터진다. 국회의원이 되기 위해서는 남자 후보자의 마누라 힙이 예뻐야 되고, 여자 후보자의 경우엔 본인의 힙이 예뻐야 한다는 설정이 그렇다. 실명의 남녀 정치인들이 거론되지만 정치적 소설은 아니다.

3

백성의 소설에는 부모와 관련된 사건을 소재로 한 작품이 적지 않다. 「너무 꽁꽁 묶지 마라」와 「잡초를 위한 행진곡」은 아버지의 죽음과 관련된 것이고 「세상 조용해서 좋긴 한데」는 어머니의 난청이 소재다. 죽음은 이제 먼 후일의 얘기가 아니라 우리 주변의 일이다. 부모의 병환과 죽음이 새삼 실감 있게 느껴지고, 죽음이 자연의 순환 가운데 하나라는 사실도 깨닫게 된다.

「너무 꽁꽁 묶지 마라」는 아버지가 돌아가신 장례와 관련된 사건을 다루고 있다. 여기에서 돌아가신 망자의 말을 몇 개 인용한다.

> "애야, 여기는 너무 높아. 이렇게 높은 곳은 이렇게 높은 곳은 처음이라 어지럽고 어쩐지 몸에 안 맞는 옷을 입은 것처럼 부자연스러워. 좀 내려가고 싶다."

망자는 빈소의 높은 상청 위에서 어지럽다며 내려가기를 원한다. 높은 곳이나 몸에 맞지 않는 옷은 망자를 위한 게 아니라 상주를 위한 것들이다.

> "그런데 애야, 죽으면 편할 줄 알았는데, 왜 이리 피곤하냐? 온 종일 그 많은 사람이 몰려와 내 앞에 엎드려 절을 하곤 하는데, 나는 이제 절 받기도 지쳤어. 내 평생 이렇게 많은 사람을 만난 것도 처음인데 말이다. 아무리 둘러봐도 아는 사람은 하나도 없고 생면부지의 초면들뿐이니, 그래 이 많은 사람이 다 누구냐?"

여기서 작가는 망자의 말을 통해 장례식이란 망자에 대한 진정한 조의보다는 자식들의 사회적 지위와 교우관계에 따라 허례허식 위주로 치러지는 경우가 많음을 개탄하고 있다. 망자는 대전 고모와 국헌 씨가 보고 싶다고 말한다.

> "야, 다 필요 없다. 딴 사람은 올 것 없고 네 고모나 친구 국헌이나 불러와. 그리고 이젠 좀 쉬자. 그 동안 고달팠는데 아직도 이런 짐을 지우느냐. 이제 어지간히 했으면 이 애비 좀 놓아 주거라. 나 이제 정말 쉬고 싶다. 그리고 나 너무 꽁꽁 묶지 말아라. 그 동안 여기저기 꽁꽁 묶여 숨 조이고 산 세월이 얼마인데 그래 죽어서도 손 발 꽁꽁 묶여 치매병원 가듯 그렇게 가야 쓰겠냐."

나는 장례사에게 부탁해 아버지 시신 묶지 않고 그대로 입관해달라고 한다. 예정된 5일장을 3일장으로 줄였다. 대부분의 사람들은 자신이 죽은 후에 화장을 원하지만, 남은 이들에게는 화염 속에서 재로 변해가는 시신이 얼마나 뜨거울까를 생각하면 망설여진다. 작가의 큰 슬픔은 작품 곳곳에서 묻어나고 있으면서, 작가의 눈은 우리 사회 장례문화의 허례와 허식을 꼬집는다. 돌아가신 아버지의 말은 실은 작가의 마음이다.

「세상 조용해서 좋긴 한데」는 어머니에 관한 기록이다. 어머니가 갑자기 청력을 잃어버린 사건으로 소설이 시작된다. 어느 날 어머니는 "큰애야 큰애야 워찌된 일이여 귀가 귀가 안 들려야/적막강산이야 세상이 온통 적막강산"이라며 고통을 호소한다. 어쩌면 이 시대는 말이 필요 없는 시대일 수도 있다. 훤소(喧騷)한 환경이 공해이기 때문이다. 작가는 말보다 침묵을 아낀다. 그것이 귀가 들리지 않는 어머니로 형상화되었다.

그런데 이 작품은 소설보다는 시에 가깝다. 소설의 구성 과정이나 구두점이 모두 생략되어 있다. 작품 전체가 지문(地文)으로 어머니의 독백 형식으로 되어 있다. 그 독백은 말 많은 세상을 노려보는 날카로운 눈이다.

4

이번 소설집에 실린 것 중 작가의 역량을 가장 잘 드러낸 작품은 표제작 「번트 사인」이다. 원고지 20매 내외의 '짧은 소설'이지만 작가 개인의 건강한 현실 인식, 문학적 감성과 재능이 제대로 드러나 있다. 번트는 야구경기에서 자신은 죽지만 앞선 주자를 안전하게 진루시키기 위해 투수의 투구를 풀 스윙을 하지 않고 속도를 줄여 내야에 떨어뜨리는 타격 행위를 말한다. 그래서 우리는 이것을 '희생 번트'라고 부르고 타율을 계산할 때 타격수에 포함시키지 않는다. 타자는 항상 공을 쳐서 안타를 만들기를 원하고 있지만, 감독 입장에서는 타자 개인보다는 팀의 승리를 위해서 반드시 필요한 '번트 사인'을 내고, 실패했을 때 타자를 질책하기도 한다. 이것이 나를 죽여 남을 돕는 것이 희생의 한 방법이다.

주인공인 나는 신부다. 나는 강지구를 B호스피스 병원에서 만난 적이 있다. 그는 검사 출신으로 췌장암 3기 환자로서 죽음을 눈앞에 두고 있다. 그는 조용하게 마지막 삶을 정리하는 듯 보였다. 그는 통증이 심한 것도 무릅쓰고 야구 중계를 즐겼다. 그런 그가 내게 제비꽃 향기로 가득 찬 세상을 만들고 싶다고 말한다.

"이제 야구를 끊어야겠습니다. 야구는 인생의 축소판인데 이제 그것이 끝나가니까요. 아시겠지만 종착역을 기다리는 것도 즐거운 일이죠. 기대감도 있고요. 그러나 나는 그렇게 기다리고 있지만은 못 하겠습니다. 시간이 없고요. 그래서 요즘 부지런히 제비꽃을 밟으려 다닙니다. 내가 제비꽃을 밟으면 제비꽃은 내 발뒤꿈치에서 상처로 일그러지면서 짙은 향기를 냅니다. 맡아 보시겠습니까? 향기가 정말 좋습니다.

얼마 남지 않은 시간 제비꽃을 부지런히 밟으려 합니다. 그래서 나 없더라도 이 세상이 제비꽃 향기로 가득차면 얼마나 좋겠습니까?"

어느 토요일 나는 청소년을 위한 미사를 집전하는 자리에서 강지구를 발견한다. 나는 청소년들에게 용기에 관한 강론을 한다. 힘센 아이에게 노상 괴롭힘을 당하던 약한 아이 하나가 힘센 아이에게 당당히 맞서 싸우다가 죽도록 매를 맞지만, 그 이후부터는 괴롭힘을 당하는 일이 없어질 수 있다는 내용이었다. 꼭 이기는 것보다 용기를 내어 자신을 희생함으로써 많은 동료를 살릴 수 있는 것이 바로 진정한 용기라는 요지의 강론을 했다. 강지구는 강론이 끝나자 어느새 사라지고 없었다.

그런 강지구가 살인을 했다. 그것도 옛날 검찰 동료인 변호사 홍만표를 수면제를 먹이고 동맥을 끊어버리는 수법으로 참혹하게 죽여버렸다. 홍만표는 한 해에 110억의 수임료를 챙겨 100채의 오피스텔을 구입하는 등 수사관의 말대로 '돈 지랄'을 하다가 강지구에게 살해당한 것이다. 살해 현장에는 제비꽃을 뿌려놓았다고 했다. 수사관은 나에게 며칠 전의 강론 내용이 강지구에게 내린 '번트 사인'이 아니냐고 질문했다. 나는 그것이 진정한 '번트 사인'이길 바랐다. "맞습니다. 분명 내가 사인을 냈습니다. 그런데 타자는 지금 어디 있습니까?"라고 소리친다.

작가는 여기에서 우리 사회 전반에 걸친 부조리와 불합리에 관한 반응을 보여준다. 부조리는 정치, 경제, 사회에 만연되어 있다. 나는 이런 부조리에 대해 언제든 '번트 사인'을 낼 마음을 갖고 있다. 병든 사회에 못 견디는 건 강지구가 아니라 작가 자신이다. 소설가는 모름지기 사회적 병리에 대해 비판력을 지니고 있어야 진정한 사회소설을 쓸 준비를 마친 셈이다. 지난 한 해 우리 사회에 충격을 준 과도한 변호사 수임료를 챙긴 변호사에 대한 일종의 경고이다.

「혼자 김장 담그는 남자」는 가정에서나 사회에서 힘이 빠진 남자들의 하소연이다. 아내가 이태 전에 죽어 혼자 김장하는 그는 제대로 양념을 버무리지 못한다. 김장을 해서 딸들에게 가져가라고 했더니 "아버지 김치가 오죽이나 하겠느냐"며 아무도 가져가질 않는다. 그런 이야기를 들은 내가 나서서 김치 한 포기 얻어먹을 수 있느냐고 물어본다.

「어느 비오는 날의 삽화 2」는 '사진작가 K에 대한 작업기'라는 부제가 붙어 있다. 사진작가 K는 함께 시를 공부하는 모임에서 만났다. 나는 K에게 작업을 걸어볼까라는 생각을 한다. K의 모습이 마음을 끌었기 때문이다. 늘씬한 뒷모습, 청색 스키니 진이 어울리는 여자였다. 짧게 자른 머리, 높이 세운 Y셔츠 끝자락으로 허리를 질끈 동여맨 모습이 한편 선머슴같이 보이기도 했다. 비오는 날, 작은 파라솔을 들고 빗속으로 들어설까 망설이는 K에게 가까운 전철역까지 태워주겠노라며 동승을 권했다. K는 고맙다며 내 차에 올랐다. 집이 어디냐는 물음에 분당이라 대답한다. 나는 집이 수지이니 분당을 거쳐 가겠다고 했다. K는 카페에 올렸던 내 작품 「들꽃」을 화제에 올렸다. 문학적 감성이 여린 것으로 보아 처음엔 나를 여자라고 생각했던 모양이다. 나는 속내를 들킨 민망함에 음악 CD를 틀었다. 여성의 감성을 건드리는 샹송이었다. 더구나 비가 오는 금요일 저녁이 아닌가. 에디트 피아프의 노래가 나올 즈음에 우리는 음악에 관한 이야기를 나눈다. 내가 이브 몽탕을 좋아한다고 말하자 그녀는 이브 몽탕이 섭렵한 여자들 - 에디트 피아프, 시몬 시뇨레, 카트린 드뇌브 등의 이야기를 꺼낸다. 그녀는 이브 몽탕의 노래는 좋아하지만 세계적 바람둥이라 싫어한다고 말한다. 그리고 그녀는 "백시인도 바람 한번 피워 보실래요."라고 말한다. 그녀는 노회했다. 나는 "그래요! 상대가 당신이라면 바람 한 번 피우고 싶어요."라고 속으로 말했다. 그녀를 정자역 근처에 내려주었다. 그녀는 자신도 들꽃을 좋아해서 들꽃을 찾아 사진을 찍는다고 했다. "그래서 들꽃을 사랑하는 선생님이 좋아요. 시와 사진이 만나면 그럴듯하지 않겠어요. 한번 기대해 보세요."라며 작별했다. 그녀는 들꽃과 같은 여인이었다. 나는 K와 함께 예쁜 들꽃을 찾아 같이 한번 길을 나서야겠다고 마음먹는다.

이 밖에 비정규직의 비애를 그린 「여치소리」, 안정된 경제적 생활을 갖지 못한 젊은이의 사랑 이야기 「아방궁 옆 아자방」, 죽음의 의미와 삶에 의미를 천착한 「죽은 자들과 탱고를」, 「어떤 귀래에 대하여」 등 언급

할 만한 작품이 많다.

5

　이번 작품집에 실린 백성의 소설은 '짧은 소설'이나 '초단편', 또는 '콩트' 등의 범주에 들어가지만, 굳이 작가는 '스마트 소설'이라는 이름을 선택하였다. 앞의 형식에 비해 '스마트 소설'이라는 명칭은 아직은 생소하다. 소설을 쓰는 백성은 당초 시로 문단에 데뷔했다. 『백수 선생 상경기』란 시집을 가지고 있는 작가는 늘 "시는 하고 싶은 이야기를 다 못한다는 단점을 가지고 있어, 새로이 소설 공부를 한다."고 말한 바 있다. 이는 시가 가지고 있는 함축성보다 소설이 가지고 있는 설명성을 선호하는 데서 온다. 시와 소설 두 장르 사이에 절대적인 우열은 있을 수가 없다. 더욱이 그는 '스마트 소설'에서 시가 지니고 있는 상징성을 많이 차용하였다. 이런 점이 작가가 앞으로 시와 소설 창작을 함께 할 수 있다는 가능성을 열어둔 것이라고 볼 수 있다. 그의 이번 소설집에는 서사적 성격을 띤 '이야기 시'가 몇 편 눈에 띈다.
　백성의 이번 소설에서 풍부한 유머와 아이러니를 갖춘 풍자, 고도의 상징 등으로 무장한 기교의 작품들을 선보인다. 그리고 내용면에서는 우리 사회에 만연된 불합리와 부조리를 고발하는 내용들이 주를 이룬다. 그것은 소설가 백성의 작가정신에서 오는 것이며, 엄중하고도 섬뜩하리만큼 날카로운 비판력을 앞세운 그가 우리 사회에게 던지는 화두이기도 하다. 여기에서 우리는 소설가적 풍자정신과 시인으로서의 시적 감성이 융합한 작가적 태도에서 굳건하게 견지하고 있음을 알 수 있다.

　　　　　　　　　　　　　　　　　　　　　　　은유의 사회학

최신해 수필의 사회성과 유머

1

수필가 최신해는 우리 문학사에서 매우 독특하다. 어떻게 독특하냐 하면 그의 본업이 정신과 의사이기 때문이다. 그럼에도 대단한 분량의 수필을 남겼다. 본업이 의사인지 문사인지 잘 분간이 가질 않는다. 그는 1950년대와 60년대 많은 이들이 상대를 비하하여 "청량리에나 가라"고 말할 때 그 청량리뇌병원으로 잘 알려진 병원의 원장이다. 그런가 하면 그는 수필집 33권을 펴낸 수필가이다.

최신해는 1919년 4월 24일 울산에서 최현배 선생과 이장연 여사의 셋째아들로 태어났다. 1926년 아버지가 연희전문학교 교장으로 부임하자 서울로 올라와 경성제1고보(경기중학)를 거쳐 1941년 세브란스의전을 졸업했다. 1945년 해방이 되어 청량리뇌병원을 설립하여 원장에 취임했다. 6·25전쟁이 발발하자 1951년 육군에 입대, 군의관과 정훈장교로 복무했다. 1954년에 육군 소령으로 예편한 그는 이듬해 국무성의 초청으로 도미하여 1년 동안 하버드대학 부속 매사추세츠 종합병원에서 연구원 생활을 하였으며, 1961년에 일본 야마구치대학에서 의학박사 학위를 받았다. 그리고 1965년에 의료 문인 단체인 수석회와 박달회를 만들어 회장으로 활동했다.

최신해는 1945년 5월 『조광』지에 「탐라기행」을 발표하면서 수필가의 활동을 시작했다. 이 작품은 그의 수필가의 특성을 잘 보여준다. 이 작품은 '제주도의 정신병자'라는 부제를 달고 있는데, 조울증, 간질 등의 정신병 통계뿐만 아니라 서귀포의 동백꽃 등 제주의 풍광, 제주도 비바리, 무당과 본풀이 등 다방면에 걸쳐 조사 기록하여 한 편의 보고서를 방불케 한다.

1962년 5월 첫 수필집 『심야의 해바라기』가 정음사에서 발간되었다. A5판으로 320면, 가격은 1,500환이었다. 표지와 면지 그림, 본문 컷 등은 모두 서양화가 천경자가 담당했다. 표지를 장식한 해바라기의 색깔을 노란색이 아니라 붉은색으로 처리하여 디자인에 많은 신경을 썼음을 알 수 있었다. 당시 3만 부 이상 팔렸다.

1963년 두 번째 수필집 『문고판 인생』 역시 정음사에서 발행하였으며, 그해의 베스트셀러로 뽑혔다. 여기에 실린 작품들은 정신분석학적 입장에서 인간의 무의식과 정신적 고뇌와 갈등, 현대문명에 따른 이들의 병적인 노이로제 등을 정신과 의사의 견지에서 날카롭게 분석해냈다는 평가를 받고 있다.

최신해는 그 밖에도 수필집 『제3의 신』(정음사, 1964), 『내일은 해가 뜬다』(정음사, 1965), 『외인부대의 마당』(정음사, 1966), 『태양은 멀다』(정음사, 1968), 『빠리의 애국자들』(관동출판사, 1975), 『공부 못하는 천재』(정음사, 1984), 『웃기는 세상을 사는 재미』(정음사, 1984), 『사람이면 다 사람이냐』(정음사, 1984), 『훔친 사과가 맛이 있다』(정음사, 1984), 『빚진 것도 즐겁다』

(정음사, 1985), 『무서운 한국인』(정음사, 1985), 『연산군의 마지막 소원』(정음사, 1985), 『눈치와 코치 사이』(정음사, 1985), 『술과 인생』(자유문학사, 1986), 『고독을 이겨야 하는 현대인』(정음사, 1986), 『홀로 부르는 애국가』(정음사, 1989) 등 모두 31권의 수필집을 출판하여 활발한 문학 활동을 하는 한편 『의학 속의 신화』(고문사, 1970), 『문화인의 노이로제』(고문사, 1977) 등 70여 권의 의학 전문서적도 집필하였다.

그가 수필가가 되는 데에는 아버지 최현배와 정음사 대표이던 백형 최영해의 영향이 컸다. 그는 작품 「외인부대의 마당에서」 가운데 "의학을 하려다가 여의치 않아서, 일본으로 건너가서 교육학, 철학 등으로 시작하여 한글학에 종착역을 발견한 부친과, 문학과 사상에 관한 책만 탐독하던 사형의 두 사람이 나의 인생관 형성에 끼쳐준 무언의 영향력은 컸을 것이다."라고 술회하였다.

그는 1991년 3월 24일에 타계했는데, 자녀 2남 3녀 가운데 두 아들 모두 의사가 되었다. 그의 20주기를 맞는 2011년 『최신해 수필전집』(전9권, 시사출판사)이 간행되었고, 2017년 『최신해 수필선집』(지식을 만드는 지식)이 출간되었다.

2

그는 붕어 낚시를 아주 좋아하는 대단한 낚시광이었다. 당연히 낚시에 관한 수필이 많다. 그는 밤낚시를 하는 동안 낚시보다는 인생에 대한 생각에 몰입할 수 있었다. 낚시를 제재로 쓴 작품만 대충 보더라도 「3월의 낚시」, 「붕어의 시각」, 「낚시의 정신분석」, 「물가에 앉은 철학」,

「내 생애 최고의 날」, 「내일은 해가 뜬다」 외에도 헤아릴 수 없이 많다.
다음은 그 가운데 한 편이다.

낚시에도 철학이 있다.

공자가 말하기를 인자는 산을 즐기고 현자는 물을 즐긴다는데 물가
에 앉아 하루를 보내는 낚시꾼은 현자임에 틀림 없으렸다.

몇 시간이나 까딱도 하지 않는 찌를 응시하고 있는 낚시꾼이나 또
는 비를 맞아가며 밤 새워 낚시질을 하고 있는 낚시꾼이 철학자가 아
니고 누가 철학자이겠느냐 말이다.

채산이 맞지 않는 행위이련만 그 경영학을 전공했다는 사람이 밤낚
시질을 하고 있으니 그게 철학이 아니고 무엇이겠는가?

철학은 낚시질이 아니겠지만 낚시질은 확실히 현자의 철학임에 틀
림없다.

낚시 이십여 년에 밤낚시를 갔다 비를 만나 오도가도 못하고 밤새
비를 쪼르륵 맞아가면서 앉아 아침 오기를 고대했던 일이 스무 번 하
고도 넘었으리라.

물가에서 비 맞아가면서 나는 마음속에 반추하는 것이다.

낚시를 스포츠라고 하는 사람이 많다. 그런데 이렇게 청승맞게 빗
속에서 밤을 지새우는 스포츠가 어디 있겠는가? 그러니까 낚시는 스
포츠가 아니다.

또 어떤 사람은 낚시를 도락이라고도 한다. 그런데 대개의 도락은
열중하다 보면 가산을 탕진하고 패가망신하기 일쑤며 친구의 의리마
저 잊어버리는 법이지만 낚시를 오래 했다 해서 패가망신했다는 얘기
는 들어보지도 못했을뿐더러 친구와의 약속과 의리를 지키겠다고 돌
변해버린 천기를 무릅쓰고 낚시터에 나와서 이렇게 비를 맞고 있으니
낚시는 결코 도락은 아닐 것이다.

그럼 낚시질은 어업이냐? 붕어 몇 마리 잡겠다고 돈을 들여서 이렇
게 궁상맞게 빗속에 앉았는 어업이 이 세상 어디에 있겠는가?

은유의 사회학

그럼 낚시는 취미냐? 우리가 말하는 취미라 하는 것은 대개 보기에 깨끗해 보이는데, 이렇게 구질구질한 취미가 어디에 있겠는가?

　　그렇다면 낚시는 도락도 아니요, 취미도 아니요, 어업도 아니라면 도대체 낚시란 무엇이냐? "비를 맞아가면서 밤을 지새우고 앉아 있는 내 꼬락서니를 보면 모르느냐? 낚시는 바로 철학이다. 이건 물가에 앉아 있는 고독한 철학이라는 거다."

　　낚시란 가장 인생을 살찌게 해주는 생활인의 철학! 바로 그것 아니겠는가?

—「물가에 앉은 철학」에서

　　제법 긴 인용이지만 여기에 그의 낚시 철학이 담겨 있다. 낚시꾼을 철학자에 비견하였다. 누구는 낚시를 스포츠라고 하고, 누구는 도락이라 하고, 취미, 어업이라고 말한다. 그러나 필자는 이런 이유를 하나하나 반박한다. 그리고 "낚시는 철학이다"라고 단정한다. 필자의 정의에 의하면 "낚시란 가장 인생을 살찌게 해주는 생활인의 철학"임에 틀림없다. 공자가 "인자는 산을 즐기고 지자는 물을 즐긴다[仁者樂山知者樂水]"라고 말한 것처럼 물가에 앉아 하루를 보내는 낚시꾼인 필자는 스스로 지혜로운 사람에 속한다는 자부심을 가지고 있다.

3

　　최신해의 수필은 그의 유머와 함께 사회 현상에 대한 비판의 눈을 거두지 않는다. 물론 작품을 발표할 당시와 현금의 사회는 여러 가지 면에서 변하였고, 가치의 기준도 바뀌었지만, 그의 비판의식은 아직도 빛

을 발한다. 그는 풍자를 통해 우리 사회의 보편적 인식에 대해 일침을
가한다.

향수로 목욕을 하고, 다이어를 지고 다니는 '호화판' 인생이 있는가
하면, 형무소 내 사형수 구치감에는 형 집행만 기다리는 '한정판' 인
생도 있다. 남의 학설을 자기 학설인 양 고대로 떠들어 대는 '해적판'
인생이 있는가 하면, 남의 설에 조금 색칠만 하는 '번안판' 인생도 있
다.

양복만을 입는 '양장판' 인생은 명동에 흐르지만, 대다수의 국민은
한복을 좋아하니 '한장판'인가 보다.

살아 있는 '고전' 인생도 있고, 개심했노라는 '정정판' 인생도 활개
를 치며 돌아다닌다. "내 몸을 사 주시오" 하는 '덤핑판' 인생이 있는
반면에는, 비싸게 구는 '희한본'도 눈에 뜨인다.

평생 대통령을 해 먹어야겠다는 '중판' 인생도 있었고, 그런 건 일
생에 한 번 하면 족하지 않은가 하는 '초판'주의 인생도 있는 모양이
다.

갑이나 을이나 구별 없이 집권만 하면 아양을 떨고 꼬리치는 '대중
염가판'도 있고, 무엇이든지 아는 척하는 백과사전식 '전집' 인간도
있다.

속셈을 보여주지 않는 '케이스입'도 있지만, 보다도 불란서식 '가철
본'에 더 구수한 인간미를 느낄 만하다.

출판문화상을 줄 만한 인생이 있는 반면에는, 차라리 출판되지 않
았더라면 하는 인간이 더 많으니 탈이다. 애교 있는 '오식' 투성이 인
간은 재미가 있고, 틀린 점을 지적하면 "아, 참 그렇군요."하고 즉석
에서 고치는 사람은, 마치 '오식·난정'은 언제나 바꿔 주겠다는 '양
심판' 같기도 하다.

— 「문고판 인생」에서

은유의 사회학

1960년대 이후 한때 출판계는 문고본 출판이 유행하였다. 신양문고를 발간한 신양사를 비롯하여, 양문사, 박영사, 정음사, 을유문화사, 박문출판사, 신구문화사 등 국내 유명 출판사들이 앞다투어 문고본을 선보였다. 문고본은 독자가 많을 것이라고 예상되는 도서를 값이 싸고, 가지고 다니기에 편리하도록 작게 만든 책이다. 문고본은 서구에서 먼저 시작되었지만, 일본의 이와나미 문고[岩波文庫]가 특히 유명하다. 당초 문고본을 고전 보급을 목적으로 발간하였다. 주로 기간(旣刊) 서적 발간을 위주로 하였으나 신작도 내놓았다.

문고본의 생명은 헐가(歇價)에 있다. 절대로 고급 장정을 사용하지 않는다. 글의 제목을 「문고판 인생」이라 한 것을 미루어 인생에 대한 지독한 풍자요 비판의 내용을 담고 있다. '호화판'이라든지, '해적판', '정정판', '덤핑판' 등은 문고본에만 국한되는 것은 아니지만, 출판의 현실과 더불어, 그런 출판물과 흡사한 우리 삶에 대한 탄식이 아닐 수 없다.

수필 「제3의 신」은 한인들이 절대복종해야 할 권위의 존재 빅브라더격인 '제3의 신'이 출현해야 함을 강조한 내용이다. 우리에게는 고유의 토속신앙이 있다. 그런데 지금은 외국에서 유입된 종교만 활개를 치고 있다. 이는 우리가 지나치게 자기를 망각하고 눈앞의 일에만 급급한 나머지 자기의 설 자리조차 정립하지 못하고 있기 때문이다.

어떤 민족의 토속신이란 그 민족의 체험과 역사에서 나온 것으로서 '제1의 신'이요, 인지를 사용하여 만들어진 만능과학이 '제2의 신'이 되는데, 이 밖에 우리 민족이 절대복종해야 할 권위의 화신인 '제3의 신'이 등장할 필요하다는 내용을 담고 있다.

사실 '제3'이란 용어는 너와 내가 아닌 존재를 말한다. 원자력을 이용한 '제3의 불', 부르주아를 지칭하는 '제3계급', 일본에서 말하는 한국인을 '제3국민'이라고 말하는 등 여러 군데서 찾아볼 수 있다. 그런데 이도 저도 아니라서 무언지 분간이 안 되는 것은 제3이 되는 것이다.

이 글은 작자의 폭넓은 지식을 바탕으로 한 사회 비판의식을 내비치고 있다.

> '유언 한 마디 없어'라는 유가족의 말이 어쩐지 귀에 남는다. 내 직업이 의사여서 사람들의 죽음을 많이 봐 왔지만 이 유언이라는 것을 하고 죽는 사람은 극히 드문 것 같다.
>
> 만성 질환으로 오랫동안 콜록콜록하다가 전신 쇠약으로 숨지는 사람은 유언을 할 수 있겠지만, 뇌출혈이나 교통사고 따위로 죽는 사람은 유언 한마디 할 짬도 없이 급행으로 저생으로 가 버리니 허무하다. 그러니까 유언이라도 하고 죽는 사람은 행복한 죽음이라고 봐야 할 것이다.
>
> 그러나 돌이켜 생각해보면 유언이라는 게 과연 유족들에게 행복한 것인가 의문이 생기지 않을 수 없다.
>
> 누군가의 말마따나, '유언장이 있는 곳에 소송이 있다.'는 진리도 생겨난다.
>
> 돈푼이나 있던 사람이 남긴 유언장 쳐놓고 유언장에 적힌 대로 이행된 일이 없어 항상 소송 사건이 생기게 마련이라는 것이다. 돈 없는 사람의 죽음에는 유언장이 무슨 소용이랴. 그러니까 유언장이라는 것은 돈 많은 사람이 변호사를 기쁘게 만들어 주는 사후 적선 사업 이외에 아무것도 아닌 모양이다.
>
> ― 「유언」에서

10년 넘게 낚시 친구가 프로레슬링 경기를 보다가 갑작스레 죽었다. 장지인 망우리 공동묘지에 가서 친구의 유가족을 위로하고 돌아오는 길에 '유언 한마디 없었다'는 유가족의 말이 동기가 되어 쓴 작품이다.

　　　　　　　　　　　　　　　은유의 사회학

그리고 괴테와 하이네, 웰스의 유언을 예로 들면서 만일 자신이 죽는다면 어떤 유언을 남길까 생각해본다. 무슨 소리를 남기고 죽을 것인가? 죽기도 쉬운 일은 아닌 모양이다.

그런데 사회적으로 유언이 문제의 소지가 되기도 한다. 망자가 상당한 부자였을 때, 그 자녀와 친척들이 재산 상속을 두고 다투는 경우가 많다. 이 글이 발표될 당시와 현재는 유산 상속의 법률이 바뀌었지만, 아들과 딸, 그중에서도 맏이와 지차들 사이에 누가 더 많은 유산을 차지하는가의 문제를 두고 갈등이 야기되기도 한다. 작가는 "돈푼이나 있던 사람이 남긴 유언장 쳐놓고 유언장에 적힌 대로 이행된 일이 없어 항상 소송 사건이 생기게 마련이라는 것이다"라고 단정적인 비판을 가하고 있다.

4

「청량리 뇌병원 야화」는 정신이상을 일으킨 이들이 벌이는 에피소드를 한데 묶어 작품화하였다. 작가는 "정신위생에 관한 전문적인 이야기를 아무리 역설해도 이야기해 준 보람이 별로 없다."며 많은 정신병 환자들의 모습을 소개한다. 처녀에게 무명으로 계속 전보를 치는 청년, 정치 망상 환자, 자칭 시인, 소인국에 간 듯 착각하는 소시증(小視症)에 걸린 걸리버, 학교 공포증 아이, 말 않는 며느리, 산타클로스 청년 등 여러 정신병 환자들의 정신세계를 파헤쳐 보인다. 정신병 환자들이 바라보는 세계가 이상하다면 정상인의 세계는 정상이라고 말할 수 있다. 여기에서 진정한 의미에서 본다면 그 옳고 그름의 기준이 무엇인지 모호

하지만, 정신병 환자의 숫자가 극히 적다면 그들의 정신세계가 이상하다고 말해도 틀린 것은 아니다. 정신병 환자의 정신세계는 우리에게 흥미의 대상이 될 뿐 아니라, 그 면모는 무엇인가 하는 의문을 갖게 된다. 최신해는 이런 사람들의 정신세계를 우리에게 문학의 양식을 빌려 전달해준 특이한 수필가에 속한다.

다음 작품은 「형을 죽인 정신병자」이다. 사연의 주인공은 이 모라는 농사꾼이다. 어릴 적부터 체격이 건장했고, 성격은 심술궂고 사나워서 부모를 폭행한 일도 두어 차례 있었다. 그래도 심술궂은 동생을 지극하게 보살펴주는 이가 셋째 형이었다. 결혼 후에는 의처증이 심해 툭하면 아내를 패거나 이혼하자고 하여 아내가 친정으로 피신하기도 하였다. 아내와의 불륜을 의심한 이웃집 노인과 싸우다가 말리는 셋째 형을 쇠스랑으로 죽이고 말았다.

이처럼 많은 이들이 정신적으로 황폐해져서 청량리뇌병원을 찾는다. 특히 그의 작품에서는 정신병 환자들의 끔찍한 범죄 행위를 저지르는 심리상태를 분석한다.

5

그의 많은 글은 생활 주변 문제나 사회 문제를 주로 다루었는데, 교양이 넘치면서도 단문 위주의 재치 넘치는 문장을 주로 사용하였다. 그의 문장은 서술어의 과감한 생략, 비약적 표현, 폭넓은 지식, 에피소드의 잦은 삽입 등을 특색으로 들 수 있다. 또한 의학과 문학을 접합시킨 글의 제재는 당시 독자들에게 많은 환영을 받았다.

그의 수필은 본격적인 예술수필은 아니라고 말할 수 있다. 다만 정신과 의사로 일하면서 임상에서 만난 다양한 환자들을 대하면서 그들의 삶을 글로써 표현하였다. 일반 독자들이 접하지 못했던 정신질환의 세계를 관찰 분석함으로써 독자들의 관심과 흥미를 유발한 것이 베스트셀러의 주요 이유라고 할 수 있다. 그래서 그의 수필에는 전문적인 의학 용어들이 많이 등장한다. 이로써 그는 우리나라 의학 수필의 개척자 위치에 서게 되고, 대중적인 인기를 얻게 된 원인이 된다.

그는 낭만주의자다. 그의 정신병의 세계를 다룬 작품의 분위기는 유머는 있되 어둡지만 않다. 그는 틈나면 여행과 술을 즐기는 낭만주의자다.

> 아름다운 여인만 잊히지 않는 것도 아니듯이 아름다운 경치에서도 여정이 생겨나지 않으니 묘하다. 오늘도 가랑잎 뒹구는 늦가을 밤거리를 홀로 거닐다가 낯익은 술집 문을 열고 들어선다. 보스톤의 뒷골목 보드앙역(지하철) 근처의 목로주점이다. 거무죽죽한 방안에 담배 연기가 자욱하고, 연기 속을 헤엄치고 있는 그림자가 아물거린다.

작품 「여정(旅情)」이다. 여기서 그는 몇 번 만난 적이 있는 두어 명의 친구들로부터 보스턴을 떠나는 이별주를 한 잔씩 대접받는다. 필자는 여기서 "뒷골목 사람들의 인정이란 허식이 없는 대신 포근한 데가 있다."라고 추억한다.

정신병 환자들의 심리세계는 지극히 공허하다. 그런 사람들만 대하는 정신과 의사들의 정신도 자칫 황폐해질 수 있다. 우리가 최신해의 정신분석학적 수필에서 따뜻한 시선을 느끼는 것은 그의 이런 낭만적 생활 태도에서 표출된 것이 아닌가 여겨진다.

평론가 장백일은 수필집『구라파의 대포집』의 서평「지성과 박식과 유머로 그린 인생기」에서 최신해 수필의 특성을 다음과 같이 정리하였다.

> 어느 수필에서나 한결같이 흐르고 있는 것은 수필로서의 재미이다. 그 재미 속에서 인생을 해석하고 이해시킨다. 그에게는 어떤 소재나 한번 손아귀속에 들어가면 하나의 수필이 되고 만다. 그는 그만큼 수필을 만드는 재주를 가지고 있다. 소재를 고증하고 그에 연관된 역사 의식을 살피고, 그리하여 오늘의 정신분석학적 측면에서 재평가를 꾀하면서 자아의 문학관으로 정리한다."
>
> ─『수필문학』제67호, 1978

그러면서 장백일은 최신해 수필의 창작 방법론에 대해서 '천편일률적'이라고 지적한다. 작품에 어떤 변화의 모습을 보이지 못하고 몇 개의 고정된 소재─낚시, 정신병 환자, 여행 등─에 머무르고 있는 작품에 대한 평가라고 할 수 있다.

조경희 수필에 나타난 소박함과 정겨움

수필에 대한 정의는 "붓 가는 대로 쓴 글"이라거나 "형식이 없는 글"이라고 말하는 이들이 많다. 그러나 여기에는 문제점이 있다. "붓 가는 대로 쓴 글"은 수필이란 한자를 번역한 것에 지나지 않는다. 이런 정의는 수필과 비수필을 가르는 기준이 되지 못한다. 또 "형식이 없는 글"이란, 형식이 없는 글은 모두 수필의 범주에 넣을 수 있다는 뜻이 되는데 이 역시 무리가 많다. 수필의 성격을 분류할 때 문학적 수필과 비평적 수필로 나누는 경우가 있다. 그 가운데에서도 비평적 수필은 엄격한 형식을 가지고 있다. 설명문이나 논설문 등은 서론, 본론, 결론이라는 형식을 필요로 하는 글이다.

독자에게 정서적 체험을 전달하고 즐거움을 주려는 수필은 문학적 수필이다. 그리고 문학적 에세이도 구성상 발단, 전개, 결말이 있다. 발단에는 주제를 포함하고 있으며, 전개는 종속주제, 결말 부분은 전개와 마찬가지로 본주제를 담고 있어야 한다. 수필 역시 인물, 공간, 시간, 시점 등 시나 소설이나 희곡이 갖는 문학 요소들을 모두 포함한다.

우리 문학사를 살펴보면 뛰어난 수필가들이 많다. 대부분의 작가들은 여기(餘技)로 수필을 썼다. 작품 「우덕송」을 쓴 이광수를 비롯하여 『청태집』의 박종화, 「권태」의 이상 등의 작가들이 수필을 썼고, 그 후 김진섭, 피천득, 윤오영, 박연구, 윤재천 등 본격적인 수필가 등이 많이 등장했지만, 조경희를 빼놓고서는 현대 수필가를 논할 수는 없다. 그는 수필가로서 문학사에 남을 뛰어난 작품을 발표하였지만, 우리 수필 문학의 발전을 위해 많은 공헌을 했다. 조경희의 문학세계를 살펴보는 이유는 바로 여기에 있다.

수필가이자 언론가이면서 정치인이기도 한 조경희는 일제강점기인 1918년 4월 6일 경기도 강화 온수리에서 출생하여 잠시 충남 당진에서 살았다. 당진 정미소학교를 다녔고, 서울에 혼자 올라와 동덕여중과 이화여전 문과를 다녔다. 한국일보 등 신문사의 기자를 거쳐 수많은 문학·예술단체의 장을 역임했다. 1971년 한국수필가협회를 창립하고 초대 회장을 지냈으며, 예총 회장, 예술의 전당 이사장, 정무 제2장관 등을 지냈다. 2005년 8월 5일 87세를 일기로 인천에서 타계하였다. 현재 강화 고려궁지 옆에 조경희문학관이 있다.

그는 언론, 정치, 행정 등의 다양한 분야에서 활동했지만, 그의 진면목은 역시 수필가로서 삶이다. 본고에서는 수필가 조경희의 문학세계를 다룰 예정이다. 누구보다 수필을 사랑하고, 수필 인구의 저변 확대와 창작 및 발표 공간의 확충, 수필가의 위상 정립 등 수필에 관한 전 부분에 걸쳐 사명감을 지니고 활동한 사람을 이야기하자면 조경희를 단연 첫손가락에 꼽을 수밖에 없다. 다시 말해 한국 수필의 발전을 위해 가장 크게 공헌한 이가 바로 조경희라고 말할 수 있다.

『조경희 자서전』(2004)에 의하면 그는 이화여전 재학 시절 소설가 이

은유의 사회학

태준의 작문 강의를 들었다. 이태준의 지도를 받은 조경희는 영국의 수필가 찰스 램(C. Lamb)의 『엘리아 수필집』에서 많은 영향을 받았다. 이 책은 친구에 관한 이야기, 좋아하는 배우 이야기, 독서 이야기, 런던의 옛 풍습과 풍물, 사람에 대한 관찰 등을 유머와 페이소스 등을 곁들여 기술하고 있다. 그의 「35년 전의 크라이스츠 학교」, 「정년 퇴직자」, 「낡은 찻잔」, 「돼지구이 이론」, 「환상의 아이들」과 같은 작품은 영국 수필 문학의 백미로 꼽힌다. 이런 램의 작품들의 영향은 조경희 수필에서 자주 눈에 띈다.

조경희의 수필은 인간세계의 아름다움과 인생의 의미에 대한 긍정적인 면을 부각시키면서도 지성과 이성을 바탕으로 한 고독한 넋두리와 통쾌미를 발산시켜줌으로써 철학적 성찰의 분위기를 드러낸다.

조경희는 30세가 되던 1938년에 『한글』에 「측간단상」을 발표하고 이어 『조선일보』 학생란에 「영화론」을 발표함으로써 본격적인 문학 활동을 시작한다. 주요 작품집으로는 『우화』(1955), 『가깝고도 먼 세계』(1963), 『얼굴』(1966), 『음치의 자장가』(1971), 『면역의 원리』(1978), 『골목은 나보다 늦게 깬다』(1986), 『웃음이 어울리는 시대』(1988), 『낙엽의 침묵』(1994), 『치자꽃』(1999), 『하얀 꽃들』(2000)을 상재했으니 모두 열 권의 수필집을 낸 셈이다. 『조경희 수필선집』(2005)은 타계한 후에 발간되었다.

그는 1971년 4월에 계간 『수필문예』를 창간하였다. 창간호에는 김동리, 조연현, 박목월, 서정주, 이원수, 백 철 등 당시 문학단체장들의 창간 축사가 실렸고, 김동리, 신석정, 이주홍, 설창수, 김사달, 서정범, 허세욱, 윤재천, 박연구 등의 수필이 게재되었다. 당시 최고의 필진을 동원한 『수필문예』의 창간사에서 조경희는 "수필가들이 늘어나고 그 가족들을 위한 터전과 무대를 마련하는 작업이 필요한데, 누군가 해야 할 일이기에 시작했다."라고 수필 문학에 대한 지극한 사랑을 드러냈다.

윤병로에 의하면 조경희의 수필은 주로 "인간애를 불러일으키는 휴머니티에 바탕을 두고, 생활인의 아름다운 마음을 형상화하는 데 특징"이 있다. 지극히 평범한 일상의 이야기들을 중심으로 거침없는 생각과 느낌을 풀어놓는 것이 조경희 수필의 특징이다. 그는 수필집 『음치의 자장가』 서문에서 자신의 글쓰기를 '이삭줍기'에 비유하였다. '이삭줍기'는 추수가 끝난 들판에 떨어져 있는 이삭을 줍는 것은 곧 일상에서 놓치기 쉬운 일상의 일들을 글의 소재로 쓴다는 말이 된다. 그만큼 그의 수필이 소박하고 깨끗하다.

조경희의 수필은 다정다감하면서 분위기가 밝다. 인생의 어두운 면에서 취재하더라도 여유 있는 긍정의 마음으로 그것을 받아들인다. 그것은 조경희의 수필이 이성과 지성의 바탕 위에서 창작되었기 때문이다.

그의 작품 「얼굴」의 첫 부분을 보면, 그의 인성이 잘 드러난다.

작가는 자신의 얼굴이 못났다는 생각을 하며 살았다. 여학교 시절 예쁘게 생긴 친구를 상급생 언니에게 빼앗기기도 하였다. 못생긴 얼굴 때문에 평생을 부끄러워하며 살아야 하는 사람들을 많이 본다. 주변에는 외모와 관련된 속담이 많다. "빛 좋은 개살구"라든가, "객주집 칼 도마"라는 말은 추한 외모를 빗대어 하는 말이다. 외모에 대한 열등감이나 콤플렉스는 한 사람의 행동과 생활에 많은 영향을 끼친다. 아들러(A. Adler)는 이런 열등감에서 벗어나도록 심리치료 방법을 개발한 학자다.

고구려의 장군 온달은 기록에 의하면 용모가 못생기고 다 떨어진 옷과 신발을 끌고 다녀 모두들 그를 '바보 온달'이라고 불렀다고 한다. 그러나 그는 평강공주를 만남으로써 고구려 최고의 장군이 되었다는 일화가 전해진다. 열등감을 극복하기 위해 우선되는 일은 자기연민에서

은유의 사회학

벗어나는 일이다. 스스로 자신의 열등한 부분을 인정한 다음 자신이 남보다 우월한 부분을 찾아내는 것이 무엇보다 중요하다.

작가 조경희는 외모가 잘생긴 사람보다 마음씨가 고운 사람이 훨씬 낫다는 생각에 용모에 관한 열등감을 극복할 수 있었다. 그래서 누가 놀려도 태연자약할 수 있는 품성을 가꾸었다. 그것은 "외모의 미운 마음은 영원히 가다듬기 어려워도 마음씨나 수양이나 교양으로써 선을 긍지로 삼을 수 있다고 믿어왔기 때문"이라고 말한다. 그 후 작가는 예쁘지 못한 얼굴이지만 별 구애 없이 살아오게 되었다고 한다. 열등감을 슬기롭게 극복한 사람은 인생을 건강하게 살 수 있다. 누구보다 인생에 대한 큰 자신감이 생기고, 그 자신감이 가슴속에 사랑이 넘치도록 만든다. 후배들은 누구나 조경희를 푸근하고 인정이 넘치는 분으로 기억하고 있다. 조경희는 열등감을 사랑으로 바꾼 작가다.

작가는 유난히 하얀 꽃을 사랑한다. 여러 작품에서 하얀 꽃이 등장한다. 목화, 박꽃, 치자꽃, 정향, 찔레꽃, 백합 같은 꽃들은 모두 하얀색이다. 하얀색은 순결하고 청순한 이미지를 가지고 있다. 또 한편으로는 모든 것을 포용하는 미덕과 봉사하는 숭고함, 성스러움, 희망, 순수, 청결, 평화를 나타낸다. 작가는 작품 「하얀 꽃들」에서 목화꽃의 유용함과 박꽃의 소박함을 본다.

하얀 꽃은 찬란하거나 화려하지 않다. 하얀색은 무채색 중 가장 밝기 때문에 숭고, 순결, 순수, 깨끗함, 단순함의 느낌을 준다. 심리적으로는 감정이나 사고를 정화해주는 역할을 하여 해방감을 준다. 흰색을 좋아하는 사람은 대체로 자기방어적인 사람이며 공평하고 사사로움이 없는 사람이기도 하다. 또 정의감이 넘치고 높은 이상을 요구하는 완벽주의

자 타입으로 성실한 성격을 지니고 있으며 실용적 기능적인 면을 매우 중시하는 사람이다. 이 글에서 하얀 꽃을 좋아하는 작가의 인간적 면모가 한눈에 드러난다. 백합 역시 꽃의 화려함보다는 향기 때문에 선호하는 꽃이다. 작가는 하얀 꽃을 예시하며 독자에게 청결하고 순수하며 인간다운 향기를 지니고 있어야 한다는 메시지를 전해준다.

하얀 꽃은 대체로 빛깔이 화려하지 않다. 대신에 짙은 향기를 가지고 있다. 치자꽃이 대표적이다. 치자꽃은 "외모보다도 육체보다도 정신과 높은 교양과 양식을 제일"로 여기는 작가의 가치관을 닮은 꽃이다. 문일평은 저서 『호암전집』에서 "치자는 꽃으로 그리 염미한 것이 아니라 향기론 아주 강렬하여 군방 중에 열거하지 않을 수 없다."라고 하면서, 꽃의 십우(十友) 중 치자는 선우(禪友)에 해당된다고 하였다.

흰색에 대한 작가의 기억은 그리움과 고마움으로 남는다. 고향 강화를 떠나 이화여전 문과에 입학시험을 치르러 가는 날, 어머니는 언제 준비하셨는지 흰 무명 저고리와 검정 치마 한 벌을 농에서 꺼내주셨다. 작가는 흰 무명 저고리에서 지극한 어머니의 자식 사랑을 찾는다. 어머니가 지어주신 흰 무명 저고리를 입고 상경길에 오른 작가의 마음은 "개선장군의 기쁨"과 다를 바가 없었으며, 자신이 보기에도 눈이 부실 정도였다.

작가에게 흰색은 소박함과 숭고함을 의미하는 색깔이고, 그런 이유에서 작가는 흰 꽃을 좋아한다.

작가는 일상에서 흔히 볼 수 있는 물건들을 수필의 소재로 삼는다. 일상용품은 우리에게 너무 익숙해서 거기에서 어떤 의미를 찾아내기란 쉽지 않다. 양산, 손수건, 구두 등은 누구나 가지고 있는 물건이고, 우리

은유의 사회학

생활 주변에서 자주 대할 수 있는 소소한 것들이다. 특별히 귀한 물건도 아니고 값싼 물건이다. 그런데 작가는 이처럼 하잘 데 없는 물건들로부터 나름의 가치를 끌어내는 눈을 가졌다.

작품 「양산」은 얼핏 양산을 이야기하는 듯 보이지만 실상은 사람에 관한 이야기다. 우리는 여기에서 사람이란 모름지기 윤곽이 똑똑하고 골격이 좋은 양산을 닮아야 한다는 교훈을 얻는다. "살이 너무 헤벌어지고 바스러진 것"은 양산으로도 쓸모가 없고, 사람으로도 제대로 된 평가를 받지 못한다.

「손수건의 미덕」에서는 손수건에 인격성을 부여한다. 작가가 볼 때, 손수건의 역할은 세 가지다. 첫째, 손수건은 가장 점잖은 신사 숙녀들의 체면을 지켜준다. 둘째, 손수건은 얼굴에 묻은 먼지와 땀을 닦아준다. 셋째, 고독한 여인의 눈물을 받아준다. 그러니까 남의 치다꺼리를 해주는 존재가 손수건이다. 여기에서 작가는 손수건은 남의 치다꺼리를 일생 동안 해주는 사람이나, 작은 일이지만 성심성의껏 남의 일을 보아주는 사람으로 비유한다. 이는 작가의 생활철학을 엿볼 수 있는 작품이다.

칼라일(T. Carlyle)의 『의상철학』을 보면, "인간은 관습, 즉 의상의 포로"라고 말한 부분이 있다. 칼라일에 의하면 육체와 자연 등 눈에 보이는 것은 눈에 보이지 않는 영혼과 신의 상징이다. 구두 역시 인간의 관습에 지배를 받는 물건이다. 조경희는 구두는 신는 사람의 교양과 취미까지 드러내는 존재라고 보았다. 그뿐 아니라 "구두만 보아도 어느 부류의 사람인가를 짐작할 수 있다."(「구두」)라고 단정한다. 넓은 의미에서 구두도 의상의 하나다. 우리는 어떤 사람의 의상을 보면 그가 어떤 부류의 사람인지 알 수 있는 것처럼, 작가는 우리가 무심히 보아 넘기기 마련인 구두를 통해 자신이 터득한 인생관을 보여준다.

조경희는 국내외 여행을 많이 했다. 그는 직업상 국내와 국외 여행을 자주 다닐 수밖에 없었다. 그리고 작가는 워낙 여행을 좋아하는 성격이다. 여행의 혼은 자유, 자신이 좋은 대로 생각하고 느끼고 행동하는 완전한 자유다. 김기림은 「태양의 풍속」에서 "세계는 나의 학교/여행이라는 과정에서/나는 수 없는 신기로운 일을 배우는/유쾌한 소학생이다"라고 여행의 맛을 그렸다. 우리는 여행을 통해 정신이 도로 젊어지는 경험을 한다. 작가는 여행을 통해 정신을 재충전할 수 있었다고 말한다.

작품 「유럽의 강」은 유럽 여행 기록이다. 여행자는 어디를 가더라도 강을 만난다. 도시가 있으면 반드시 강이 있게 마련이고 강이 있으면 도시가 발달되었다. 사람들은 예부터 강물을 의지한 채 살아왔기 때문이다. 자연히 강을 중심으로 사람이 모여 살았고 문명이 꽃을 피웠다. 세계 4대 문명도 강을 끼고 생겨났다. 따라서 강은 어느 강이나 숱한 전설과 사연을 삼킨 채 흘러간다. 천 년을 한가지로 흐르면서 셈하는 것은 오로지 강물뿐이다.

「놀라운 폐허 마추픽추」는 작가가 먼 남미의 이국 페루에서 폐허가 된 잉카의 유적 '공중 도시' 마추픽추를 대하면서 사라진 사람들과 잃어버린 역사에 대해 비애의 감정을 느낀 기록이다. 마추픽추에는 당초 1,200명 정도의 인구가 살았다고 전해지나 황금을 노린 에스파냐의 정복자에 의해 도시는 폐허가 되고 잉카 제국 역시 멸망하게 되었다. 오랫동안 사람들에게 잊혔다가 20세기가 되어서야 세상에 알려졌다. 화강암으로 된 건축물들은 잉카 사람들이 돌을 다루는 솜씨가 얼마나 뛰어났는지를 알려준다. 모든 유적지는 고즈넉하고, 옛날 그곳을 거닐던

은유의 사회학

사람들의 숨결을 느끼게 한다. 그래서 슬프다. 저자는 마추픽추에서 비애감에 젖는다.

강화에는 많은 유적지가 있다. 국내 네 번째의 면적을 가진 섬이기도 하지만, 고려 항몽전쟁 당시 임시 왕궁이 있던 곳이었다. 전등사와 정수사라는 큰 사찰도 있다. 단군신화가 서려 있는 민족의 영산 마니산과 참성단, 슬픈 뱃사공의 이야기가 전해오는 손돌목, 조선 말 외세에 맞서 싸웠던 초지진과 광성진도 이곳에 있다. 고인돌들도 곳곳에 산재되어 있다. 특산물로는 강화 특유의 감, 순무가 있다. 섬 전체에 고려와 관련된 지명이 많다. 작품 「강화 이야기」에는 "내 고향 강화, 그곳엔 깊고 넓은 전설적인 이야기가 고요히 숨 쉬고 있다."라고 하여 작가의 고향 사랑이 듬뿍 담겨 있다.

작가는 오랜만에 고향에 있는 온수리 성당을 찾았다. 성당은 그대로지만 옛 동창들은 이름을 말해주어도 누군지 잘 알 수가 없다. 김성탄은 「서상기」에서 "길을 떠났던 나그네가 먼 여행을 마치고 돌아온다. 그리운 성문이 보이고, 강 양쪽 기슭에서는 아낙네와 아이들이 고향 사투리로 이야기를 주고받고 있다. 아아, 이 또한 흐뭇한 일이 아닐까" 하고 고향의 정겨움을 이야기하고 있고, 시인 김수영은 작품 「고향」에서 "언제든 가리/마지막엔 돌아가리/목화꽃이 고운 내 고향으로/조밥이 맛있는 내 본향으로" 하고 노래하여 고향의 정겨움과 따스함을 노래했다.

조경희의 작품 세계는 소박함, 정겨움, 따스함 등으로 요약할 수 있다. 그는 이런 자신의 문학적 목소리를 간결하고도 수사가 절제된 문장 속에 담아낸 작가이다.

설성제 수필의 서정미학

1

수필은 문학 장르 가운데서도 가장 개성적인 존재라고 할 수 있다. 그것은 수필이 작가 자신인 '나'를 직접 드러내 보이는 고백의 문학이요, '나'의 체험을 바탕으로 자기의 사상이나 감정을 독자에게 직접 이야기하는 형태를 취하게 되기 때문이다. 그래서 수필은 작가의 모든 것이 가장 잘 드러내는 문학 양식이 된다. 우리는 수필을 읽고 작가의 사소한 감정이나 사상까지도 파악할 수 있다.

수필의 소재는 다양하다. 계절과 강, 꽃, 산 등 자연의 이야기를 들려주는가 하면, 일상사에 관한 내용이 주가 될 수 있다. 그밖에 가족, 친구의 이야기를 흔히 담기도 한다.

거듭 강조한다면, 수필은 인생에 대한 관조의 경지를 개성적인 문체로 표현하여 작가 자신을 진실되게 드러내는 문학이며 수필의 가치도 여기에 있다. 따라서 수필은 연륜이 지긋한 이들이 창작하는 문학이라는 말이 어느 정도 설득력을 지닌다.

2

수필가 설성제는 아직 40대의 작가다. 그러나 그의 작품세계는 단순히 사물에 대한 의미 부여나 단순한 자연 예찬에 머무르는 게 아니라 삶의 고뇌와 인생의 의미 등에 대한 깊은 사유를 보여준다. 이는 설성제의 체험의 무게가 그만큼 크다는 뜻이 된다.

『소만에 부치다』는 『바람의 발자국』, 『압화』에 이은 설성제의 세 번째 수필집이다. 그는 2003년 『예술세계』를 통해 등단한 이래 세 권의 작품집을 펴냈다. 이를 보면 설성제는 비교적 과작의 작가에 속한다고 말할 수도 있지만, 그의 수필집은 모두 2~3년 이내에 나온 것으로 요즘에서야 활발하게 창작을 한다는 게 맞다. 그의 작품을 보면 그가 추구하는 수필의 미학이나 문장의 간결함과 감성의 투명함을 생각하면 얼마나 수필 창작에 공을 들이고 있는지 알 수 있다. 다시 말해 그는 과작의 작가가 아니라 완벽한 작품 창작에 많은 노력을 경주하는 작가다. 이번 작품집에 게재된 작품도 모두 4부 서른한 편으로 비교적 적은 작품을 실었다.

설성제의 작품 분위기에는 한마디로 어떤 슬픔 같은 것이 어려 있다. 문장의 투명성과 간결성이 유난히 돋보이는 작품의 분위기가 이런 감성과 얽혀 있음은 무슨 이유에서일까.

다음에서 이번 작품집의 표제작 「소만에 부치다」의 일부를 살펴본다.

> 그제야 나도 아파트 마당에 앉아 꽃잎을 헤아리며 그들의 이름을 불렀다. 그러다 시멘트 바닥에 내려 앉아 퇴색되어가는 꽃잎에서 화무십일홍, 짧은 생에 대한 안타까움을 보았다. 존재의 무상함이 애달

팠다. 꽃의 향락을 쫓아다니던 내 인생의 봄도 이제는 꽃잎을 하나씩 내려놓아야 할 때가 되었던가. 공원 한켠에 뒤늦게 자리 잡은 꽃 잔치도 기꺼이 막을 내렸다. 달고 따사로운 햇살을 떠나지 못해 머뭇거리다가도 꽃은 때에 순복했다.

— 「소만에 부치다」

소만은 24절기의 춘분으로부터 여덟 번째 절기다. 5월 21일이나 22일쯤 된다. 봄에서 여름으로 넘어가는 시기이다. 이맘때면 자연이 가장 아름다운 시기다. 산의 색깔은 수종에 따라 진초록과 연초록까지 자신만의 자태를 뽐내고 꽃밭에도 붉고 노란 꽃이 가득 피어 있다. 그런가 하면 꽃이 지기도 하고 씨앗을 잉태하는 때이기도 하다. 이처럼 식물이 지닌 생명력이 가장 왕성할 때이다. 꽃은 열매를 맺기 위한 존재다. 꽃이 시들어야 마침내 열매가 맺힌다. 생성이 있는가 하면 소멸이 있다.

소만 무렵에 지는 꽃에도 자연의 법칙은 존재한다. 작가는 "인생의 절기를 제대로 계산하지 않은 탓"으로 몸이 무던히 아팠다. 그러면서 지는 꽃을 보면서 훗날 자신이 맺을 열매를 생각한다.

자연은 단순히 완상의 대상이 아니다. 봄은 겨울 다음에 결코 순조롭게 우리 곁으로 다가오지 않는다. "4월은 가장 잔인한 달"처럼 온갖 죽은 것과 시련 가운데 봄은 오게 마련이다.

반백 가까운 자연의 봄을 지나오면서 자전거를 타고 온 나의 첫봄이 발판 되어 두 번째 세 번째 인생의 봄도 맞이해 보았다. 새움이 돋고 꽃을 피우고 나비가 날아드는 봄은 그냥 오는 것이 아니었다. 홀로 높디높은 자전거 위에서 간신히 균형을 잡고 발바닥이 닿지 않는 페달을 걷어차 올리며 달려가고픈 마음이 하늘까지 부풀어 올랐을 때

은유의 사회학

비로소 봄이 왔다. 땅 속에서 수백 번의 넘어짐과 일어남의 연습 끝에
생의 봄이 새파랗게 돋아났다.

— 「자전거를 타고 오는 봄」

봄은 자전거를 처음 타기 위해 수백 번을 넘어지고 넘어지면서 상처
를 입듯이 그렇게 우리 곁에 찾아온다. 첫 번째 봄이 그랬고, 두 번째 봄
도 그러했으며 세 번째 봄도 그렇게 왔다. 봄은 고통이다. "땅속에서 수
백 번의 넘어짐과 일어남의 연습 끝에 생의 봄"은 새파랗게 돋아났다.
여러 차례의 시련은 삶을 더욱 단단하게 만들었다.

위 두 작품은 소재를 자연에서 찾았지만, 자연의 찬미라거나, 자연과
합일된 정감을 드러내지 않는다. 자연의 이치를 통해 새로운 삶의 교훈
을 찾고 있다.

방어진 곰솔은 소금바람을 숙명으로 여기며 살아왔다. 짠맛을 달게
거두느라 살갗이 검어지고 매서운 바람까지 견뎌야 하여 근육질이 단
단해졌다. 우뚝한 키에 푸르고 늠름한 자태가 깊고 푸른 동해를 닮아
유독 빛나던 곰솔들. 주변에 있는 자동차 공장과 조선소 매연을 온몸
으로 걸러 물빛 바람을 보내왔다. 거친 파도에 흐트러짐 없는 대왕암
의 기암을 내려다보고 저만치 슬도에서 들려오는 비파소리에 귀를 닦
으며 이곳의 풍광을 더해 왔다.

— 「방어진 곰솔」

여기서 '방어진 곰솔'은 작가 자신이다. 작가는 방어진 곰솔처럼 소금
바람을 숙명으로 살아왔고, 살갗이 검어지고, 근육질이 단단해졌다. 그
결과 "우뚝한 키에 푸르고 늠름한 자태"를 닮게 되었다. 시련은 곰솔을
더욱 단단하게 변화시켰다. 작가는 어려운 환경을 딛고 "동해를 닮아

유독 빛나던 곰솔"로 성장했다.

3

　설성제의 작품에는 가족애가 드러난 경우가 많다. 아들의 이야기, 딸의 이야기, 어머니의 이야기가 그것인데, 이런 작품은 한결같이 사랑의 눈길이 바탕에 깔려 있다. 가족과 얽힌 이야기를 형상화한 작품들을 읽으면서, 설성제의 작품들의 분위기가 왜 슬픔으로 가득한가 하는 의문이 풀렸다. 그것은 생활의 경제적 신고에서 오는 것이었다.

　「신 화수분」은 아들에 관한 이야기다. 물질의 궁핍 속에서도 건강하게 자라준 아들이다. 작품의 제목은 전영택의 단편 「화수분」에서 빌려온 것이 분명하다. 화수분은 '써도 써도 마르지 않는 보물단지'를 말한다. 역설적 표현이다.

　　객짓밥을 먹고 있는 아들에게서 모처럼 집에 오겠다는 연락이 오면 마음이 설렌다. 퍼내어도 퍼내어도 마르지 않는 자식사랑은 태초에 어미에게 부어진 신의 선물이다. 때론 근엄한 어미처럼, 똔 호들갑 떠는 누이처럼 또는 아낌없이 응원을 보내는 애인처럼 대하기도 하지만 예전이나 지금이나 물질로 도움이 되지 못하는 것은 똑같아 미안하고 안쓰러운 눈으로 바라볼 수밖에 없다.

　　　　　　　　　　　　　　　　　　　　　　　—「신 화수분」

　아들은 객지에서 대학을 다니고 있다. 그러면서 학자금 대출을 받아 등록금을 내고 아르바이트로 스스로 집세를 해결하는 등 요즘 젊은이

답지 않은 아들이다. 부모 마음에는 부족함 없이 모든 것을 다 주고 싶어도 어려운 형편은 좀체 나아질 기미가 보이지 않는다. 가난은 우리에게 수치스러운 일이 아니지만 지독하게 불편한 것이다.

> 나는 아이들의 학비와 생활비를 만들어내느라 숨이 턱까지 찼다. 지난 날 남들보다 헤펐던 웃음이 바닥났고, 누굴 붙들고 사정을 말할 수 있는 숫기 같은 건 처음부터 없었다. 아침마다 수첩에 빽빽한 일정을 메모해 놓고 하루를 지내는 중 메모 일정을 하나하나 지워나 가다 보면 밤이었다. 하루에 통장을 몇 번이나 확인하는 것도 일과 중 하나였다. 힘들고 어려울수록 도움의 손길을 찾아 쉽고 편안해 보이는 길을 가는 건 삶을 우회하는 길이며, 차라리 앞이 보이지 않는 것 같은 어두운 길을 스스로 가는 것이 바른 길이라 여겼다.
> ―「마른 빵 한 조각과 죽 한 그릇」

작가의 삶은 힘겹다. 고정적인 수입이 없기 때문이다. 여기저기를 다니면서 일을 붙잡으려고 애를 쓴다. 아이들의 학비와 생활비를 마련하느라 숨이 턱까지 차는 일을 한다. 그래서 "하루에 통장을 몇 번이나 확인하는 것도 일과 중 하나"였다. "마른 빵 한 조각과 죽 한 그릇"은 가난의 구체적 표현이다. 그러나 "힘들고 어려울수록 도움의 손길을 찾아 쉽고 편안해 보이는 길을 가는 건 삶을 우회하는 길이며, 차라리 앞이 보이지 않는 것 같은 어두운 길을 스스로 가는 것이 바른 길"이라 여길 만큼 작가의 삶의 자세는 건강하다.

4

설성제는 사랑의 작가이다. 그에게 사랑은 즐거운 기억보다 아픈 기억이 많다. 그에게 사랑은 강과 같은 존재다. 강은 어느 것이나 숱한 전설과 사연을 삼킨 채 세월처럼 말없이 흐른다. 먼 곳으로부터 흘러왔다가 다시 먼 곳으로 흘러간다. 봄날에도 강은 흐르고, 강 옆으로는 봄꽃들이 다투어 핀다. 여름의 강은 우리에게 놀이터를 제공한다. 그곳에서 미역을 감고 고기도 잡는다. 가을에는 단풍의 그림자를 품고 느리게 흘러간다. 계절에 따라 모습을 달리하는 강은 생명이 지닌 동물과 식물의 젖 줄기와 같은 존재다. 그러나 겨울의 강은 흐름을 멈춘다. 이별한 사랑은 '겨울강'과 같은 존재이다.

나 또한 겨울강이 되어봤다. 냉풍에 물살이 쪼개어지고 그 틈으로 쉴새 없이 찬 기운이 스며들었다. 급기야 변곡점에 이르렀을 때 온몸이 얼어버렸다. 사랑하는 사람과의 이별이 그랬고, 믿었던 사람에게 배신을 당했을 때가 그랬다. (중략) 겨울은 참으로 길고 봄은 늘 아스라했다. 그때는 누가 지속적으로 다가와도 신뢰가 차지 않아 사랑의 물길을 낼 수 없었다.
— 「겨울강」

물줄기가 얼어붙은 겨울강은 강이 본래 지닌 흐름을 멈춘다. 물의 흐름은 사랑이다. 멈추어버린 물줄기는 단절된 사랑을 의미한다. 시인 조용철은 「겨울강」이란 작품에서 "얼어붙은 강이 비명을 지른다/안으로 안으로 긴 울음 운다"라고 노래했다. 겨울강은 시련이다. '사랑의 물길' 조차 낼 수 없도록 만드는 게 겨울강이다. 얼어붙은 겨울강은 안으로

은유의 사회학

울 수밖에 없다. 여기서 작가는 겨울강이란 사물과 자아를 동질화시킨다. 겨울은 시련의 계절이다. 인생을 사계절에 비유한다면 겨울은 죽음을 뜻하기도 한다. 화려한 봄과 왕성한 생명력의 여름, 조락의 계절 가을을 지나 맞이하는 겨울은 모든 것이 얼어붙고, 활동을 멈춘다. 강물의 흐름도 멈추고 사랑도 멈춘다. 강물의 흐름이 멈추면 사랑의 감정도 교류도 멈추어버린다. 작가는 겨울강을 마주하면서 얼어붙은 물줄기가 사랑의 단절로 인식한다.

> 그가 내가 예전에 삶에 대해 치열하게 공방전을 벌이거나, 정답을 찾지 못하는 소용없는 노쟁에 괜히 억울했던 한때가 불이의 시간일까. 그가 얻은 사랑을 묵묵히 지켜봐주는 것도 그와 나의 불이에 속했던 것일까. 십 년만의 해후로 박제되어가던 시간을 풀어본 지금이 그것일까. 아니 불이란 없다는 것을 안다. 인간의 한정된 기억과 제한된 생명이 한계선을 닿는 그날에야 비로소 불이정에 들게 되리라는 것을 알면서도 꿈을 꾼다.
>
> ─「불이정을 놓치다」

10여 년도 전에 그는 20대 청년이었고, 작가는 서른 중반을 넘어선 나이였다. 작가는 한창 글쓰기에 미쳐 있었고, 그는 독서에 미쳐 있었다. 두 사람은 작가와 독자로서 처음 만났지만, 그건 단순한 만남이 아니라 사랑이라는 감정이 개재된 만남이었다. 그러나 만남은 자주 끊어졌다. 그는 섬을 돌며 일자리를 잡았다. 그리고 결혼을 했다는 소식도 들었다. 그 소식은 작가의 마음을 한 줌 재로 만들었다. 한 줌의 재는 그대로 불씨가 꺼져버릴 수도 있지만, 다시 불씨가 되살아날 수도 있다. 나는 10여 년 만에 그를 만나러 땅의 동쪽 끝에서 서쪽 끝까지 달려간다. 다시 만난 우리는 담양 죽녹원의 '철학자의 길'을 걷는다. 그러나 불이정이란 이정표를 보고 불이정을 찾았을 때 이미 불이정을 지나치고 있었다. 길을 잘못 든 탓이다. 불이정은 우리 사랑을 말하지만, '이별하지 않음'을 뜻하는 불이정을 놓쳤다는 일은 곧 이별하리라는 예감을 우리에게 준다. 여기에서 보듯 작가는 사랑에도 서툴지만, 이별에는 더욱 서툴다. 사랑하는 이와의 이별은 언제나 불편한 삶의 한 삽화다. 그리하여 작가는 "인간의 한정된 기억과 제한된 생명이 한계선을 닿는 그날에야 비로소 불이정에 들게 되리라"는 꿈을 꾼다.

5

작가는 헤어진 사랑에 아파한다. 그래서 사랑에 대한 목마름에서 새로운 삶의 자세를 모색하고자 한다. 그것은 만추의 낙엽을 쓰는 청소부와 같은 자세다. 이는 작가에게 있어 하나의 임무이기도 하다.

> 청소부는 바람이 잦기를 기다리지 않는다. 이제 곧 다가올 겨울, 더한 바람이 몰아치기 전에 자신의 임무를 완수하는 일이 가장 아름다운 일임을 안다. 그는 지금 늦가을을 살고 있다. 그에게 바람을 다스리는 노하우란 없다. 이 가을과도 타협하지 않는 것이 지금까지 청소부로서 지켜온 자존심일까. 대빗자루 한 자루만 있으면 아직도 얼마든지 길을 갈 수 있으리라는 확신에 차 바람 속을 저리 날아다니고 있다.
> ―「어느 청소부의 만추」

은유의 사회학

가을은 수확의 계절인 동시에 조락의 계절이다. 나무들은 가지마다 무수히 달고 있던 잎을 떨굼으로써 동면에 들어갈 준비를 한다. 마당과 거리에는 낙엽이 수북이 쌓이고 바람에 이리저리 몰려다닌다. 낙엽은 꿈의 시체다. 못다 이룬 꿈들이 거리에 흩날리고 있는 것을 보면서 작가는 청소부가 되기를 소망한다. 잃어버린 꿈과 잃어버린 사랑이 낙엽처럼 수북하게 거리에 쌓여 있어도 "대빗자루 하나만 있으면 아직도 얼마든지 길을 갈 수 있으리라는 확신"이 있기 때문이다. 작가에게 대빗자루는 바로 글쓰기다.

> 침묵이 금이라면 글쓰기는 다이아몬드이다. 다이아몬드는 원석이 금값에 비교도 안 되게 싸다고 한다. 다만 다이아몬드를 절단하는 칼과 기술의 값이 어마어마하기에 가장 값비싼 보석이 된다는 것이다. 글쓰기는 누구나 할 수 있다. 좋은 글은 퇴고의 칼과 기술의 차이라고 생각한다. 수필을 문학 범주에 쳐주지도 않는다는 소리를 종종 듣는다. 그것은 수필을 쓰는 내가 칼과 기술을 연마하지 않았기 때문일 수도 있겠고, 아니면 타 장르의 작가들이 수필가들만이 지닌 고유한 문학적 칼과 기술을 바라보는 눈이 부족한 것일 수도 있다.
>
> —「세공의 칼」

작가에게 있어서는 자신의 표현만이 인생을 인식하는 유일한 길이다. 우리는 저마다 자신을 표현하면서 세상을 살아간다. 자기표현은 인간의 가장 중요한 욕구 가운데 하나다. 학문, 예술, 사상, 꿈, 이상, 자아를 어떤 모습으로든 밖으로 표현하는 것이다. 인생은 곧 표현이다. 다이아몬드가 얼마나 찬란한 빛을 내뿜느냐는 원석을 어떻게 연마하느냐에 달려 있다. 수필을 쓰는 것도 마찬가지다. 좋은 수필이 되기 위해서는 퇴고와 문장기술이 필요함을 깨닫는다.

6

설성제의 수필의 성격은 한마디로 서정수필에 속한다. 서사수필이 울림이 크고 투박한 데 비해 서정수필은 작고 섬세하고 정적이다. 설성제의 수필은 여성적인 감성을 내보인다. 그가 몇몇 작품에서 사회 현상에 관한 목소리를 내고 있긴 하지만 언제나 세상에 대한 따스한 시선을 거두지 않고 있다. 어찌 보면 너무 감상에 치우친 느낌도 없지 않다. 작가 설성제는 세상사에 대해 적극적으로 대처하기보다는 움츠린 자세로 고난을 견디면서 그것을 극복하고자 한다.

그러면서도 이런 환경적인 요소가 그의 수필을 슬픔으로 끌고 간다. 그 슬픔은 작품 곳곳에 서러움과 여러움으로 나타난다. 슬픔은 투명한 감정이다. 그의 수필이 작품에서 문장의 투명성과 주제의 투명성이 돋보이는 것은 모두 여기에서 기인한다. 결론적으로 말해, 설성제의 수필은 서러움과 여러움을 딛고 일어서는 투명한 서정적 미학을 지니고 있다고 할 수 있다.

은유의 사회학

인명

작품 및 도서